霍建华　　　　　　　　　　　杨幂
　沈其南　　　　　　　　　　　傅函君

筑梦情缘

景扬

著

长江出版社

图书在版编目（CIP）数据

筑梦情缘/景扬著.—武汉：长江出版社，
2019.5
ISBN 978-7-5492-6456-8

Ⅰ.①筑…Ⅱ.①景…Ⅲ.①长篇小说—中国—当代
Ⅳ.I247.5

中国版本图书馆 CIP 数据核字（2019）第 092423 号

筑梦情缘/景　扬　著

出　　版	长江出版社
	（武汉市解放路大道1863号　邮政编码：430010）
选题策划	天河世纪
市场发行	长江出版社发行部
网　　址	http://www.cjpress.com.cn
责任编辑	陈　辉　江　南
印　　刷	北京楠萍印刷有限公司
版　　次	2019年6月第1版
印　　次	2019年6月第1次印刷
开　　本	710mm×1000mm 1/16
印　　张	20
字　　数	256千字
书　　号	ISBN 978-7-5492-6456-8
定　　价	45.00元

版权所有，盗版必究（举报电话：027-82926804）
（如发现印装质量问兹，请寄本社调换，电话：027-82926804）

目 录

01. 儿时光景宛如昨（1）... 001
02. 儿时光景宛如昨（2）... 006
03. 儿时光景宛如昨（3）... 011
04. 儿时光景宛如昨（4）... 016
05. 血仇家恨铭记心 ... 021
06. 十里洋场恍若梦 ... 026
07. 六月初六天文台 ... 031
08. 倾家荡产落成泥 ... 036
09. 杀父之仇 ... 041
10. 动荡的擦鞋生活 ... 047
11. 沈家兄弟各认主 ... 052
12. 时光如梭露新芽 ... 058
13. 设下计谋欲入会 ... 063
14. 突出重围中标的 ... 068
15. 景星凤凰傅函君 ... 073

16. 明争暗斗地委会 ... 078

17. 巧得铁路修建权 ... 083

18. 甜蜜约会吃西餐 ... 088

19. 博大胸襟沈小包 ... 093

20. 醋意萌生扮英雄 ... 098

21. 魑魅魍魉初现形 ... 103

22. 情敌彩苹引误会 ... 108

23. 杜家提亲惨遭拒 ... 114

24. 丧家之犬田石秋 ... 119

25. 阴差阳错得账簿 ... 124

26. 订婚消息伤真心 ... 129

27. 不顾一切想爱你 ... 134

28. 老田遣走小女佣 ... 140

29. 栽赃嫁祸遭冤屈 ... 145

30. 大闹狱中巧脱身 ... 150

31. 你愿意娶我吗 ... 155

32. 土地庙中订终身 ... 160

33. 爱恨情仇看不清 ... 167

34. 以死相逼伤彻底 ... 172

35. 再次树倒猢狲散 ... 177

36. 小人得势惹人烦 ... 183

37. 因爱生恨起杀心 ... 188

38. 听过磨刀石队吗 ... 193

39. 逃出生天换新颜 ... 200

40. 好心不识驴肝肺 ... 205

41. 神思恍惚受欺凌 ... 211

42. 夺回永晟继承权 ... 216

43. 研制红砖获成功 ... 221

44. 露西爱上杜少乾 ... 226

45. 独辟蹊径解困境 ... 231

46. 游鱼曾把闲情托 ... 237

47. 造化弄人还罪过 ... 243

48. 冤有头债亦有主 ... 248

49. 梦碎梅丽莎舞场 ... 254

50. 两败俱伤又何必 ... 259

51. 不忘初心再出发 ... 265

52. 函君被赶出永晟 ... 270

53. 回宁波祭拜爹娘 ... 275

54. 函盖建筑事务所 ... 280

55. 时光如白驹过隙 ... 285

56. 中华大楼招标会 ... 290

57. 善恶到头终有报（1） ... 295

58. 善恶到头终有报（2） ... 300

59. 善恶到头终有报（3） ... 305

60. 远东第一大楼 ... 311

[0 1]

儿时光景宛如昨（1）

终于到上海了。

一身油污的沈其南用自己衣服扯成的布条，把未满一个月，还在襁褓中的幺弟绑在了后背上，他的另一只手紧紧拉着妹妹沈其西挤出了客船。兄妹三人站在人来人往的上海码头，茫然地望着码头上竖立的刻有"上海"两个字的牌子。他们绝没有想过，自己会以这样惨烈的方式踏上上海这片十里洋场。

就在几天前，在爹为庆祝娘的生辰带全家去下馆子吃馄饨时，一向寡言少语的爹还笑着畅想过不久后的将来沈家要搬到上海第一高楼里居住的美好愿景。如今……却只剩下沈其南、沈其西和嗷嗷待哺的沈其北。

妹妹沈其西惊慌失措地环顾周围，短短几天的变故，令站在上海码头上的她充满了不安，人越多，她就越感到惶然。她想要娘的怀抱，想要大哥沈其东的宠溺，哪怕是严肃的爹现在出现也好。可是，她不敢表露出一丝一毫的胆怯，害怕二哥沈其南会觉得自己是个负担，是个没用的爱哭鬼。她知道，娘已经在慈溪旅馆的大通铺中被火烧死了，爹也遭到陷害，被人开枪打死了……沈其南强作镇定，他谨记着大哥被咸鱼和大成追杀时，交付给自己的重担，那就是要保护好娘和妹妹、弟弟，等到六月初六那天，去上海外滩的天文台会合。

哥，对不起，我没保护好娘。你一定要没事，你一定要活着来见我们！我们一定会在天文台相聚。

沈其南狠狠发誓，他要在此之前，赚钱养活妹妹、弟弟，只要有他在，对，只要有他在，他就绝不会和妹妹、弟弟分开。

沈其南的贴身口袋里仅有两个铜圆，还有一张无比珍贵的上海第一高楼的股契，这张股契是他们沈家倾其所有从永晟营造厂那里花了两千大洋购买的。只要有上海第一高楼在，那他们沈家在上海就有自己的家。沈其南鼻头酸酸的，只要想起娘被烧死的画面，他刚鼓起的勇气就立刻被击得粉碎……沈其南想哭，但最终没有哭出来，因为他没有时间哭，现实也不允许他哭。他的背上还有一个刚出生的老么，手里紧紧拉着的是他最亲的妹妹，他是哥哥，就要担负起做哥哥的责任！可他却忘了，他也不过还是个没长大的小男孩。

1915年，老家宁波的码头。

那天，阳光出奇的好，毫不吝惜地将光芒洒向大地，好似在提醒人们，该休息了。然而，世间的繁忙景象，让阳光自觉讨了个没趣。宁波的码头上正热闹非凡，海上渔船、货船进港出港，脚夫们更是专注于搬运货物。他们精壮的身体暴露在阳光下，大颗大颗的汗滴顺着满是油污的皮肤往下落，勾勒出结实的肌肉形状。

一个瘦弱的小男孩正吃力地扛着一包比他自己大很多的货物，慢慢地挪向板车。他活动了一下酸软的肩膀，继而又精神抖擞地冲到分发货物的货船前面。这个小男孩正是沈其南。沈其南希望发包的工人能够再把货给自己，他想和这些大人拿一样多的钱，他现在唯恐被人说年龄小，搬得没有大人们多，那样脚头会少给自己铜圆的。

"给我，快给我！"他急切地喊着。

实属无奈，发包的工人在脚头咸鱼的默许下，只得把货又压在了沈其南的肩上。

终于熬到结束，整艘货船上的货都卸完了，沈其南满怀期待地站在队伍中间。可轮到他的时候，咸鱼还是只给了他三个铜圆。

沈其南不服："为什么少给我两个铜圆？"

咸鱼冷笑："你是小孩子，我给你三个铜圆就算不错的了。"

沈其南指着发包的那个工人："我背得比别人都多啊！不信你问他，我背得快，跑得也快，凭什么少给我两个铜圆？！"

咸鱼满脸不耐烦，示意两个手下赶紧把沈其南拉走。倔强的沈其南不仅不走，还和两个打手打了起来。人们觉得有热闹可看，不知不觉，一群脚夫围成了个大圈。场里的沈其南明显呈弱势，没少挨踹，眼看就被踹在地上起不来了。机灵的沈其南出乎所有人意料，他瞅准机会，猛扑向一个打手，狠狠咬住了他的手，疼得这名打手直叫唤。

"你小子，活得不耐烦了啊！"

打手穷凶极恶，想要下重手，被及时赶过来的沈其东拦截。

沈其东是沈其南的哥哥，身子骨倍儿结实，常年和父亲沈贵平出海捕鱼，运输鱼干，因而力气不小，咸鱼发现自己的两个手下竟然被沈家俩小子轻松拿下，恼羞成怒，赶紧又招呼了几名手下。

眼尖的沈其东拉着沈其南就往外冲："快跑！"

许是因为对这一带地形熟悉，沈家兄弟甩脱了咸鱼人马的追击，两人瞧着对方狼狈的样子不约而同地笑了。沈其东在家中翻出了药瓶，小心地给弟弟沈其南上药。

沈其南吃痛，慌叫着，想要阻止沈其东："哥，哥，很疼啊！"

沈其东拿自己这个爱闯祸的弟弟毫无办法："你啊，知道疼，为什么还要去打架？是不是去搬货了？我们家里是缺吃的还是缺穿的？轮得到你这么小去做脚夫？"

沈其南略显委屈："这不马上娘就过生辰了嘛，爹是铁公鸡，他肯定不舍得送娘礼物。我和妹妹西瓜头想好了，要买一个最好的礼物送给娘。"

沈其东大为感动："那你为何又和脚头打起来？"

"那是因为他们做事不公平，我没少搬货，却少给了我两个铜圆！"

"我的傻弟弟！原来是这样，那我去帮你说说，兴许能要回来。"

沈其南摇头："算啦，咸鱼那种人，要是能轻易要回来，就不会打起来了。不就是两个铜圆吗，不值得。以后我们都要搬去上海住，省得为这些劳什子的事烦心了。"

沈其东宠溺地道："看来我的南瓜头长大了嘛，还知道什么是值得和不值得了。"

沈其南辛苦搬货挣的三个铜圆也在被围殴的过程中掉落，好在沈其东还有一个铜圆，终于赶在娘亲的生辰那天，给娘亲买了个红鸡蛋。在宁波那边，至今还保留着这样的习俗，无论谁过生辰，都要滚红鸡蛋，寓意着滚出霉运，滚来好运。

果不其然，知父莫若子，最了解父亲的正是他的孩子们。

沈贵平虽然早就说过，在妻子陶馥云生辰那天带大家去下馆子。结果，也不过就是在一个馄饨摊上，各人点了一份馄饨。其间，反倒是孩子们精心准备的滚鸡蛋，和女儿沈其西唱的一首歌，弥补了没有期待中的那份"大餐"的失落。

只见漂亮可爱的沈其西，梳着两个乌溜溜的麻花辫子，站在馄饨摊前，认真唱起来："春去秋来，岁月如流，游子伤漂泊。回忆儿时，家居嬉戏，光景宛如昨。茅屋三椽，老梅一树，树底迷藏捉。高枝啼鸟，小川游鱼，曾把闲情托。儿时欢乐，斯乐不可作，儿时欢乐，斯乐不可作。"

陶馥云抚摸着自己的肚子，沉浸在女儿的歌声中，感到莫大的幸福。

沈贵平悄悄递给陶馥云一个温柔的眼神，仿佛在说，放心吧，傅建成不会骗我们的，等到你把老幺生下来，我们就从宁波搬到上海，去住那第一高楼。

沈家万分期待的生活蓝图里，傅建成起到了非常重要的作用，然而，这个傅建成的日子却并不好过，他的生活现在一团糟。股市的崩盘是道连锁魔咒，使他的永晟营造厂正经受建厂以来最严重的经济危机。当然，在傅建成的心中，对手新丰营造厂的老板田石秋就是世上最卑鄙无耻的小人。

可不管傅建成怎么想，田石秋还是悠闲地出现在他的眼前，以一种老鹰捉小鸡的神情戏谑着他，仿佛傅建成已经是"笼中之鸡"。他示意自己的手下拿出一个箱子，当着傅建成的面打开来，那是满满一箱子的钱。

"怎么样？傅老板，你还是要尽快考虑好，不然的话，我担心外面那些激愤的人要冲进来。"

傅建成感到恶心，他恨不能蒙上田石秋的眼睛，阻止他继续打量着已具雏形的上海第一高楼，那是他傅建成的所有心血。

"田老板，我已经说过了，我不会同意的。"

话音未落，屋外又响起激愤民众的呼声："永晟退钱！退我们的血汗钱！"

田石秋暗乐："这情形，还由得你这个傅老板说不吗？"

傅建成冷笑："田老板多虑了，我们永晟和这些住户全部签了股契，现在房子又没停建，哪是他们说退钱就退钱的？"

狡猾的田石秋道："是是是，我知道你们签了什么买房还本的股契，承诺住户住满二十年之后，就会把本金还给他们。只要第一高楼如期修好，自然你不用赔款。不过，我上午和混凝土制品厂的杨老板一起喝过茶，他说永晟营造厂只给了一点预付款，还欠着他一大笔款项。还有红砖厂的威尔森老板、钢构厂的周老板，甚至是工地上各个工种的小包，你傅老板给的都是预付款吧？要是他们知道你把建大楼的钱全部亏在了股票上，一起找上门来讨债，你觉得你这第一高楼还能如期修好吗？"

傅建成哑口无言。他哪里能想到股市有风险，入市需谨慎，即使再谨慎如斯，还是亏了个血本无归！

[02]

儿时光景宛如昨（2）

浙海关稽查队的杜万鹰正在和廖刚毅焦急谈论近来股市崩盘的事情。对于已经爬到了队长位置的杜万鹰来说，没有什么比权力更重要。他太迷恋"位高权重"的感觉。被权力迷住心窍的他，渴望抓住任何一个机会。早在前些日子，他就打听好了，上海那边将来人，他托了好多人，终于摸到了一个关键人物，那就是柳秘书。这柳秘书是联结关键人物的重要棋子，可同时也是吞食钞票的恶鬼。可有什么办法，柳秘书哪怕真是个恶鬼，也已经阻止不了杜万鹰不择手段，填补股市亏掉的那部分钱的决心。

廖刚毅很了解自己的老上级杜万鹰："大哥，你看这事情怎么办？这报纸上写得很清楚，股市崩盘。永晟营造厂的老板傅建成应该是要完蛋了，我们投给他的那一大笔钱，看来也在股市里化为灰烬了。"

杜万鹰暗自思索，其实他在此之前已经安排好了，如何最大限度地把这一次的损失降到最低，不仅能够把那该死的傅建成顺利干死，还能把票子捞回来。

"我让你盯着的那件事，你办得怎么样了？"

廖刚毅想起前几日，有个叫沈贵平的带着自己的二儿子过来，举报什么走私鸦片。当时杜万鹰表现得很积极，他还夸赞了沈贵平那个二儿子，夸他们很有正义感。

"我去看过了。而且也按照我们那天商量好的计划，要举报人沈贵平继续给那帮人运送鸦片，到时候，我们给他们来个人赃俱获。那运送鸦片的沈贵平要不要抓呢？他相当于一个重要的线人。"

杜万鹰冷笑："你真以为我会放过举报人？"

廖刚毅大惊："大哥？"

杜万鹰招呼廖刚毅过来，两个人耳语一番，廖刚毅只得点头。

傅建成收到了杜万鹰的电报，很快就赶来了，如今因为股市崩盘，大小银行皆不给他提供任何贷款业务。走投无路的他，得知杜万鹰有要事相商，而且一开口就承诺，事成之后，给付两万元，就毫不犹豫地来了。两万啊，对于如今的傅建成而言，那可是最后一根救命稻草。手下房效良说过，只要还有两万的资金在手，那么永晟营造厂就不会垮，就有希望活下来，因为两万元就可以参与天川公路的竞标。那田石秋势在必得，因此把自己竞标的价格标得很高，而永晟营造厂只要把报价降低，就一定会得标。

杜万鹰丝毫不意外傅建成还敢来见自己："所以说啊，从宁波走出来的商人中，我还是最钦佩傅老板，明知道我电报中的话有可能是托词，让你回来是逼你还钱，傅老板却还是愿意放手一搏，这样的气魄和胆识，实在是叫杜某佩服啊！"

傅建成强作镇定："现在但凡有机会，我傅某人都要搏一搏。"

杜万鹰笑道："现在还真是有一个绝好的机会，就是不知道傅老板敢不敢干？"

傅建成好奇道："什么机会？"

杜万鹰附耳道："明天就有一艘舢板船，将由宁波往上海去，表面上看运的货物是小鱼干，其实底下是鸦片，如果那些鸦片能够收入我们囊中，你还愁解决不了你的困境？"

傅建成点头，可一想又觉得不对劲："杜队长的意思是？"

杜万鹰阴恻恻地笑，他顺手拿出一把枪："杀了那个船主，鸦片就是我们的了。"

傅建成心惊肉跳，他简直不敢相信自己的耳朵："你，你要我杀人？"

……

傅建成痛苦地坐在码头上，直到夜幕降临，宁波码头上的人渐渐散去，他拿着一瓶酒一口一口地灌着，又掏出怀里的枪看着，他也不知道怎么了，鬼使神差地竟然信了杜万鹰的鬼话，那杜万鹰就是只秃鹫，不死人绝不吃肉。

傅建成脑海中还满是杜万鹰给出的承诺，不要去管杀人犯不犯法，只要是在宁波的地盘上，他杜万鹰就是王法！再说，眼下又有什么办法呢？

傅建成醉眼惺忪地瞧着眼前的一切，这是多么熟悉的场景啊，他曾在这里出生，曾在这里长大，曾在这里留下了那么多的回忆……

可是杜万鹰有一句话说得没错，现在是乱世，死一个无关紧要的人，就能救下自己身边所有的人，那么为何不能干？

沈贵平赶来时，傅建成已经微醉。

"你来啦，贵平！"

沈贵平微微有些不满："建成，你这回来了，也不提前说一声，好让我去接你啊。走走走，回家去，我带你看看你嫂子，看看我的几个孩子。二十年了，你二十年没正经回来我们的小渔村了。"

傅建成苦笑，当年他和沈贵平一起穿着开裆裤长大，两个好兄弟，摸鱼摸虾，天黑了也不肯回家，后来娘要打他，贵平就挺身而出，说是他带着自己……怎么忽然，就各自长大了？

也许是傅建成的异常过于明显，沈贵平疑惑地道："建成，你这是怎么啦，是不是出什么事情了？"

傅建成摇摇头，尽量让自己清醒一些，安抚沈贵平道："没什么事儿，我就是很多年没能回来。这些年，深感在外漂泊，世道艰辛。"

"是啊，你可是我们整个村里最有出息的一个。现在是堂堂的大老板，而且还是上海营造厂的老板，再艰辛，你不是都熬过来了吗？"沈贵平的鼓励给了傅建成莫大的勇气。是啊，这些年，再艰辛不也熬过来了吗。这样的世道，死一两个人又算得了什么呢？等到事情成功了，自己多做些善事就是了……

傅建成最后一次逼着自己狠心："贵平，你觉得我做事情能不能成功？你信不信，只要我下定决心，我会成功的，而且我还会更成功？"

沈贵平对自己这个发小能够重新振作起来，发自内心地感到喜悦："那是当然，我一直觉得这世上没有什么事能难得倒我们建成！"

傅建成忽然哈哈笑起来，两个人一起坐在了码头上，此时，海面上升起一钩残月，像是在预示着什么。沈贵平万万没想到，这竟然是他最后一次在人间见到月亮。

傅建成不敢相信自己的眼睛，那负责运送鸦片的小船主，竟然就是昨晚还和他一起在码头上喝酒的好兄弟——沈贵平！

心里有鬼的傅建成颤抖地将枪口对准了沈贵平："你快走，现在就走！"

沈贵平却根本没有意识到自己只是一场阴谋里的棋子，正直的他，站在岸上不肯动，他试图对眼前的傅建成解释什么，是啊，他想解释自己并不是帮凶，他是早就知道了这个鱼干下面满是鸦片，这样的鸦片要是真的落入那帮人的手里，就会祸害更多的家庭……

傅建成怒吼："你快走啊！别给我再站在这里！"

或许是傅建成的神情，终于让沈贵平意识到了害怕，他慌忙往船上跑去，然而，一声枪响，躲在船上的沈其东亲眼看到父亲的胸口汩汩流血，机警的他很快明白，父亲被人打死了，而打死他的就是那个正在狞笑着走过来的杜万鹰！

他犹记得父亲早晨和自己商量好了，只要参与浙海关的计划，就可以让咸鱼那帮人通通被抓起来，而不必担心咸鱼的报复。

"东子，你是我们沈家的长子，爹老了后，你就要承担起沈家的责任来！虽然我们是平头老百姓，但是该做的事情还是要去做，不能当缩头乌龟！"

此刻目睹父亲惨死的沈其东，根本没有机会去收殓父亲的尸体，只好猛地扎进了水里。

他要去告诉家人，告诉娘亲和弟弟、妹妹，爹死了！

可怜陶馥云正面临着生产，这次生孩子，虽然很痛，但她心中充满期待，因为生下老幺，他们全家就要搬去上海了。她不知道自己的丈夫此刻已经离开了世界。她以为丈夫只是去运输鱼干而已，然而她的沈贵平永远不能再回来看一眼她几乎是拼尽全力生下的老幺。此刻满脸喜悦的她抱着老幺，充满母爱的目光，像是这世上最美的一道光芒："老幺啊，真想你爹赶紧回来，我们的小其北出生咯！"

傅建成没料到杜万鹰竟然在检查完沈贵平的尸体后，把枪口又对准了自己。杜万鹰是什么人，一个为了自己的目的不择手段的人，和他傅建成又有什么分别？傅建成并不示弱，而是把手中的枪也对准了杜万鹰。

气氛瞬间剑拔弩张。

"大不了，我们两个同归于尽！"傅建成的内心是恐惧的，然而，他还是强撑着。

"我本来想要给傅老板指条明路，结果你傅老板迟迟不肯动手，既然你已经看到我杀人了，我也不会留活口。"

傅建成知道杜万鹰之所以没有立即开枪，是介意自己手中的枪，这或许是自己活命的唯一机会："杜队长，咱们其实是一条船上的人，实在没必要为了区区两万元兵戎相见。这两万元就当是我找你借的，等我的营造厂稍有起色，我就立刻奉还！不仅如此，我知道杜队长胸怀大志，可是现在官场这么黑暗，每走一步都要花不少钱，只要你这次放我一马，我傅建成以后愿在银钱方面成为你的助力，让你在以后的仕途上青云直上。"

这一番话着实诱人，杜万鹰思量再三，果真放过了傅建成，豺狼虎豹握手言欢，达成共识。杜万鹰当然相信傅建成许下的诺言，因为傅建成的把柄此时正握在他的手中。

[03]

儿时光景宛如昨（3）

此刻全然不知真相的陶馥云，正抱着小其北温柔地安抚着。门外忽然传来激烈的敲打声，大成带着咸鱼气焰嚣张地来到了沈家。他们根本不顾及生产后的陶馥云身体虚弱，身强力壮的大成狠狠抓住陶馥云吼道："快说，那沈贵平把我们的货弄哪儿去了？"

陶馥云惊恐万状，贵平啊，贵平，你是不是有什么事招惹到了这两个人？

沈其南和沈其西被咸鱼的手下控制住，倔强的沈其南无惧咸鱼等人的威吓，他知道大哥不在家，现在他就是家里的顶梁柱。

"放开我娘！"

咸鱼早就看这小子不顺眼了，狠狠给了沈其南一大嘴巴子："给我老实点，要是不把货交出来，你们全家一个都跑不了！"

疲于奔命的沈其东哪里想到家里此刻鸡飞狗跳，心里只有一个念头的他，跌跌撞撞地从门外冲了进来，完全没有防备，正巧落入咸鱼手中。咸鱼嘿嘿直乐，竟然还有人愿意主动送上门？

"你小子，竟敢回来！说，你和你爹把我们的货藏到哪里去了？"

沈其东的脑海中瞬间出现父亲被人开枪打死的画面，一股悲愤涌上心头。

"好！我说，你们的货被人抢了！"

大成没料到这沈其东竟然答得还挺快，不疑有他，他一脚把沈其东踢到了墙角："说，被谁抢去了？"

家仇让沈其东想也不想就脱口而出："杜万鹰！"

大成和咸鱼第一反应皆是觉得不可能，难道这小子是糊弄他们玩的？那堂堂海关大队长，会抢走他们的货？

沈其东知道大成和咸鱼不会立刻相信，他不禁蹲下身子，掩面痛哭："我爹死了！就是被他们杀的！"

话音刚落，陶馥云应声倒地，贵平死了？死了？！孩儿他爸死了……

沈家兄妹三人推开众人，一齐扑向了地上的母亲。大家全都号哭起来，场面让人闻之不由得心碎，就连大成和咸鱼都有些看不过去，既然已经知道沈贵平死了，那些货又都在杜万鹰手里，冤有头，债有主，那可是一大堆的货啊，绝不能便宜了杜万鹰。

陶馥云幽幽醒转，毕竟是心性坚强的女人，多年被沈贵平宠爱，使她一度以为自己这一生都会风平浪静。却没料到，丈夫竟然惨死，独留她在人世。她抓着满脸泪痕的沈其东："你快说说到底怎么回事？为什么你爹就这么不明不白地死了？"

沈其东赶紧跟母亲诉说原委。聪明的陶馥云发现了最关键的一点，那就是杜万鹰知道自己的儿子还活着，他们一定会杀人灭口的！

"快走，赶紧走！我们保命要紧！"

一家人匆忙收拾行李，就往外出逃。

陶馥云分析得没错，那大成和咸鱼等人立刻就循着这根线索，找到了杜万鹰，却被廖刚毅的一把枪吓得屁滚尿流。杜万鹰心想，那大成和咸鱼来找自己要货，简直是自投罗网。他想要知道今天在现场逃掉的人到底是谁，这可是他现在的一块心病。这两个尻货既然知道自己抢了他们的货，那么他们肯定见过了那个逃跑的人。

果不其然，没费什么力气，大成和咸鱼就乖乖招了，那个逃跑的人是沈贵平的大儿子沈其东。

"铲草要除根！如果你们两个把他们沈家剩下来的四条命结果了，我倒是会考虑下把鸦片分你们两成。"

大成和咸鱼对视一眼，各自心里打起了小算盘，这杜万鹰是官面上的人，绝不能招惹，倘若能够拿回两成，也总比没有强吧！

几乎是同时，大成和咸鱼招呼手下："走，快走！找人！"

沈其东几次从噩梦中惊醒，他摸着腹部，那里旧伤未愈。他永远都不会忘记，大成拔出匕首时，那把刀鲜红得多么刺眼，自己又是如何痛不欲生。

"快，咸鱼，再去给他补一刀！"

……

沈其东摇摇头，尽力把这些画面从脑海中抹掉。他已经获救，如今躺在筱公馆的下人房里，亏了自己的舍友大林哥的悉心照顾。可现在不是他报恩的时候，他必须去上海，找到天文台，他们一家人在失散的火车上约好了，在六月初六那天相见。

爹……沈其东悲从中来，但他忍住了，杜万鹰的卑鄙险恶，使他一夜之间从少年变成了大人，懂得了什么是成熟，怎样才可以自我保护。

徐大林和他的老大筱鹤鸣都以为他失忆了，所以，当青帮的重要头目，也就是他的救命恩人问他叫什么名字时，他说他只记得自己叫厉东。厉害的厉！是的，他决计要让自己变得很厉害、很强大！这样才可以更好地保护好自己的家人。

沈其南带着母亲和妹妹还有老幺，辗转在慈溪的旅馆中，终于用最后的两个铜圆，为母亲和弟弟妹妹找到了落脚处，他已经顾不上挑三拣四，能有大通铺就很好了。陶馥云和沈其西此时由于旅途奔波，极度疲惫，没有再追问沈其南要去哪里。这可怜的男孩子，独自来到了慈溪火车站。

随便找了张大报纸，沈其南趁着有人刚走的空隙，便自己独占了一张长椅躺了下来。脑海里胡思乱想着，一会儿想到爹的惨死，一会儿又想到大哥为了掩护自己和母亲，挺身而出去引开大成和咸鱼……就在他昏昏欲睡之际，忽然，听到不远处大成的声音传来："老头，看到一个女人带着仨孩子没有？"

沈其南脸色瞬间惨白，要命，怎么那么快就追过来了？

一个身穿白衣服的小姑娘拎着个小皮包从大成身边走过，一脸的心事重重。她是从家里偷跑出来的，她已经受够了家里那个顾月芹，整天在爹面前一套，背后对自己又是另一副嘴脸！笑话，难道她没有自己的亲妈吗？为什么要天天在家里看着这个可恶的女人表演？

傅函君小心地拿着手中的字条，无比珍视，不要小看这几个字，这还是她费尽心思从父亲那里弄来的亲生母亲的住址。

按照字条上写的地址，没错，就是慈溪，这里就是慈溪火车站。傅函君的眼睛亮晶晶的，兴许是因为想到马上就可以见到朝思暮想的母亲了。

沈其南听着那边的动静越来越大，惊慌失措的他掀开报纸，正好瞧见傅函君站在自己身边，他一把拉住傅函君。

傅函君受惊，她刚要大声喊出来，耳后便传来一个小男孩清透的声音："麻烦你帮我一下，好吗？坐着别动，一会儿就好。"

傅函君顿时松了一口气，只要不是碰到恶人就好，她不能否认，第一次听到这个声音，就感觉莫名的安心。

但是她还是没有放下警惕："我凭什么要帮你？"

接着，她便看到大成和咸鱼两人为了找人，把整个车站弄得鸡飞狗跳，一个老乞丐被大成狠狠踢开。她明白了，这个小男生一定是得罪了无赖。

于是，她又坐了下来，用自己手中的小皮箱挡住了身后的沈其南。

廖刚毅走进火车站，他受杜万鹰之命，一定要找到沈家那几个人，无论如何必须灭口。加之他对咸鱼和大成的办事效率很不满意，于是他进来督促两人，同时，他也环视了一遍火车站的候车室，只看到后面的座位上，一个小姑娘正低头研究着手中的字条，没看到任何可疑的人员。

"奇怪，这家人去哪儿了？有人说，看见他们买了到慈溪的车票，那么就一定是在慈溪，可除了这里，现在这个点了，还能躲到哪里去？你们两个，待会儿在这附近的旅社再找找。"

大成觍着脸过来："哎哎！按我说，那家人的老大已经死了，其他几个又都不知道发生了什么，找不着其实也没什么关系呀！要不，把那两成货给……"

那一句"老大死了"猛地戳进了沈其南的心里，他瞪圆了眼睛。

廖刚毅冷哼，他不相信沈其东死得那么容易："你们确定他死了？"

大成提高了音量，以此证明自己所言不虚："那当然，他肚子上挨了我一刀，我那一刀刺得可深了，再加上又从火车上滚落下去，肯定活不了。"

沈其南把这几句话听得是真真切切，大哥死了……大哥死了……心痛、愤怒，齐聚心头，他死死攥紧了傅函君的小白裙边。

傅函君担心自己的裙子被弄脏，可是碍于不远处那两个恶人还在，不便发作，只好在心里暗暗发誓，待会儿一定要找这个小男生算账！

[04]

儿时光景宛如昨（4）

　　虽然大成和咸鱼做了那样的保证，多疑的廖刚毅还是不太信任这两人，他恨不得把面前这几个废物的脑袋敲个遍，这帮做事极其不靠谱的家伙。

　　"你们懂什么，必须把剩下的几个都找到，不然杜队长也不会专门派我过来。"

　　大成等人只好唯唯诺诺地走远，去别处寻找。

　　傅函君发觉那些人走远后，立刻拽出自己的裙边，果然一片乌黑的爪印。大小姐的脾气顿时发作，愠怒道："喂，你看看，这都弄脏了！我好心救你，你就这样报答我吗？"

　　心情差到极点的沈其南虽然知道自己理亏，可还是抑制不住不善的语气："那你想怎样？要我赔给你一件吗？"

　　傅函君不可思议地看着眼前这个一脸黑乎乎的小男生："你、你，天底下怎么会有你这样的人？我好心帮你，结果你却这样对我，看你躲躲藏藏，一定也不是什么好人！你等着，我去把他们叫回来，让他们带你走。"

　　傅函君说走就走，不顾沈其南的阻挠，拎起小箱子刚要往前冲，突然，她又折回来，蹲在了沈其南的身后，死命拉着沈其南，要他挡住自己。

　　一头雾水的沈其南瞧了瞧门口，果然有两个用人模样的人在仔细找人。

　　沈其南小声道："你刚不是说躲躲藏藏不是好人吗？"

　　傅函君冷哼一声，并不做回答。

　　沈其南继续刺激她："你还告不告诉那些人了啊？"

　　傅函君气得直想跺脚，为了自己的面子，死活不吭声。沈其南发现傅函君还挺嘴硬，于是，他假意站起来："你不说话可不要怪我了啊！喂！你们是不是在找一个穿白衣的小姑娘？"

傅函君简直要被气得晕倒，她只好抓住沈其南的衣角，小声说："不去了！"

用人听到有人搭话，准备跑过来，沈其南举起手，指着出口的方向："她去那边啦，你们去那边看看吧！"

用人千恩万谢，赶紧往沈其南指的方向跑去。

傅函君发觉警报解除，从沈其南身后冒出了脑袋，狠狠剜了一眼沈其南。她嘟起漂亮的小嘴："趁火打劫，算什么男子汉！"

沈其南诚心想要道歉："抱歉弄脏了你的衣服，算我不对吧！也谢谢你帮助了我。"于是轻轻地把傅函君衣裙上的脏痕拍掉了。

心软的傅函君顿时感觉很不好意思，她叫住了沈其南。

沈其南疑惑，虽然道了歉，可是他的口气还是硬邦邦的。

"又怎么了？"

傅函君稍显犹疑："那……那个，我看你也不像坏人，我刚到慈溪，人生地不熟的，可否请你帮我，和我一起去找一个人？"

沈其南当即拒绝："我也是刚到这里，对这里也很不熟悉，而且我还要陪我娘。"

傅函君生怕沈其南继续拒绝自己，她急急地说："我不会白让你帮忙的，我给你算工钱。"

这一句算工钱，彻底伤害了此时正极度脆弱的沈其南，他不悦道："你去找别人吧！"

傅函君瞧着这空荡荡的候车室，感到害怕，她喂了好几声，沈其南仍自顾自地往前走，她只好小跑起来，追上了走到车站外的沈其南。她楚楚可怜地眨着眼睛，结结巴巴地道："那、那你好歹给我找个地方住啊！"

沈其南于心不忍，他打量着一身雪白的傅函君："我给你挑的地方，会弄脏你的衣服,你会住吗?"

傅函君咬牙道:"住!"

到了旅馆看到大通铺,她就后悔了。这里人挨着人,气味又那么难闻,仔细看去,墙上布满惨不忍睹的裂缝。要是有窗户,空气流通会好一点,可这分明是在闷罐头。傅函君拼命忍着,此时此刻总比被人丢在荒郊野外来得强!可毕竟是千金大小姐,她哪里见过这样的环境,更别说还要挨着陌生人睡。

傅函君一会儿坐起来,一会儿转个身,翻来覆去难以入睡。

她的反常举动引得周边的人很不耐烦。一个叫苏梅的女人,蓬头垢面也难掩她那清秀的容貌。可此时,哪有人关注她的样貌,早被她那大嗓门给烦醒了。

"你这小丫头能不能小点声?"

傅函君撇着嘴,委屈道:"对不起。"

苏梅骂骂咧咧着重新躺下,傅函君心里各种不舒服,只好坐起来拿出钱包里的照片,那张照片只剩一半,她年轻的父亲正微笑着抱着幼小的自己。父亲说过,照片是母亲自己撕下来的,她是被母亲抛下的。她才不信,这一次来,她就要找到妈妈,找到自己的亲妈妈!妈妈,你在慈溪的哪里呢?还好吗?

躺在隔壁的苏梅,悄无声息地偷走了傅函君的钱包和睡在另一侧陶馥云的钱袋子。

陶馥云只顾着安抚不停哭闹的老幺,哪里能想到自己的钱袋早已被偷。她哀叹着孩子命苦,刚出生就被带着满世界仓皇逃跑,吃也吃不好,睡也睡不好。以后到底该怎么办?陶馥云忧心忡忡。沈其南在母亲身侧,欲言又止。陶馥云瞧出儿子有心事,追问沈其南多次,沈其南不知如何告诉她关于大哥的消息,他不忍心让虚弱的母亲过度担心。

小小少年，此时流露出的坚强，使他的脸上有了成熟的痕迹："我相信哥一定已经逃走了，他会来找我们的，只要我们都到了上海，我们就有家了，就可以团聚了！"

陶馥云一时感慨，沈家经逢此大难，孩子们皆快速成长起来，不知是幸还是不幸。

她顺手掏向自己的怀里，突然发觉不妙，自己的钱袋呢？

沈其南为了母亲和妹妹能够买到去往上海的车票，只好答应了傅函君，与她一起去寻人。傅函君承诺给他两块钱做报酬，然而言语之中却躲躲闪闪。她一个小丫头，能有多少心眼呢，可是为了达到自己的目的，她只好憋着气，瞒着沈其南，她的钱包丢了！

沈其南却不疑有他，跟着傅函君打听了很久，功夫不负有心人，两个孩子真找到了字条上的地址。

傅函君兴冲冲地跑过去敲门，结果差点被那个房东阿姨抓去做丫鬟，闹了半天，原来是有一个叫苏梅的女人租住在这里，可是因为欠钱交不起房租早就逃跑了，这个房东气了好多天，正愁没处撒火。傅函君和沈其南两个孩子正巧撞到了枪口上。傅函君这个小姑娘力气单薄，没两下就被肥实的女房东提溜了起来，沈其南一时心急，赶紧抓起鞋底子、扫帚攻击胖房东，然而都没有用，他惊恐地想，这女房东该不会是相扑高手吧？

就在一筹莫展之际，沈其南忽然发现，不远处的篓子里有两条巨大的咸鱼干。他计上心来，抓着两条咸鱼干就又冲了过去……可还没咋的，女房东突然两眼向上一翻，躺倒在地……

被松开禁锢的傅函君低着头，摸着自己的脖颈咳嗽不已，沈其南立刻发觉不对劲，这附近的村民不知啥时候，吆喝着冲了上来，大有要抓住两个小孩子严惩的意思。

顾不上去弄清楚发生了什么事，沈其南抓住傅函君一顿撒丫子猛跑：

019

"我说，那个什么苏梅，到底是不是你的亲妈？"沈其南还不忘责备傅函君有这样恶劣的亲妈。

傅函君从小到现在，哪有这么剧烈运动过，很快就崴了脚。她吃痛，不肯起来，而身后的村民们依旧穷追不舍。没辙，即使内心里有千万个不乐意，小小男子汉的沈其南还是蹲下了身子，背起了傅函君。

"你真是个拖后腿的！"

傅函君气不过："我怎么啦？谁要你背啦……"

可村民们眼看就要逼近，傅函君生怕沈其南放下她，赶紧闭住了嘴。

兴许是沈其南身体素质好，以前没少在乡间野地里跑，两个孩子跑着跑着，竟然把村民们甩开了。临近黄昏，眼前这条林间小道静谧下来。沈其南累到虚脱，他放下傅函君后，大口大口地喘气。傅函君本想训他几句，瞧见他这样辛苦，也是不忍。

她自顾自地揉着肿痛的脚踝，想念家中温暖的大床。沈其南的脸忽然放大在傅函君的眼前，吓了傅函君一跳。沈其南伸出手："来，给我说好的那两个大洋。"

傅函君摇头："没有！只有这两个铜板。"

沈其南倒抽一口凉气："铜板？我们当时说好的，是两块钱吧？你怎么出尔反尔呢？"

傅函君终于说了实情，把自己钱包丢掉的事情说了出来。沈其南又是失望又是火大，这竹篮打水一场空，白忙一场，明天带家人去上海的计划再次落空。都怪眼前这个娇小姐！

沈其南恨恨道："你钱包丢了，为什么不早说？"

傅函君委屈极了，她小声地说："我以为见到妈妈就会有钱了。"

"你以为，什么都是你以为！我们后会无期，再也不见！"沈其南转身就走，老天爷，怎么什么人都能让他遇上。

傅函君嘤嘤哭了起来，沈其南听见哭声，忍不住回头，看见一个弱不禁风的小女孩正蜷着身子坐在荒草里，这四下原野，她一个人，还崴了脚，丢下她实在于心不忍。于是，沈其南复返，在傅函君的面前蹲了下来，粗声粗气道："你上来吧！"

傅函君赌气道："我不要！我才不要再被你占一次便宜！"

"行，那我真走了！"沈其南简直要被气笑了，这娇小姐的脑袋里想啥呢，他好心帮她，反倒说他要占她的便宜？

傅函君瞅着沈其南真要走，赶紧像只八爪鱼，爬上了沈其南的背部，沈其南憋着笑。

傅函君嘟着嘴："别闹！不准笑！"

沈其南乐了，这一笑，再也不感到背上的傅函君是个累赘了："我就笑了，我就笑了！你能拿我怎么样？"

[05]

血仇家恨铭记心

沈其南背着傅函君走着，听到傅函君肚子饿得咕咕叫，故意道："还好我们剩了两个铜板，还能买烘山芋吃。"

傅函君趴在沈其南的背上，想到此行离家出走，没有找到亲生母亲感到由衷的失落，泪珠儿便顺着脸庞落进了沈其南的衣衫里。

傅函君几次想要吃烘山芋，一天奔波加之受到惊吓，肚子早就饿了。

沈其南看她可怜，劝她："你想吃就吃吧，别饿着。"

傅函君正要掰开山芋往嘴里送，眼角的余光忽然瞥见沈其南吞咽了一下口水，并没有动那块烘山芋。

"你怎么不吃？"

"我想和娘亲他们一起吃。"

傅函南鼻子一酸，眼看就要落下泪来，心想要是自己也有这样的家人该多好。那可恨的顾月芹，凭什么总是欺负她！

傅家已经乱成一锅粥，房效良没少挨傅建成训斥。

"老房，以后再有这种消息就发电报给我！这次函君要是出什么事，我唯你是问！"

房效良满头冷汗："是，是，老爷！那我们现在该怎么办？"

傅建成想了想，已经排除了火车站，又打听到这孩子去过了他们打探到的地址，看来还在慈溪地界上，一定没有走远。现在只有借助警察局的势力了。

"走，去警察局。"

或许是太累了，傅函君今晚再也没有嫌弃大通铺的环境。心大的她也没有去多想，为什么今晚可以再次回到旅社。记得刚回来的时候，老板就喜滋滋地说，有个女人替她和沈家人把房钱都付了。陶馥云猜到有可能是昨晚睡在另一边的女客人发了善心，帮了他们一把，有机会再去报答吧！她今天把镯子卖了，换来了几个铜圆，无论如何，她一定要带着几个孩子去上海。

沈其南已经被她说服了，她不愿意先去买药，宁愿把钱省下来换成船票。陶馥云咳得厉害，为了不影响到怀中的孩子和别人，只好把自己蒙在被子里。

沈其南倍感自己无用，他亲昵地贴近妈妈："娘，我现在是家里唯一的男子汉，以后到了上海，不管是干什么，我都不会让娘和西瓜头受半点委屈。"

陶馥云欣慰万分。

那个给他们付了房钱的，确实是睡在隔壁的苏梅。世上的缘分是冥冥中注定的，该来的总会来。苏梅本以为走了财运，偷了沈家和傅函君的钱，暗自偷乐。却没想到，傅函君钱包里那半张照片把她打入了深渊……她颤抖着把怀里珍藏着的半张照片拿出来，终于拼成了一整张的照片。那是一家三口温馨和睦的照片，还是她当年催着傅建成拍的。可是后来，傅建成为了实现他的野心要娶顾月芹，请苏梅谅解他……

谅解？苏梅是绝不会原谅他的，即便已经过去了这么多年！一个嫌弃自己曾是舞女的男人，要他还有何用？

苏梅的目光停在傅函君小时候的影像上，往事一幕幕滑过，愧疚从心底蔓延开来。她当初真不该意气用事，把女儿留给傅建成，哪怕再苦再累，都应该把女儿留在自己的身边。

"女儿啊，妈妈来了！"

苏梅轻手轻脚来到了大通铺，趁着傅函君睡着，把钱包重新塞进了她的怀里。她慈爱地看着已经长这么大的女儿，真恨不能立刻和她相认啊……

也许是苏梅的动静有点大，也许是长期饿肚子的小其北睡眠很浅，他忽然扯着嗓子哇哇大哭起来。苏梅赶紧掀起被子，把自己遮挡起来。

大通铺的人们受不了婴儿的哭声，纷纷开始抱怨。

沈其南轻轻抱起了小其北："娘，您好好休息，我去男通铺那里照顾下老幺。"

陶馥云点点头，紧接着又猛烈地咳嗽了两声。

咸鱼和大成在廖刚毅的逼迫下没辙，硬着头皮，挨个地排查旅社。

"我跟你说，他们肯定不敢睡在旅社里！"咸鱼小声嚷嚷着发泄自己的不满。大成也很赞同咸鱼的想法，但他碍于廖刚毅是官面的人，没敢继续说。

他们掀开了来福客栈的窗户，睡着的陶馥云转了一下身，夜光下，陶馥云的脸清晰地呈现在他们的眼前，咸鱼被这突然的好运冲击得有点蒙，还是大成机警，他赶紧汇报给了廖刚毅。

廖刚毅确认是陶馥云在这大通铺里后，他的眼神瞬间阴冷。

"只要有这女人在，那其他几个小的就都跑不了！"

沈其南被妹妹骚扰着，妹妹沈其西不敢一个人夜里上厕所。沈其南只好背着老幺陪着妹妹来到了后院，沈其西不好意思地解释："二哥，我有点闹肚子，可能是那个烘山芋吃的，我要多蹲一会儿了。"

沈其南安抚她："没事的，妹妹。"

就在这三个孩子在后院的工夫，咸鱼和大成已经麻利地把满满一桶油倒在了窗下，又悄悄把门从外面扣死。

廖刚毅抽着烟，火光一闪一闪，像极了暗夜中的死神之眼。他抽完了最后一口，烟蒂被他快速弹进了油中。

火光顿时冲天。

苏梅是第一个发现着火的，她拼命推着傅函君："你快醒醒！"

傅函君迷迷糊糊地被她推着往前，门边已经有好几拨人在拍门，开始的时候还有人能够喊出来："救命啊，快开门，让我们出去！"

可是，门扣被扣死，根本没办法在短时间内打开。

于是人们一个接着一个倒下，陶馥云本就体弱，没过多久，就趴倒在地："孩子……"

沈其南看到火光，不顾一切地飞奔过来，惊慌失措的他，用尽所有力气，扯开了门外的绳子："娘，娘——"

傅函君刚被苏梅用尽全力推到门口，就被开门的沈其南一把拉了出来。

等到沈其南再准备奔进火海，便被随之赶来的店老板抓住："小孩子不要命了？你不要再冲进去了！看到没有，这火这么大，我们要先灭火！快上啊，大家快上啊！灭火！"

沈其南心急如焚，无助哭喊："放开我，放开我，我要救我娘——"

他不顾老板反对，硬要挣脱老板的钳制，可是，老板知道这孩子再进去就是送死……

火渐渐灭了。

沈其南背着弟弟，和沈其西挨个翻着那些死去的人，终于找到了母亲。

沈其西刚要号啕大哭，被沈其南用力捂住了嘴巴，现在还不是哭的时候，他看见咸鱼和大成正在不远处翻查着尸体。

小小年纪的他已经什么都明白了，这场火就是他们放的！他们想要他们死！

娘，我绝不会让你白死！

"妹妹，我们走！"

沈其西躲在沈其南的怀里，哭得快晕过去："二哥，我要娘，我要娘——"

沈其南紧紧抱住妹妹："不哭，不准哭！你再哭，被那些坏人发现怎么办？我们要活下去，一定要活下去，将来要为爹和娘讨回公道！"

在慈溪火车站，沈其南便发下了这样的誓言。短短几天来，血仇家恨，在少年的心中留下了一辈子都难以磨灭的伤害。现在唯一能够支撑他的信念，就是代替爹和娘，代替大哥，把妹妹和老么带到上海。他死死攥着手中母亲前晚郑重交给他保管的股契和卖镯子换来的铜圆："娘，我一定会回来的……"

廖刚毅皱紧眉头，在一堆被烧死的人中一一辨认着。咸鱼惊喜地发现了陶馥云的尸体："哎，快来看，我找到大的了！"

紧接着，大成也在附近找到了四个烧得更惨的小孩子尸体。

廖刚毅捂着鼻子，瓮声瓮气道："这四个里，肯定有他们沈家的三个孩子。"

咸鱼实在是受够了找人的痛苦，他赶紧附和："对的，他们四个人是绝不会分离的！"

廖刚毅阴狠地笑："那就让他们永远不分离。"

"走啊，可以交差拿货咯！"咸鱼开心地叫道，得意忘形的他丝毫没有愧疚之意。

廖刚毅他们刚走，房效良便带人赶了过来，匆忙确认了陶馥云的尸体，按照傅建成的指示，把陶馥云安葬在了沈贵平的墓里。沈贵平的墓也是傅建成安顿好的。他下决心，一定要照顾好沈家孩子的行踪，可是，无论如何，都找不到沈家人的行踪，却意外因为女儿在慈溪医院抢救，遇到了苏梅。

等到傅建成吩咐完房效良去料理陶馥云的后事之后，再回头寻找苏梅，苏梅的位置已经空了。

此时的他也顾不了那么多，女儿傅函君一氧化碳中毒，他必须把女儿带到上海的医院接受治疗，否则女儿的抢救时效有可能被耽误。

沈其南带着妹妹再次回到了火灾现场，却遍寻不见母亲的尸体。

"二哥，为什么我们找不到娘？"

沈其南握着妹妹的手，目光变得坚定而又温暖："走吧，我们去上海！"

宁波，再见；慈溪，再见；浙江，再见！我沈其南，一定会带着妹妹和弟弟，在上海开启新的人生。

[06]

十里洋场恍若梦

上海，自清末开埠以来，短短几十年间从一个小渔村变成了举世闻名的"东方巴黎"，出现了无数经典建筑，也涌现出了中国近代史上第一批优秀的建筑师和营造师，而围绕着这片黄金地带所展开的竞争，也比任何战争都更加无情、更加惨烈。

随着一声汽笛响,载满各色人物的客船靠近了上海码头。人们依次走下来,等级森严的社会反映在了这样小小的一艘船上,沈其南牵着妹妹从底舱钻了出来,他的背上绑着的是自己的亲弟弟沈其北——一个还没有满月的婴儿。

三个孩子终于平安踏上了上海这片充满传奇的大地。此时的沈其南顾不上想那么多,也没有什么宏伟的志向,他只想以一个兄长的肩膀,能够养活自己的妹妹、弟弟,在上海有一个安稳的落脚地。他并不知道命运之轮,正以残酷的方式摧毁他的一切,让他迅速成长。

"哥哥,我们现在去哪里?这上海那么大,哪里才是我们的落脚处呢?"沈其西迷茫地看着眼前的繁华。她好羡慕那些在爹娘身边围绕着的孩子,如果自己的爹娘也在这里该多好啊。

沈其南打听着天文台在哪里,顺着路人的指引,来到了公共租界处,被洋人拦了下来,索要过路费。沈其南哪有什么余钱给得起过路费呢?离六月初六还有很久呢,要是给了过路费,他和妹妹、弟弟该怎么办?

沈家三个孩子仰望着不远处的天文台,那里,现在是他们最大的期盼了。

沈其东改了自己的名字,现在是厉东的他,被匕首刺中的伤口已经恢复得差不多了。他每天都在日历本上画上钩,特意在六月初六那天圈了醒目的圆圈。徐大林瞧见他那么珍视日历本,笑他:"六月初六是你的生辰吗?你不是不记得了吗?"

厉东笑了笑:"我脑海里隐约记得这个日子对我很重要,但是具体因为什么事情,我是真不知道了。"

"好啦!我们筱先生对你很照顾,他一直关心你的恢复情况呢!"

厉东点点头:"筱先生是个好人,那他到底是什么人?"

徐大林很诧异："你竟然不知道吗？那你听说过青帮吗？筱先生是青帮里呼风唤雨的大人物，不过他和那些整日里喊打喊杀的帮派大哥不同，他信佛，最是心善了，你也是幸运，被我们筱先生救了。"

"那真是很幸运了！对了，我现在很想报答筱先生，有需要我帮忙的地方吗？"

厉东对这个古怪的筱先生产生了兴趣，竟然还有信佛的黑帮老大？这青帮是赫赫有名、颇有威势的帮派，没想到，误打误撞，自己竟然被青帮中的人收留救治。

徐大林高兴道："还真有一件事，筱先生吩咐了，如果你好了，就负责把院里的房间打扫一下。"

厉东接到活儿，点点头，并不多言就去了。

他一遍一遍认真擦拭着书房里的所有物件，忽然，他被报纸上的一张照片吸引，那照片上的杜万鹰举着"缉毒英雄"的锦旗笑得开怀，他强忍怒火，接着看下去，在特别报道处，记者写道"当场击毙走私犯沈贵平"。

沈其东攥紧报纸，他的拳头上骨节分明，那里仿佛随时会爆发出伤人的力量。

徐大林拍了拍厉东的肩膀："厉东，你怎么啦？脸色这么差。"

这一声厉东，让沈其东迅速调整好情绪，对，他现在是厉东。

沈其南背着沈其北，满脸愁容，他这些天明显消瘦了很多，本来就不大的脸上，一双乌溜溜的大眼睛空洞得吓人。沈其西叫了好几声二哥，才把那双眼睛里的神采唤了回来。

"二哥，你有什么好办法了？"

这几天，沈其南试了很多赚钱的方法，比如捡烟头，把那些被人吸了一大半的烟头捡起来，抽出烟丝，再重新加工进行售卖。可是刚卖了没两天，就被这一带的"老江湖"给打了一顿。他有什么好办法呢？背上还有个饿得直哭的弟弟呢，总不能背着弟弟和他们拼死打一场吧？

弟弟又饿得嗷嗷哭，沈其南心疼得要命，恨不能割自己的肉喂他吃。沈其南突然想到前两天，一位好心的大娘曾施舍过米粥给弟弟喝。今天的收入看来是没可能了，他只好带着妹妹、弟弟重新找到了那位大娘。

"大娘……"陈大娘是真的心善，瞧见这仨没父母的孩子又回来，就知道肯定是没吃的了，可怜她的家中也只剩些米粥可以接济。

"来了啊，快把你弟弟给我，我喂点粥给他。"

沈其南赶忙答应，麻溜地把弟弟抱到了陈大娘的怀里。

陈大娘一边喂饭，一边心疼："我这点粥啊，只够你弟弟吃了。你俩去看看别家还有没有吃的能匀点给你们。"

沈其南感动地给陈大娘鞠躬："谢谢你大娘！西瓜头，走，哥带你去找点吃的。"

他刚出门，就见到一个运煤的中年男人正在发愁。原来他那装满煤的车轮陷进了泥泞里，怎么也推不出来。沈其南发现旁边有一堆煤渣，聪明的他，立刻就有了办法，他把煤渣铺好垫在了车轮下面，再辅助以力量推车，果然，运煤车就顺利地从泥泞里出来了。

男人很高兴："谢谢你啊，小兄弟。"

"不用谢！走，西瓜头！"

男人在这一带居住，人们都叫他连叔。他心下感觉这孩子机敏可爱，以为是陈大娘的亲戚，不由得问了声："这孩子是你家的什么亲戚啊？这么聪明！"

陈大娘抱着沈其北，叹息道："哪是我的什么人啊，这三个孩子无父无母，这个最小的出生没多久，我是见着可怜，这才留点粥给这个小的。"

连叔起了恻隐之心，赶紧踩上车追了过去："喂，孩子们，你们等一下啊！我带你们回家吃饭。"

沈其南兴奋地拉着妹妹，跳上了连叔的拉煤车。到了连叔家里，连婶的脸明显难看，可还是阻挡不了沈其南的喜悦之情，他麻利地帮着连叔把煤卸完，才和妹妹一起坐在了餐桌上。

连叔大方地从厨房里端出几个馒头和两碗米粥。招呼着孩子们吃。

他爱怜地看着孩子们狼吞虎咽，不禁关心道："我瞧着你小子的力气还可以，恰好我们煤行还缺小工，我明天就介绍你过去？"

沈其南不敢相信好运这样来临，他满含眼泪猛点头。

刚想好好表达感谢之情，两个人忽然看到坐在连叔后面的连婶那一脸阴冷的表情，顿时吓得一哆嗦，继续低头猛吃饭。

连叔不想和自己的婆娘商量，又做了一个决定："孩子们，你们以后也别在外流浪了，要是不嫌弃我这后院的棚子，如果没有地方，你们就住那里吧。"

沈其南只顾着低头扒饭，内心的感动，让他顾不上再多说什么，以后就用行动来报答吧！

他吃完后，抢着把碗筷都洗了，发现院子里还有一盆脏衣服，不顾连叔反对，又跑去仔仔细细、认认真真地洗好。

连婶却拿着他刚洗好的碗走过来，训斥道："你这洗的什么，上面有米粒还没洗掉，你是瞎吗？"

沈其南站起来，小心地接过碗，不停道歉，表示一定会重新洗一遍。

其实，连婶也不是大恶之人，她对沈家这三个孩子也挺同情的。可是，她也要糊口啊，也要维持生计啊，这丈夫也是，总是热心帮人，无端领了这三张嘴回来。她打量着那个襁褓中的婴儿，一会儿工夫就直摇头，这么小，简直是拖累啊！两个大的本身就是小孩子，哪能养得好一个婴儿？于是她计从心来。

昏黄的油灯下，沈其南兴奋地把破草席铺上，底下被他仔细垫了好多的干草。自己试了下，还挺软乎，虽不比在家中的舒适，可是比这些天在外漂泊，躲在墙角处强多了。至少这里遮风挡雨，还有一盏温暖的小油灯。

沈其西也很满足，能够这么快就拥有这样的住处，已经出乎她的意料。

"二哥，你快睡吧，做了一整天的家务，累坏了吧！"

沈其南宠溺地摸着妹妹的头："不累！西瓜头，你也长大了。不过，你要记住，我们在上海是有家的，只要股契在手，只要上海第一高楼建起来，我们就能够拥有自己真正的家。"

沈其西受到哥哥的鼓励，很开心。她点点头，对未来重新满怀期待。不管怎样，我们一定要在一起，一定要！沈其南坚定地想。

[07]

六 月 初 六 天 文 台

田石秋气得把桌子上所有物件猛扫在地。那永晟营造厂不是没有机会了吗？竟然拿下了他势在必得的天川公路项目！好你个傅建成，到底使了个什么法子起死回生？哼，就先让你傅建成苟延残喘一阵，我一定会像夺走你的上海第一高楼那样，夺走你的天川公路。

沈其东默默地收拾着行李。徐大林不能理解："厉东，你为什么要今天走？"

"我想去和筱先生辞行，感谢他收留我。"

徐大林提醒他："你现在不能去，筱先生正开设香堂准备收徒弟。"

沈其东轻轻哦了一声，他对黑帮收徒弟不感兴趣。他决定去现场，等筱先生收完徒弟再说自己离开的事情。离六月初六越来越近了，他一定要去见娘和自己的弟弟、妹妹。

　　大厅里面，筱鹤鸣正坐在太师椅的主位上，两侧依次坐着其他几个青帮的大佬。

　　抱香师高声唱请祖师："历代祖师下山来，红毡铺地步莲台，普渡弟子帮中进，万朵莲花遍地开。"

　　抱香师唱诗的同时，杜万鹰和廖刚毅在祖师的牌位前焚香叩拜。

　　沈其东踮起脚尖，隔着人群，忽然一眼看到了站在最末位的大成，心内大惊，下意识地往后退去。

　　沈其东想不明白，这大成怎么会站在这里，难道大成也是青帮的人？

　　"大林哥，那个人也是筱公馆的人吗？怎么我在这里那么多天没见过他？"

　　徐大林低声道："那都是青帮的人，青帮收弟子都要人来引荐，所以，引荐人也必须来参加。"

　　沈其东还想再问些什么，徐大林做出噤声的手势。

　　筱鹤鸣并不知道沈其东在人群中，他一双锐利如鹰般的眼睛扫着台下的"新弟子"，冷声道："你们既是自愿入帮，可要明白，本青帮不请不带，不来不怪，来者受戒，进帮容易出帮难，千金买不进，万金买不出。"

　　杜万鹰和廖刚毅赶紧恭恭敬敬抱拳："弟子谨遵师命！"

　　沈其东听到二人的声音，再次大惊失色，竟然是他们！沈其东的伤口处重新被血染红，徐大林发觉沈其东身体状况不妙，赶紧拉着愣怔住的沈其东离开了堂会。

　　徐大林一边给沈其东换下伤口上染血的纱布，一边劝道："我早说让你别走的，伤还没好，你看，被人一挤就又开始流血了，你不自己找罪受吗？别逞强了啊，等伤好透了再走吧！"

　　沈其东却完全没把徐大林的话听进耳，此时此刻，他恨不能扑倒那两人，割其肉、挑其筋！可是，一想到六月初六已经接近了，他必须见到家人，确认他们的安全。

沈其南异常珍惜这份搬煤的工作,哪怕已经饿得不行,见着街边那些热气腾腾的吃食拼命咽口水,他还是忍住了。摸出了口袋里那几个铜板,走到卖鞋的小摊上,认真比较,挑了一双红色的鞋子,嗯,这双鞋子一定很适合妹妹。沈其南的心情因为那抹红色明朗起来,自言自语道:"西瓜头见到这双鞋子,肯定很开心!"

这些天,他在外工作,沈其西就留在棚子里照顾弟弟。

果然,沈其西见到沈其南手中的红鞋惊喜万分,她小心地把鞋子收好。不肯现在就穿,说是要等六月初六那天见到大哥的时候再穿。沈其南好心酸,可又想到大哥可能是活着的,于是便不再多说。

他也不确定大哥是否死了,假如大哥命大,从火车上跳下来根本没死呢?他心中慢慢升腾起希望,大哥说过六月初六天文台见。

拜完师父,离开香堂,杜万鹰便暗示廖刚毅,去把筱鹤鸣身边的得力助手阿天叫上。他摆了一桌盛宴,热情款待阿天。阿天拍着杜万鹰的肩膀,劝他不要和自己客气,这入了帮,以后都是自己的兄弟。沈其东悄无声息地站在阿天的身后,不时给他们倒酒。这个机会,还是他央求徐大林让给自己的。徐大林只当自己的兄弟厉东想开了,准备跟着自己在筱公馆好好干,于是欣然同意。

阿天并没有发现今天的跟班不是徐大林而是厉东。他对厉东印象不是很深,当时的沈其东受伤后躺在草丛里,留给阿天的记忆,就是一个半死不活、浑身上下鲜血淋漓的青年罢了。

杜万鹰想把阿天灌醉,多打听些关于筱鹤鸣的信息,没想到自己却喝醉了。糊里糊涂地出了酒场,他独自趴在树底下呕吐。见此,沈其东很是激动,这是刺杀他的最好机会!他一定要杀了这个该死的杀父凶手!

可正当他接近杜万鹰准备刺杀之时,一束刺目的灯光突然照过来,惊慌失措中，沈其东瞥见一个孩子在那辆车的后玻璃处猛烈拍打，一只手捂住了他的嘴，不顾他的挣扎死命往后拖着。

沈其东不敢相信，这里不是筱公馆吗？怎么会在这里出现这样的事情？

正在发呆，徐大林忽然出现，开心地拍了拍沈其东的肩头："我到处找你呢，怎么样，今天阿天有没有表扬你？你的表现还好吧？"

沈其东知道徐大林是个好人，他顾左右而言他："大林哥，你看到刚过去的车了吗，那里面为什么有个孩子？"

徐大林心虚："有个孩子咋啦，或许是哪家贵客的少爷、千金吧？"

沈其东不相信："不对，绝对不是！"

徐大林了解这个虽然结识时间不久，但脾气倔强的厉东，他害怕厉东再问下去，会遭到不测，严肃道："厉东，你只是借住在这里，哪些能问，哪些不该问，你要有分寸！这是他们要的酒，你快送进去！好好表现啊！"

等沈其东回过劲来，那杜万鹰已经摇摇晃晃走进了房间。

沈其东白白错过了刺杀杜万鹰的好机会，他把酒又塞回了徐大林的手中，冷冷道："要送你送吧！我身体不舒服，先回去了。"

……

上海公共租界内的繁华，旗袍女郎的时髦，令沈其南和沈其西恍了神。

沈其西拉着二哥的手惊叹道："这里比老家热闹多了！"

沈其南装着大人的语气说道："当然，这里是公共租界，全上海最有钱的地方！"

"那天文台就在这里吗？"

"嗯，快走，一会儿咱们就能见到大哥了！"

沈其南背着弟弟，带着妹妹，到了天文台。

沈其东再次下定决心，必须找机会和筱先生告别，自从知道筱先生是青帮的人后，他就留了个心眼，不能轻易得罪他，否则青帮的势力那么大，自己也会无辜遭殃，因此，既然要离开还是要和筱先生说一下比较好。

他把包袱又查看了下，一双特意给妹妹买的鞋子醒目地出现在他的行李里。这是他为妹妹买的，他有个全天下最漂亮的妹妹。思念妹妹的心情，使他恨不能立刻把鞋子送给妹妹。于是，他把新鞋子塞进了自己怀里。

他刚走出房门，就看到廖刚毅鬼鬼祟祟地在往后院去，本就怀疑这院里有鬼的沈其东，改变了去告别的想法。他打算跟上去看个究竟。

顺着廖刚毅的目光看去，后院处停着一辆车，沈其东确定是那天晚上见到的汽车。接着，他就看到车里一个又一个孩子被捂着嘴拖了下来，进了房间。

廖刚毅趁着阿天带着手下离开，赶紧潜进了屋子。这间屋子看起来就是个普通的书房，然而一定是有暗室的，否则，怎么会安排在后院这个地方做成书房的模样？

廖刚毅仔细查看着，很快就破解了机关，打开了暗室。里面蹲满了被绑起来堵住嘴的孩子。廖刚毅得意地笑，这回，看你筱鹤鸣能不完蛋。

沈其东趴在窗口，看得一清二楚，忽然，一只鞋从他怀中掉落，他忍不住"啊"了一声。

机警的他，知道廖刚毅必然发现了他，于是他大声喊起来："有贼，有贼！"

还没走远的阿天等人，听到声响，赶紧回头。

等到他们赶来时，还是晚了一步。廖刚毅和沈其东厮打在一起。沈其东哪是廖刚毅的对手，最终体力不支，被廖刚毅揍昏了过去。怀里的另一只鞋也掉落在了草丛里，鞋面上沾着沈其东头上的鲜血。

沈其东昏迷前，呢喃着："天文台……"

[0 8]

倾 家 荡 产 落 成 泥

杜万鹰和廖刚毅被五花大绑着，跪倒在了筱鹤鸣的面前。

筱鹤鸣本就疑心这两个新入弟子，他信佛，也相信面相，初次瞧见这两个人的面相，就觉得带着浓重的戾气，尤其那眼神，分明是两头养不熟的狼。

"说，你们两个鬼鬼祟祟来我这里想干什么？"

杜万鹰心虚："先生明察，我俩真心投靠先生，并无二心啊！"

"哼，你俩未入门，我筱公馆上上下下都很平静，怎么你们一来就遭贼了？"

杜万鹰叫道："和我们毫无关系！我一直在练功房啊！"

筱鹤鸣怒道："好，廖刚毅，你说说，厉东受伤的时候，你在哪里？"

廖刚毅答不出来，筱鹤鸣冷笑。

"我筱某人做事向来公道，你俩既然没有证人证明清白，那就等厉东醒了之后再做决断。来人，现在把这两人关起来。"

话音刚落，阿天就在筱鹤鸣耳边道："不好了，厉东不见了！"

"什么？"

等到他们赶过去时，床上哪还有厉东半点影子。一个受伤那么重的半大小子，能去哪儿？

沈其东正在雨地里疯狂地跑着，雨水打在他的身上，刺激着他的伤口。可想要见到亲人的执念，使他并没有放慢自己的脚步。

娘啊，南瓜头，西瓜头啊，你们一定要在天文台上等我，一定！

可怜沈其南和沈其西两个小孩子待在天文台上等了一整天，都没有盼来哥哥。沈其西饿得没有力气,躲在二哥的怀里。弟弟沈其北更是哭闹不休,天公也不作美,忽然就下起了大雨。沈其南看了看不远处,有个面摊,于是便拉着妹妹过去,一方面可以让妹妹躲雨,另一方面还可以填饱肚子。可妹妹沈其西不肯吃。

沈其南安抚道:"乖,妹妹,你先吃点东西,躲一下雨。哥哥如果到了天文台一定会等咱们的。你要是不放心,我现在就过去。"

沈其西这才点点头:"二哥要快点来接我哦!"

"嗯,你在这里吃,千万不要乱走。二哥等到大哥,就来找你。"

沈其西点点头,她小心地爱护着脚上这双新鞋子,这还是为了来见大哥才穿的。沈其南惦记着天文台,万一大哥来了见不到他们会着急的,于是又背起老幺,往天文台跑去。原本给老幺挡雨用的盖头不知道何时被风吹走了。小小的婴儿一下子暴露在雨水里,那些无情的雨滴哪管你是婴孩还是什么易碎品呢,命运,只管无情地蹂躏着。

此时天文台上一个人都没有,沈其南悲从中来,他终于把自己抱住,想到这些天的遭遇,头一次放声哭出来。

"爹,娘,你们知道吗?我好累,我好辛苦啊!今天,差点就保不住老幺了,连婶竟然偷偷找了一对夫妻来要收养老幺。老幺是我们的亲弟弟,我怎么能把他拱手让人?我是他的二哥啊,我要给他一个家啊……

"大哥,你在哪儿?你是不是真的死了?你现在和爹娘在一起吗?那边怎么样?是不是很温暖?大哥,大哥,你倒是出来啊!我求求你了,你倒是来啊……"

沈其西孤单地吃着面,她哪还有什么胃口。可是二哥省下来的面,她无论如何必须吃进去。忽然,她发现,不远处有个背影,那不是大哥吗?天哪,那是大哥啊!

沈其西叫道:"大哥!我在这里啊!我是西瓜头啊!"可那个背影越走

越远，分明是没有听到，沈其西顾不得吃了，她拼命跑起来，呼唤着大哥。那个身影上了电车，也许是下雨的缘故，车上的人好多，小小的沈其西被挤得东倒西歪，她竭尽全力，往大哥的方向靠着。然而，还是被挤下了电车。

站台上，沈其西第一次发现自己迷路了。

沈其南哭够了，他忽然意识到不对劲，为什么弟弟沈其北那么安静呢？他反手哄拍着弟弟，一摸，竟然都是湿的。他赶紧把其北抱进了怀里，那搭在褴褛上的雨布早已丢失，沈其北的脸色苍白，小嘴紧紧抿着，已经奄奄一息。

沈其南慌忙抱起弟弟："老幺，老幺！"他现在只有一个念头，就是赶紧找医生！

可是跑到面摊处才发现，面摊已经打烊了，哪里还有妹妹的影子？

怀里的沈其北越来越烫，沈其南一咬牙，跑进一家中医诊所。

急忙慌叫着："医生，快来啊！救命！"

老中医人还是挺和善的，他听到孩子的叫声，从里屋走了出来。可是，当他见到褴褛中湿漉漉的孩子时，却脸色大变，摇了摇头，好心地找了件干燥的衣服，给沈其北裹上。

"孩子啊，你赶紧去看西医吧，兴许有救！"

沈其南结结巴巴道："那，那会不会很贵啊？"

老中医唉了一声："很贵，但是跟一条生命比起来，钱又算得了什么呢？"

沈其南想到了口袋里那张保存完好的股契，那是他最后的希望。

沈其南的脑海中满是沈其西期待的眼神，她是那么期盼着第一高楼建好后，可以搬进去住，再也不用忍饥挨饿，不用担惊受怕，不用冷风冷雨里待着……但是，老幺的病……

"老幺！你要坚持住，你一定要坚持住啊！"

沈其南跑到了第一高楼那里。田石秋恰好在工地上，听说有一个小赤佬拿什么股契来换钱。他本想撵走,忽然改变了想法。竟然还有人没有把股契换掉?他倒想看看到底是什么人那么傻。

沈其南气喘吁吁地跑到田石秋那里,递上了无比珍贵的股契:"老板,我想把这张股契退了,房子我不要了,我要拿钱救人!"

田石秋接过了股契,忽然笑着撕成了两半:"你想来讹我钱?我要报警!来人啊,报警!"

沈其南简直不敢相信:"你!你还我股契!还我家钱!那是我父亲花了两千块买来的!快给我!"

田石秋捡起那被撕成两半的股契,狞笑着,再次撕得粉碎:"上海第一高楼现在是我们新丰营造厂的,你拿着永晟营造厂给你们的股契来向我要钱?你不是讹我是什么?我念你还是个孩子,你就赶紧走吧!来人,把他给我撵出去!"

沈其南不顾一切地蹲在泥里捡起那些股契的碎片。

一个建筑工地的老工人拽起了他,同情地道:"孩子啊,你家大人呢?这田石秋定是看你是个孩子,才欺负你的!他心狠手辣,当初用尽手段,夺来了第一高楼,如今啊,又来欺负你。你纵使有十张股契,在他这里也换不来一文钱!"

沈其南愤怒地瞧着田石秋远走的方向,心中暗暗发誓,他今生今世都不会忘记这个人!

医院的病房里,沈其北终于挂上了点滴。那对连婶找来的夫妇重新回来,在连婶的哀求下,加之本就真心喜欢沈其北,想要收养这个孩子,便同意了给沈其北治疗。

沈其南强忍泪水:"阿姨,让我再抱抱弟弟好吗?"

这对夫妇中的妻子是个好人,她温和地笑:"抱抱吧!你也不容易,自己还是个孩子,还把弟弟带了这么久。"

连婶早就想好好训斥沈其南一顿："都让你不要带着妹妹、弟弟乱跑，这下好了吧，妹妹丢了，弟弟被带出病了！你说说你，你这天天干的都是什么事啊？"

可是不管沈其南有多么不舍，有多么痛恨自己，沈其北还是被那对夫妇带走了。小人儿的他，立刻就又后悔了，怎么能亲手放弃自己的弟弟？恐怕爹和娘都不会同意的吧？他赶紧跟在汽车后面跑起来……

弟弟，你一定要健健康康的，等着哥哥将来接你回来！

他跑着跑着，直到被一块石头绊倒，再也追不上汽车。

沈其南默默地走在街上，心里是空的，那里就像一个玻璃瓶，随时会碎裂。妹妹也不知道到底在哪儿，世上的人们是不是都在看他的笑话？是的，他好没用啊，妹妹看不好，弟弟送给了别人，自己活在这个世上，到底是为了什么？

身边忽然响起了一阵歌声："回忆儿时，家居嬉戏，光景宛如昨……"

多么熟悉的歌声啊，那是妹妹唱过的歌，他还没有找到西瓜头，无论如何，他必须坚强起来。他抹了抹自己满脸的泪痕，不能哭，以后都不准哭！

他的前方，一个擦鞋摊正营业着，时不时就有人光顾，擦鞋的孩子和他一般大，手脚麻利地给人擦着皮鞋上的灰尘。他仔细观察了下，那擦鞋的工具也不是特别贵，无非是个小木箱子、两个小凳子、几张干净的破布而已！

他摸了摸口袋里的两个铜圆，有了新的主意。为何他不可以摆个摊？

[09]

杀父之仇

沈其东呆呆地坐着,旁人不知道他的心思,只当是这孩子受了不小的刺激。本来就是在草丛里因为重伤昏迷,被人捡回来救治,这回又在雨夜的天文台上晕倒。幸好被人找了回来,没变成傻子就算他命大。

他被安排到了筱鹤鸣的身边,有人告诉他,待会儿要他指认家贼。

家贼?沈其东突然恢复了些精神,眼睛里又有了光芒。

杜万鹰和廖刚毅两个人被五花大绑提溜到了大堂上,阿天一声令喝:"跪下!"

两个人还没来得及反抗,就被阿天随之而来的脚踢,踢中了关节处,扑通一声被迫跪下。杜万鹰和廖刚毅都认出了沈其东,两人一阵心虚,那短短的几秒钟里,各自心怀鬼胎。沈其东则想起来了父亲的惨死,还有自己惨遭廖刚毅痛揍的事情。

杜万鹰准备恶人先告状:"筱先生,其实……"

沈其东打断道:"不是他们。"

筱鹤鸣惊讶万分,他还以为今天就是处置两个不怀好意的内鬼的日子呢,他已经做好准备了,没想到厉东竟然说不是他们!

"厉东,你不要怕,有什么说什么就好,不要有心理负担。"

沈其东摇摇头,平静地说:"是的,筱先生,那日打我的人,不是他们。我记得很清楚,当时那人形迹可疑,我还以为是府中新人,直到看见他想拿走筱先生桌子上的玉石镇纸,才知道是进贼了,我大叫捉贼,本想和他交手,但没想到此人身手了得,后来我被打晕,就什么都不知道了。"

杜万鹰和廖刚毅以为自己在做梦,这是真的吗?这个半大的孩子到底是谁?为什么要帮他们呢?

反倒是筱鹤鸣尴尬地笑了笑:"原来是一场误会!来来来,万鹰、刚毅,是为师不好啊,让你们受苦了。"

杜万鹰发现警报解除,他从地上站起来,拍了拍裤子上的灰尘:"先生言重了,只要先生能够明白我们兄弟二人的忠心,那我们受再大的苦也是值得的。"

沈其东默默地跟着阿天走出了大堂,他的神色平淡,仿佛又回到了呆呆的状态。

廖刚毅确定他和杜老大的身后没人跟梢后,才敢躲在自己房间里松口气。他俩确实是快吓死了,甚至都做好了以死相搏的准备。却没想到被厉东救了,两个人决定找机会把厉东捉来问清楚。

"刚毅,这人到底是谁?你打听清楚没有?"

"听说是筱鹤鸣从外面救回来的,脑子受了伤,除了知道自己名字外,什么都不记得了。"

"咱们奉熊先生之命查找筱鹤鸣拐卖幼童的证据,现在打草惊蛇,以后下手肯定困难,如果能得到厉东的帮助,或许还有转圜的余地。"

沈其东当然不想放过他们两个,可是他没办法背弃父亲的教导,无法做个缩头乌龟,也不能因为自己是老百姓,就没有正义心。要不是从天文台处被人抬回来,陷入昏迷中,他也不会听到阿天说出密室里为何抓了那么多孩子的缘故。原来,筱公馆真的在做一件罪大恶极、伤天害理的事情!他们抓住女孩,直接卖到窑子里;抓住男孩,攒到二十多个以后,就用船贩卖到海外去做劳工!阿天和徐大林之间所说的每一个字,都真真切切落入了他的耳中。

他已经有了主意,利用杜万鹰和廖刚毅,先拔掉筱公馆这颗毒牙,父亲如果活着，一定也会支持他。

沈其南属于说干就干的那种性格，他从垃圾堆里翻找出一个可用的木盒子，仔细刷洗干净，又置办了一些擦鞋工具，于是，上海滩上一名新的擦鞋小工出现了。

他心情还不错，对即将开始的"事业"抱有很大的期望。是的，这一行没什么技术含量，只要嘴皮灵活些，手脚麻利些，哪有挣不到钱的道理。

玻璃上倒映出一个擦鞋小工俊秀的脸，他瞧了瞧，忽然拿出鞋油，给自己的脸上涂抹一番，顿时，一个勤快的小工形象倒映在永晟营造厂外的玻璃上。

沈其南听到汽车发动机的声音，很快，他的身后停下了一辆车。傅建成从车里下来，他和房效良边走边交代："让小姐和少爷过来吃饭。"

房效良还没来得及开口，老侯——临时被安排看守办公室的小包头从屋里跑出来，恭敬道："老爷，老板娘打电话来说，她待会儿要带小姐和少爷来吃饭。"

沈其南观察到这些人的鞋子上沾满了泥沙，他给自己打气：沈其南加油，这就是你新的开始！

他探头探脑出现在了傅建成的办公室门口。傅建成正拿着一张报纸看，等着家人过来一起吃午餐，沈其南大声问道："请问这里有需要擦鞋的吗？"

傅建成的阅读被打断，也很惊异怎么会有外人出现在自己的办公室。

"老侯！"

老侯赶紧从里屋走出来，他瞧见沈其南瘦弱的身子正弯着腰，心下有些不忍，但还是稍微提高了音量："你这孩子，怎么进来的？快出去！"

鬼机灵的沈其南分辨出那个看报纸的是这里的老板，他硬着头皮小跑进去，迅速放下盒子，拿出鞋油，嘴上也不闲着："老板，我擦鞋不要钱！我免费给你们擦！"

傅建成听着有趣，还有这样做生意的："哦？"

"是真的哦，这次如果老板看我擦得干净，以后还请你们多照顾下我的生意。"

傅建成笑了笑，顺手脱下了鞋子："你这小子还挺会做生意的，好好擦吧，擦不好，你就给我滚蛋。"他也确实烦恼自己每天跑工地，鞋子上总是沾着泥沙。

沈其南欣喜极了："好的！老板！"

房效良和文科长都围了过来，也都跟着说道："擦完了，也都替我们擦一下。"

"哎哎！"

沈其南乖巧地把鞋子拿到了永晟营造厂外面的台阶上擦着，小小的脸上满是汗和油污。他已经想好了，这单生意要是能够长期合作，那么以后的生活就会慢慢好起来。可是天不遂人愿，他梦想的生活很快就被打碎。曹俊带着一帮孩子围着沈其南虎视眈眈。

"这是我们的地盘。谁让你在这儿擦鞋的？"

沈其南扬着头，很不服气："这地方这么大，你擦你们的，我擦我的，我碍着你们什么事了？"

曹俊比沈其南大了三四岁，他的个头也很高大，打架斗殴是把好手，附近一带的孩子很少有能打赢他的，常年位居孩子王的位置。所以，他盯着这个敢挑战他的新人看了数秒，伸出手，拍了拍沈其南的头："你知道什么是地盘吗？就是说，这一带只能我们在这里擦鞋！你是吃了熊心豹子胆了？敢在我这里叫板？赶紧收拾东西给我滚！"

沈其南不服，他一把打掉曹俊的手："我也要活命啊！"

曹俊冷笑一声："我看你是敬酒不吃吃罚酒！兄弟们，给我打！"

小擦鞋匠们接到命令，一拥而上，很快就抢下了沈其南的箱子，把他那些已经擦干净的鞋子全部扔进了旁边的臭水沟里。

沈其南大喊:"快把我的箱子还给我!"

曹俊发觉这沈其南的胆子真是大得很,这种情况下竟然还敢向自己要箱子,看来真是活腻了。他给了个眼神,那些擦鞋匠心领神会,抓住沈其南就是一顿拳打脚踢。

直到打得沈其南彻底趴下,曹俊上前又踢了一脚:"记住,以后要是再敢在我的地盘上抢生意,就不是打你这么简单了!"

沈其南挣扎着从地上爬起来,捡起散落一地的、被踩坏的鞋子,用自己身上的衣服拼命擦着。但愿能够补救回来,可是,鞋子被踩得完全变形,他对曹俊这帮人的愤恨再度加深。但眼前,这件事情该怎么交代呢?

刚从屋里吃完饭的傅函君又和顾月芹吵了一架,心情差到极点。她真是很讨厌这个惺惺作态的女人,要不是之前去慈溪没找到母亲,她才不会继续和她坐在一张桌子上吃饭。

"唉,妈妈,你到底在哪里呢?"傅函君叹息,她决定出去走走。

没想到,沈其南竟然灰头土脸地坐在外面的台阶上。

"你怎么在这里?"

沈其南也愣怔住:"是你?"

他突然想起那场慈溪的大火,想起了母亲被烧死⋯⋯

房效良和文科长看着沈其南手里的那堆破鞋子又好气又好笑:"这就是你免费擦的鞋子吗?"

沈其南垂头丧气:"对不起!"

"说声对不起就完了吗?你要赔的。"

文科长冷着脸凶他:"你知道这双鞋子有多贵吗?你怎么擦的鞋子呀?"

傅函君站在门口,沈其南这才明白傅函君是小姐,他更觉尴尬,把头垂得更低。

傅建成摆摆手："赶紧把鞋子的钱赔过来，以后都不要出现在这里。"

沈其南低声道："我没钱。"

傅建成刚刚本来就被女儿气得不轻，余怒未消的他，看着这个脏兮兮的小男孩，更觉得心烦意乱，不由得加重了口气："没钱？行啊，来人，去报警，让警察赶紧把他给我带走。"

沈其南抱着最后一丝希望，这是他刚刚擦着那些被踩坏的鞋子想到的："不要抓我。我以后一年都在这里免费给你们擦鞋子，用来抵消你们的鞋子钱。"

傅建成气道："真是倒霉，怎么会遇到你这种人，赶紧走！看见你就烦！"

傅函君看不下去了，她本来就觉得父亲有点仗势欺人，猛地一跺脚："我看你们才是可恶！他又不是故意把鞋子搞成这样！"

沈其南难过地鞠了一躬，走了出去。

傅建成瞧见女儿火性这么大，并不知道这两个孩子原本在慈溪就认识，他气道："难道他把手里的工作搞砸，还要我笑脸相待吗？"

傅函君回道："可你们就是盛气凌人！哼，我出去了！"

顾月芹听到动静，走了出来，正好看见傅函君气呼呼转身出门的身影："咦，你真要走啊？"

气头上的傅建成怒道："让她走！"

顾月芹偷乐，她最喜欢看老爷冲傅函君发火："承龙，快来，给你爸倒杯茶，让你爸消消气！"

[10]

动 荡 的 擦 鞋 生 活

傅函君悄悄跟在沈其南的身后,看见沈其南满脸怒容,他来到营造厂后墙角处的一处废弃的煤渣堆前,用力把煤渣踩碎,捡了个袋子,装进了很多的煤渣。

他一转身,就看见了一身漂亮小洋装的傅函君站在身后,不知道已经看了多久。

傅函君也很尴尬,她下意识地认为沈其南一定觉得自己在看笑话,她赶紧问:"你怎么在这里?你娘呢?"

沈其南平静地说,娘在那场火灾里死了。傅函君想要安慰,却不知该怎么说,她对沈其南的娘亲记忆很深,那是位很温柔善良坚强的母亲,她曾一直很羡慕沈其南。听到这个消息后,傅函君突然拉住沈其南的手,塞给他三块银圆,说是把他之前在慈溪的工钱补上,还说是连利息给的。沈其南不想再被她用同情的目光看着,拿着钱转身走了。

沈其南没有工夫去理会自己心里对傅函君生出的各种奇怪的感觉,他有更要紧的事情要做!曹俊正和几个兄弟窝在一起谈论刚才被打的"尿货"的狼狈模样,大家都觉得曹俊很了不起。曹俊骄傲得很,他的地盘只有他才是老大。可他还没得意够,后脑勺就被重物狠狠击中,一堆煤渣砸落在曹俊的身上,曹俊天旋地转,差点扑倒在地。

"是谁不要命了?"曹俊呀呀叫着。

沈其南吼道:"快把我的擦鞋箱子还回来!"

曹俊一招手,一群人没几下就把沈其南再一次围殴了一顿。大家合力把浑身没劲的沈其南扔出了老远。

就在大家围着曹俊，为曹俊舒筋活血的时候，又一袋煤渣子砸中了曹俊的后背。曹俊发现又是那个倒霉蛋沈其南。

"大家给我上！"曹俊一声招呼，大家再一次和沈其南打斗成一团。沈其南抱着不是你死就是我死的狠心，他的脑海中一遍一遍回放着母亲如何死在火海里，自己就在门口却没能救她，妹妹如何走丢，弟弟如何被领养的画面，这些都是因为他沈其南没有拼尽全力！

"快把我的擦鞋箱还给我！"

就这样，曹俊揍沈其南，沈其南反扑，来回折腾了七八次，曹俊等人打累了，也担心再打下去真要出人命，那个沈其南遍体鳞伤，却仍然倔强地要擦鞋箱。曹俊不由得对沈其南刮目相看。

沈其南的狠，沈其南的执拗，被手中的火把映照的狰狞脸庞，终于震慑住了曹俊等人。不仅赢回了大家对他的尊重，还获得了窝棚的居住权。

曹俊走到沈其南的身边，给了沈其南轻轻一拳："你小子够狠，竟然想放火烧我们的窝棚。你快把火把放下来吧，我同意你住进窝棚了，别到时候把咱们大家的窝棚真给烧了！好小子，你叫什么名字？"

"沈其南！"

"曹俊！"

两个男孩子终于笑起来。躲在后面几次想要冲出去帮忙的傅函君悄悄松了一口气，她无法忽视自己对沈其南的关心，她真的很心疼沈其南。庆幸的是，这次她不仅知道了沈其南住的地方，还确定了沈其南现在的新身份，一个小小擦鞋匠。

沈其东被邀请到了杜万鹰的房间里，廖刚毅躲在门后面偷袭他。一招制敌，并抽出了沈其东身上的一把匕首。杜万鹰再不敢相信沈其东是筱公馆里的打杂人员，逼问沈其东到底是谁。沈其东告诉了杜万鹰，他有杀父仇人要解决，所以一直带着匕首。杜万鹰和廖刚毅等人这才松了一口气。

沈其东了解杜万鹰是个多疑的人，他告诉他，是为了找弟弟妹妹，才假装自己失忆，怀疑筱公馆里的后院是找到弟弟妹妹的唯一线索，同时，对拐卖儿童的筱鹤鸣深恶痛绝，想要除之以后快，否则那天就不会为杜万鹰等人开脱。

于是几个人一拍即合，商量好了一条对付筱鹤鸣的计策。

沈其东接受了新的任务，在筱公馆继续卧底，找出除了筱公馆之外的另一个秘密关押地点。

沈其南虽然在擦鞋小江湖里确定了自己的地位，可是曾经弄坏了傅家那些人的鞋子一直是他的心结，所以，只要有机会，他就跑进永晟营造厂里，给文科长他们擦鞋子。

傅建成从门外进来，认出了沈其南，不悦道："你还敢来？"

沈其南嘿嘿傻笑："我说过了，要给你们免费擦一年的鞋子，堂堂男子汉，怎么能说话不算数！"

"小机灵！"傅建成对沈其南不由得生出了几分好感。

电话响起，房效良接到电话，脸色大变，他赶紧汇报给傅建成："老板，不好了！储砂厂的沙子丢失了一半。"

原来傅建成的储砂厂被田石秋派人动了手脚，盖在砂堆上的雨布被偷走了，连日来的大雨几乎冲毁了所有修公路用的砂料。

房效良束手无策，哆哆嗦嗦地问傅建成："老板，老板……"

傅建成大怒："问我干什么，还不赶紧去拿防雨布！"

老天爷啊，难道你要我傅建成死吗？

田石秋确认完傅建成的储砂厂情况后，心情大好，他特意请了戏班子到家中，一边品着茶，一边跟着哼唱："宽心饮酒宝帐坐，且听军情报如何……"这回傅建成的储砂厂之事正是他的杰作。傅建成，你瞧好吧，还有好戏在后面呢！

工部局勒令傅建成必须三天之内解决原料的问题，否则为了不影响工期，只有把公路修建权转给其他的营造厂。傅建成求爷爷告奶奶无门之后，失魂落魄地回到了永晟营造厂。

或许是因为傅建成是傅函君的父亲，沈其南自然而然记挂着永晟营造厂的事情。当时他在擦鞋，傅建成和房效良的对话，他也大致听明白了，建路用的沙子被大雨冲毁了，现在整个营造厂都在烦恼如何在短期内筹到沙子。可如今时局动荡，哪里有那么大量的沙子可以最快速度调度过来呢？

小小沈其南忽然想到自己用煤渣帮别人垫过车。

傅建成对沈其南的提议一开始并没有上心，他不知道这孩子在说什么。沈其南追着告诉他："煤渣确实不能和混凝土，但是可以用来铺路呀，我以前就用煤渣给别人铺过路。这样省下来的砂子不就可以拿去和混凝土了吗？"

傅建成思考了一会了，时间不等人，他只好采纳了沈其南的提议，决定现在去找专家来检测以煤渣代替沙子的可行性。专家很快就被请过来了，布朗，英国人，做事情细致认真，所以他的检测结果在工部局那里是公认的。布朗也是头一次听说煤渣能够代替沙子铺路，同意永晟营造厂先用煤渣铺一公里的道路试试看，他再进行采样，回去检测。可是，布朗强调，检测结果需要四天。

四天？

傅建成咬牙同意，他想好了，先躲一躲，就躲到沈其南现在住的窝棚里，用来拖延时间。

沈其东悄悄地在运送走私儿童的手下们饭菜里下药，被大林发现。沈其东干脆劝说大林帮助自己，并把自己的计划告诉了大林。大林虽然胆子小，可是心中的正义感，以及想到那些失去孩子的家庭他们所承受的痛苦……最终还是同意加入沈其东的计划。那些吃了下过药的饭菜的手下一个个病倒。阿天虽然疑惑,但是也并没有怀疑到沈其东和大林的身上,反倒责备了一通那些做菜的后厨,认为他们做饭不仔细。于是大林和沈其东得以取而代之,负责这一趟去运送儿童。

阿天临行前特别交代沈其东:"厉东,你要好好表现!到你立功报答筱先生的时候了。"

沈其东赶紧应诺,跟着阿天到达了下一个藏孩子的地点。

他手脚勤快地在阿天面前干活,把那些小孩子重新捆了一遍,又给他们喂了点吃的。大林看着这帮无辜孩子,拼命抢着要吃的,又联想到自己的弟弟小川,和他们一般大……于是更加坚定了要帮着沈其东扳倒筱鹤鸣的决心。

沈其东在大林耳边道:"你快去通知廖刚毅他们。"

徐大林心领神会,他假装肚子痛,躲到了仓库后面,实则是赶紧拦了一辆过路车,回到了筱公馆。

令沈其东惊讶的是,就在大家按部就班忙碌的时候,筱鹤鸣忽然出现了,阿天转而下达了新的命令,原来接孩子的那艘船提早到港了,要他们赶紧把"货"送过去。

筱鹤鸣对于沈其东积极主动来帮忙感到很满意:"知恩图报就是个好孩子啊!好好干吧,以后我不会亏待你的。"

沈其东应道:"谢谢筱先生的栽培!"

运送小孩的车设计得很巧妙,里面装完孩子后,外面拉上隔板,再放进大米,认真看,也不会觉得和普通运送大米的车有何不一样。

沈其东心急如焚,他扛着大米,看到地上的碎米粒,忽然有了办法。

徐大林奔跑回筱公馆,找到了杜万鹰,杜万鹰等人早就做好了准备。然而等他们赶到仓库地点,半个人影都没有找见。就在大家一筹莫展之际,大林忽然发现地上有一道清晰的米痕。

"大家快来看，这肯定是厉东留给我们的线索！"

已经顾不上夸赞沈其东的聪明，众人又赶紧跟着沈其东留下的线索，奔到了码头上。

筱鹤鸣每次都是自己交易，他对任何人都不放心。这回洋人提前要货，幸好他早就做好了准备。码头上，他正和洋人交涉。

[11]

沈家兄弟各认主

筱鹤鸣手下的人忽然发现一个米袋子的米漏光了，大叫不好。

沈其东正站在筱鹤鸣的身后，乘众人不备，速度极快地劫持了筱鹤鸣。

筱鹤鸣呵呵冷笑："厉东，我是救你一命的恩人，你就是这样报答我的？"

沈其东道："你可以说我是恩将仇报，但我今天并没有做错。"

"好一个没做错！我筱鹤鸣是大善人，那我今天就再做一件善事，把你这小子送上西天！"

沈其东嘲讽道："到底谁死还说不定，你做尽伤天害理的事情，想杀你的人可不止我一个。"

阿天在筱鹤鸣的眼神示意下，举起手枪，瞄准了沈其东，刚准备扣动扳机，一声枪响，阿天倒地。

杜万鹰带着巡捕从码头的另一边奔过来。徐大林担心沈其东的安全，只见筱鹤鸣在做最后的抵抗，他猛地咬住沈其东的胳膊，沈其东一时没留神，被筱鹤鸣挣脱。筱鹤鸣连滚带爬，跑到了货厢后面。

徐大林上前察看沈其东的伤势，却从余光中看见筱鹤鸣从怀里掏出了手枪。

他用力推开了沈其东："快躲开！"

徐大林胸口中枪倒地。廖刚毅从筱鹤鸣的身后抓住了他，其余人等也被巡捕们制服。沈其东抱着徐大林，急着要去医院。徐大林摇摇头，把自己唯一的弟弟小川托付给了沈其东，要沈其东代为照顾，沈其东含泪答应。徐大林安心地闭上了眼睛。

沈其南因为自己的窝棚被傅建成占领很不高兴，这个平日里耀武扬威的大老板竟然要占用自己的干草床？

"要住可以，拿钱来！"

傅建成觉得好笑："你这狗窝一样的地方还要钱？"

"怎么，狗窝一样的地方，你这个大老板不是还要住吗？一天一个铜圆，没商量。"

傅建成怒道："之前你还弄坏了我的皮鞋呢。"

沈其南环抱着胸，一副大人模样："一码归一码，我还许诺给你们免费擦一年的鞋子呢！"

傅建成重新躺下："哼，虎落平阳被犬欺！一个铜圆就一个铜圆，不过我现在可没钱，记账！你要再帮我跑个腿。"他无论如何都要躲过这四天，不能让田石秋他们抓到自己。

田石秋派出的人汇报，没有发现傅建成的踪迹，傅建成消失了！什么，消失了？田石秋怒了："那就给我去砸，砸了永晟的牌子！不是没有老板了吗？正好，就彻底让他们的厂子消失！"

一帮人呼啦啦跑到了永晟营造厂闹事。傅函君气愤极了，她阻止着那帮混混，小丫头跳上跳下，丝毫没有流露出害怕之意。她当然要护住永晟，虽然不知道父亲躲到了哪里，可这里的一砖一瓦，都是傅家的产业，都是父亲的心血，岂能容忍别人随便来践踏！

那帮混混领头的叫阿生，他瞧着永晟营造厂的人竟然都当了缩头乌龟，只有一个丫头片子试图抵挡，不由得嚣张起来："来人啊，把那永晟的牌子给我摘了！这里的人都跑光了，不出十天准完蛋。"

傅函君死死护住牌匾："不要动，不准动！"

阿生调笑道："不动不动，我们不动，你来啊！"

傅函君狠狠踹了一脚阿生的裤裆，疼得阿生鬼哭狼嚎："快给我把这丫头抓起来！"

就在这危急时刻，沈其南赶来，奋力推开众人，撒了一圈的石灰，那些混混立刻被石灰烧疼了眼睛，只顾捂着眼睛喊疼，沈其南拉着傅函君往外狂奔起来。

等到终于甩开阿生那帮人，傅函君赶紧放开沈其南的手："这下你该高兴了吧！"

沈其南完全不知道女孩子的脑回路："我为什么要高兴？谁有空笑话你，有这时间我擦几双鞋多好啊！刚刚那帮人有没有怎么样你？"

"他们能怎么样我！你就是来看我笑话的，不然那个时间，你怎么会正好出现在营造厂门口？"傅函君气呼呼地道。

沈其南无奈："有个人叫我带你过去。"

两个孩子边走边说，不多时就到了沈其南藏身的窝棚。傅函君奇怪，她早就知道这里是沈其南的容身之所，而且偷偷跑过来看过好几次，看着沈其南在这里空闲的时候和一帮男孩子瞎胡闹，怒其不争。没想到，今天，沈其南竟然主动带她来到了窝棚。

傅建成轻声叫道："函君！"

傅函君听到熟悉的声音，惊喜道："爸爸！这到底怎么回事啊？"

傅建成把自己的计划告诉了函君，并让函君放心，要函君回家，准备明天上学，以后不要再去营造厂。函君却心疼父亲沦落至此，她暗暗发誓，一定要学习建筑，以后在事业上可以帮助父亲。

杜万鹰很满意沈其东在这次抓捕筱鹤鸣行动中的表现，心里觉得沈其东这少年有狼性，又有自己的原则，是棵好苗子。在得知沈其东无家可归后，便提出要带沈其东回自己家，虽然他说得很隐晦，但沈其东听懂了，这杜万鹰竟然想要收养他。

沈其东暗暗攥紧拳头，他几次想要掏出匕首和杜万鹰拼命，然而理智告诉他，时机不对。如果能够长期待在杜万鹰的身边，何愁找不到时间手刃仇人呢？再说，现在就算杀了杜万鹰又怎样？父亲是走私犯的罪名如何洗清？

沈其东环顾四周，这是杜万鹰儿子杜少乾的房间。听说这上海的房子还是一个商人资助的，可能那个商人也不是什么大商人，提供的房子并不是很豪华。所以，沈其东被安排和杜少乾一起住。杜少乾比沈其东小两岁，他对这个被父亲突然领回来的陌生哥哥有抵触，可碍于父亲的权威，他不敢发作。只好安静地看着沈其东自顾自地把自己的行李收拾好，把床铺铺好，然后悠闲惬意地躺在了自己的床上！

"喂，那是我的床！"

沈其东故意欺负他："知道。睡的就是你的床，以后你睡那张小木床吧！"

曹俊没想到沈其南的窝棚里居然藏着个营造厂的大老板。正巧听说田石秋在花重金寻找傅建成，于是他屁颠屁颠地跑去告密，带着田石秋来到窝棚里。傅建成正看着沈其南自学写的那些字，没料到田石秋这么快就找到了自己。

田石秋得意地把傅建成押到了工部局，逼着傅建成让出公路修建权，他认为傅建成已经没有能力起死回生了，何必还躲在垃圾堆里，就让他像夺走上海第一高楼那样，继续拿走天川公路的修建权好了。

沈其南发现傅建成被田石秋带走，他赶紧跑到永晟营造厂，找到管家房效良报信。房效良要沈其南快去找英国人布朗要报告,这是他们永晟的最后一丝希望。

傅函君和房效良快马加鞭地来到了工部局,尽量拖延时间。

田石秋正在讥讽傅建成异想天开,工部局的董事也快要招架不住田石秋的威逼。确实是这傅建成理亏啊,谁让他命不好,搞丢了那么多的沙子,三天都没有解决问题,他们工部局也已经仁至义尽了。

"老傅啊,你就同意了吧,签字吧!"

傅建成听到工部局的部长这样说,又迟迟等不来沈其南……傅函君紧张地说道:"爸爸,你真的要签吗?"

傅建成无奈,他提笔写"傅建"……

门外忽然传来沈其南的叫声:"慢!报告出来了,煤渣完全可以代替沙子!"

紧接着,布朗也出现在了沈其南的身后。

工部局示意布朗继续说下去,布朗公布检测结果,告知众人,煤渣是完全可以使用的。田石秋简直不敢相信眼前的一切,这样都可以赢?

经过这一系列事情,傅建成对沈其南更加喜爱,他总觉得这孩子和自己有缘,又见他和女儿函君关系不错。函君平时孤傲,几乎没有什么朋友,如果能把这个小男孩领回家,一方面可以培养他读书写字,另一方面还可以让他多陪陪自己的女儿。也算是弥补心中深藏着的那份愧疚,如此未尝不是一件好事。

顾月芹对于沈其南的到来当然十分不满,她自己的儿子傅承龙不争气,学习不用功,这下好了,老爷又领回一个外人,万一和傅函君联合起来对付自己的儿子怎么办?

傅函君却开心地在梦里笑起来。

杜万鹰成功抓获了筱鹤鸣,立了大功,熊先生为他写了一封推荐信,他和廖刚毅终于成功入职了江海关。可他仅仅去了半天，板凳还没有坐热，脸上的笑容就消失了。因为他的上级领导，竟然是曾经在浙海关时自己的跟班小弟吴力伟！

心中极度郁闷的杜万鹰怎么也想不通，自己千辛万苦来到上海，调到江海关任职，竟然是要来看跟班小弟的脸色！对啊，他永远不会忘记吴力伟见到他的表情，冷漠疏离，高高在上。

可恶！

杜少乾小心地把考试卷递到了父亲的面前，99分？

他虎着脸："你是第一名吗？"

杜少乾吓得哆嗦："不，第二名……"

杜万鹰立刻把杜少乾狠狠揍了一顿："老子为了你，受尽欺辱把家搬到上海，就是为了你考第一名，而不是第二名！记住没有？！"

沈其东不忍，赶紧劝阻了杜万鹰，并回到房间里，为杜少乾上药。杜少乾深受感动，从心里接受了沈其东。沈其东却想到了童年时候给弟弟上药的场景，如今，兄弟二人天各一方，到底该如何寻找呢？

……

沈其南并不高兴，顾月芹百般刁难不说，还明里暗里提醒他，他就是个下人。

不过，这些在他看到杂物间内的小床上放着一套校服后，立刻烟消云散。沈其南兴奋地拿着那套新校服比画着，幻想着将来读书的情景。

德贵敲了敲门，从外面探进脑袋："少爷，我是用人吴妈的儿子，叫德贵，老爷让我以后给你陪读。以后我们可能是一个班的哦！"

沈其南开心道："太好了！我们以后就可以一起上学了！"

只可惜，没高兴多久，沈其南就发现，最大的烦恼是顾月芹——傅家的女主人。她几次想要诬陷沈其南是小偷，心高气傲的沈其南哪里受得了被这样误会。他连饭都不想吃了，准备扬长而去，以后和傅家再无瓜葛。可傅建成却告诉他，如果这一点困难自己都克服不了，那就永远去做个擦鞋匠吧！

最终，沈其南决定不上学了，他要跟着老侯去工地上学建房子。傅建成觉得也好，有一技之长傍身，将来总不会挨饿，再说，永晟营造厂也需要好的帮手。

沈其东也在杜万鹰的安排下被送到了部队接受历练，暂时离开了上海。

西瓜头沈其西自从那次走散后，被教会孤儿院收养。

[12]

时光如梭露新芽

时光如梭，一转眼，几年光阴就过去了。沈其南已经成长为一个帅气的小伙子。他常年在工地上搬砖，一身强壮的腱子肉，更突显出他是砌砖的一把好手。那熟练的砌砖技巧，常常令身边的工人惊叹。

他心里记挂着傅函君的大学毕业典礼，已经答应过这个丫头了，一定要去参加，其实他还偷偷准备好了礼物，想给傅函君一个惊喜呢！

他急忙给老侯请了假，没来得及换下工装便往函君的学校赶去。傅函君左盼右盼迟迟没等来那个承诺过今天会来看她演讲的人。不由得心里有些酸涩，可她还是按照流程，根据主持人的提醒，走上了舞台。作为这一届的优秀毕业生代表，傅函君一番慷慨激昂的演讲打动了台下的每一个人。奋力赶来的沈其南也深受鼓舞，和众人一起热烈鼓掌。尤其是那一句："建筑是一门涉及艺术的科学技术，但艺术不是核心，核心应是建筑与人的关系。建筑应该更大程度地考虑人文关怀……"

典礼结束了，沈其南想要挤上去接近傅函君，却不慎碰到了一个女同学。

这名女同学当即嚷起来："呀，这是谁啊，那么脏！你当这里是工地啊？谁让你这种人混进来的？"

沈其南还没有来得及解释，就被女同学继续羞辱："你竟然还对我动手动脚！简直就是个流氓！"

傅函君老远就看到沈其南遇到了难题，她看不过去，火急火燎赶过去："就你长这样，谁会对你动手动脚！你不要欺负我的朋友！"

眼看两个女孩子越吵越厉害，沈其南赶紧拉着傅函君走出了校园，安抚她，让她不要再生气了，自己都没有生气。傅函君气愤不平，她最讨厌那种狗眼看人低的人，没想到那么好的毕业典礼氛围，最后是这样收场。沈其南也知道傅函君怕自己会被伤害，其实这一身工装才不会让他觉得不开心呢。

傅家最近也是一团乱，傅建成为了能够拿下无锡同乡会馆的营造标，正在四处寻找有经验的设计师。可惜出师不利，因为永晟营造厂不是同业公会的会员，所以永晟营造屡屡被有点小名气的设计师拒绝。此时已是杜部长的杜万鹰要求傅建成必须想办法加入公会，参与竞标，并且必须拿下竞标，因为只有这样才能够攀上商会主席章炳坤。章炳坤是上海滩赫赫有名、黑白通吃的人物，那无锡同乡会馆正是由他出面筹建的。

可令傅建成烦恼的是，自己根本没有办法和章炳坤搭上关系。因为公会里的其他理事一直围着田石秋打转，这一次也正是理事们唯田石秋马首是瞻，所以才一而再再而三地拒绝傅建成的永晟营造厂加入。如果进入不了公会，那些有点名气的设计师，都不会愿意协助永晟营造厂设计出好作品，更别提去竞标无锡同乡会馆了。

傅函君想帮助父亲解决这些问题，她的设计水平不比那些设计师低。

可是傅建成并不信任自己的女儿，在他看来，傅函君还是个孩子。

傅函君屡次在父亲那里被看低，心情不好，她带着沈其南来到了中山陵的设计大赛展览中心。两个人一张张作品看下去，沈其南指着首奖吕彦直的总平面图："欸，这位吕先生设计的结构还蛮有趣的嘛。"

傅函君凑过来看："嗯，利用山坡地形沿着中轴线把牌坊、陵门、碑亭、祭堂、墓室有章有法地布置，还利用山坡绿地和宽大的石台阶将体量并不大的单体建筑组合成庄严肃穆雄伟的建筑群，既传统又有创新，不愧是首奖！"

沈其南点点头："是啊，你看，从正面看整个建筑就像一口大钟，气势多浑厚啊！像孙先生这样的大人物，死了之后就得住在这样的地方才像样。"

傅函君担心沈其南的不敬之语被人听去："嘘！小声点，像孙先生这样的人，要用仙逝、去世这类比较委婉的说法，不能用'死了'这么直接的词儿，不够尊重。"

沈其南小声道："小姐，这我可不认同你了，真正的尊重是在心里的，又不是嘴巴说出来的。有的人光会说漂亮话，其实内心嗤之以鼻……哎，就以你这样的社会经验，跟你说了你也不懂。我们就说说这口钟，它有警示之钟的寓意。这真正好的设计一定是内在和外在都浑然一体的，这位首奖一看就知道是花了很多心思去琢磨的，算是个极有匠心的人哪。"

"你这么一说，还真是啊。"

"没看出来吧？"

傅函君开心道："看来这些年你在工地上还是学到了些本事的嘛！"

她又兴奋地拉着沈其南走到一幅设计图跟前，指着这张问道："那你再说说，这个作品怎么样？"她尽力表现出淡然，心里却打起了忐忑的小鼓。

沈其南一看分类，名誉奖？因为从小一起长大，沈其南太了解傅函君了，他仔细看了看署名，就发现了其中的蹊跷，这英文名字分明就是傅函君自己起的嘛。原来傅函君化名来参加比赛了，还拿了名誉奖，可见，她的水平已经达到了一定的高度。

沈其南对傅函君的另眼相看，令傅函君感到兴奋，她重新升起了希望。沈其南积极支持她，并带着她一起到同乡会馆的选址处仔细勘察。

沈其东从部队归来，在杜万鹰的授意和安排下，带着大林的亲弟弟小川一起入职了江海关关警队。杜万鹰欣喜地看着当年收留的小子，现在长得这般威武，还是比较满意的。至少比那个在国外读书，只晓得催着自己打钱的亲生儿子顺眼得多。杜万鹰忽然想起来当初沈其东还没有说清楚他的杀父仇人到底是谁，正欲追问，便接到了儿子从国外打来的电话。原来这孩子也要回来了，不仅从美国顺利毕业了，还拿到了设计师的名头。

杜万鹰心里稍微安慰了些，心里盘算着，干脆把儿子就放在那个这些年被自己吃得死死的傅建成的厂里。这样既可以帮助傅建成拿到工程项目，还可以随时盯着傅家的动静。

好像傅建成的女儿长得还不错。杜万鹰打着如意算盘。这些年，亏得傅家的资助，才让自己顺利坐上了部长的宝座。不过，他想要的可不止这些！但是，在傅家还没被自己养肥的时候，杜万鹰决定还是要继续庇护傅建成的永晟营造厂。

杜万鹰的想法再一次强加到了杜少乾的头上。杜少乾从小对父亲就很惧怕，惧怕的同时又下意识抵触。因此杜万鹰的安排，令杜少乾从心里感到反感。

傅函君虽然现在是永晟营造厂打样部经理，却因为大小姐的做派，以及对同事和下属的苛刻，非常不得人心。傅函君想不明白，为什么自己这么不招人喜欢？难道任由他们懒散下去，每天喝喝茶，聊聊八卦，就是个好上司了？

她的心里对父亲有了全新的感觉，那种感觉有一点旁观者的意味，为父亲感到悲伤，这永晟营造厂遭遇了这么大的困境，他却拿钱养了一帮闲人。

傅建成也是无奈，迫于杜万鹰的压力，又安排了杜少乾进入自己的营造厂。

杜少乾的到来，立刻给傅函君带来了更多的困扰。很明显，大家更喜欢杜少乾。这位官员子弟，生得风度翩翩，还是从美国著名大学毕业的海归少爷。比那总是极度挑剔、爱耍威风的傅家小姐强太多了。

大家越是喜欢杜少乾，傅函君就对这个新同事越反感。两个人针对会馆设计图展开讨论，函君发现了杜少乾设计中的很多问题，杜少乾却心高气傲，认为自己是美国学成回来的设计师，拥有最先进的建筑设计理念，一个黄毛丫头能有什么高见？于是，两个人从讨论变成争执。幸好沈其南及时出现阻止，不然的话，那杜家少爷，估计免不了要被傅家小姐揍一顿。

沈其南也想笑，其实傅函君的脾气也不是坏到极点的那种，她得顺毛摸，只要摸准了她的爆发点，傅函君就不会恼火，就会认认真真听取别人的意见。对付她嘛，毕竟那么多年了，沈其南认为自己还是很有心得的。

顾月芹才不管什么傅函君有没有设计天赋，眼瞅着傅函君早早进入傅家的营造厂担任经理一职，她就想撒泼。故意安排了一场酒席，把自己灌得七八分醉，两眼通红地求着老爷傅建成考虑下自己的亲儿子，让傅承龙也进入营造厂，帮傅家的忙，尽点当儿子的责任。傅建成无奈，只好敷衍。

傅建成自己的儿子，他会不知道？好吃懒做、争强好胜，和他亲妈一模一样!

要不是看在傅家要有后,他真恨不得现在就在遗书上注明,家产全部归女儿傅函君所有。唉,傅建成头痛得要命,这辈子,他欠了太多的人情债,苏梅的、沈家的,还有……自己的……无论如何,老傅啊,你可要对得起自己的女儿啊!

[13]
设下计谋欲入会

杜少乾仗着自己在大三时得了美国柯浦奖设计二等奖,一向心高气傲。傅函君为此感到泄气和愤懑。她承认这个奖的含金量,但凭什么仗着这点,他就摆着个官架子,认为自己才是整个团队的首领?还叫她出去?傅函君越想越火大。

沈其南感受到了傅函君的不悦,开始想办法安慰她,他记起小时候傅函君最喜欢吃糖,有一次,他不顾食品店即将打烊,硬是要老板卖了瓶摩尔登糖给他,他悄悄从屋顶上放下绳子,逗着正在窗前望月的傅函君好几下,最终博得美人一笑。

"函君,你可是最优秀的,加油,千万不要放弃!"

傅函君点点头,虽然知道沈其南不会看到,她已经重新下了决心,她并不比那杜少乾差多少,绝不能气馁。

杜少乾每晚回到家中,都要面对强势父亲的百般折磨,这回更甚,竟然要他主动追求那个娇小姐!这绝不可能。好多次,他都想回美国去。沈其东安抚他:"少爷,你就不要总顶撞杜部长了,你不在国内的这几年,他也很不容易。这一切,还不是为了给你争取个远大的好前程?"

杜少乾苦恼地摇头："我知道，父亲也是希望我能够出人头地，所以我一直拼命学习，甚至为了迎合他，大学时候学了建筑设计。别的都可以顺着他，唯有婚姻和爱情，我不能顺着他！若这也听他安排，那我和提线木偶人又有什么区别呢？"

沈其东无力劝解，他还没有遇到自己喜欢的女人，他的心中只有仇恨，渴盼早日杀死杜万鹰，可以让父亲的冤案得以昭雪。

上海滩的美景，沈其南无意欣赏，他想起昨晚和傅建成的谈话，永晟营造厂再一次遭到田石秋的打压。那田石秋狡诈得很，竟然联合公会的几个理事拒绝永晟营造厂加入。哪怕傅建成面谈时多次表达想要加入，都被几个老板无情拒绝。

沈其南暗自思索，是人都会有弱点，尤其是这几个营造厂的老板，贪图美色、挥金如土，几乎人间的恶习都沾染了个透。那就可以抓住他们的弱点一个个击破……沈其南灵感突现。要想在上海滩呼风唤雨，他们不抱团是不可能的，既然那田石秋丝毫都撬不动，那就从这些人下手。沈其南找来德贵，德贵和沈其南的关系极好，两个人一起长大，如今又在同一个工地上做工。两个人一拍即合，很快，德贵就按照沈其南的指示，雇了私家侦探，拍到了一些重要的证据。

沈其南这招对症下药的法子，真是狠。傅建成摆了盛宴等待着。对于沈其南做事，他一向很放心，这孩子机灵着呢。杜部长反倒有些不敢置信，见傅建成气定神闲，便嘲讽他："傅老板，之前你那个大公子傅承龙摆了场酒宴，说要盛情邀请那几位老家伙参加，却等来了被酒店老板轰出去的下场，闹了一场大笑话，上海滩有谁不知？现在你竟然又敢说要请这几个老狐狸吃饭，把握到底大不大？别把我的面子也给拖累了。"

话音刚落，服务员走进来，小声道："菜凉了，要不要热一遍？"

傅建成摆摆手："不用。人马上就到。"

杜万鹰莞尔，好，他倒要看看傅建成到底有多少面子经得起折腾。

果不其然，只一会儿工夫，沈其南便带着几个老板出现了。虽然这几个人的脸色很难看。傅建成得意地请各位就座，并把杜万鹰隆重推出。气氛瞬间解冻，上海滩谁人不知道杜部长？加之沈其南握有的种种把柄……很快，觥筹交错，每个人脸上都扬起了特有的官方笑颜。傅建成借机提出加入同业公会，几个理事碍于杜部长的威势，不得不同意。

傅承龙被母亲顾月芹从被窝里揪出来，顾月芹真是恨铁不成钢。这傅家上上下下都传遍了，每个人都在盛赞沈其南的妙计，帮助傅家渡过难关。顾月芹听在耳里，恨在心里，她从第一眼见到沈其南，就感觉不顺眼。果然，这小子是头逐渐壮实的野狼，狡诈多端，如今分明是给自己亲儿子打了一记响亮的耳光。

"妈，你不要逼我！"傅承龙吃痛，他最受不了母亲这招，有什么不能好好说话，自己都那么大了，当着下人的面，他还混不混了？

顾月芹恨得咬牙切齿，对这个儿子，她可不只是想揪耳朵这么简单，而是更想去咬一口，让这孩子知道什么是利害："我的傻儿子！那沈其南这回这般羞辱你，你竟然还给我在这里睡懒觉？你给我起来！快去找你爹，想想怎么把你的面子争回来！那沈其南不知使了什么阴招，竟然把几个理事都请来吃饭了！"

傅承龙听了这个消息，哪里还能睡得下去，赶紧穿上鞋子就跑了出去。

极度愤怒的他，站在同业公会的大门口骂道："你们都给我出来！为什么不给我面子？"

沈其南听说少爷丢人丢到了同业公会，立即赶来拉起他就要走。

傅承龙本就因为沈其南一肚子火，此时见到他更是失去理智，口不择言地谩骂："你就是我们傅家的一条狗，我想让你叫几声，你就给我叫几声，你凭什么给我乱蹦跶？难道就那么想要舔我爹的脚指头？"

沈其南用力攥紧了拳头,他要忍,要不是傅家收留自己这些年有恩,他一定要给这个不成器的废柴一点颜色看看。

傅函君并不知道傅承龙出口伤了沈其南,她工地、傅家到处都找遍了,都没有发现沈其南的身影。她只好郁闷地回到了打样部。杜少乾看见傅函君垂头丧气地回来,立刻责备她不好好遵守纪律,在上班期间乱跑。

傅函君懒得搭理这个自以为是的"上司"。

杜少乾终于发现了傅函君的异常,他又拿出一套会馆的设计图,堆在了傅函君的面前:"大小姐,你还有工夫耍小脾气?会馆的设计图,你理出多少思路了?"

傅函君真不想理这个假洋人,他的设计想法很现代化,却忽略了以人为本的理念。很多设计,在她眼中就是华而不实。

杜少乾却对自己的作品充满了信心,他认为凭着自己新颖的设计理念,一定会中标。

为此,两个人又吵了起来。

沈其南搬了一张略显粗糙的奇特桌子进来,杜少乾冷眼看着这个工地小包自由出入打样部。他倒要看看他想干什么。

傅函君一眼就瞧出了这张桌子的古怪,桌子是经过改装的,可以更有利于自己画图。以往的桌子会弄脏衣袖不说,还不利于更宏观地观察和绘制平面图。

"其南,这是你从哪里买的桌子?"傅函君惊喜道。

沈其南红着脸:"你问那么多干什么,你觉得怎么样?"

杜少乾调侃道:"就这做工,还值得花钱去买?不过,看在实用性上,确实不错。要不,你也给我去买张?最好质量再好点。"

沈其南白了他一眼:"没有,仅此一张。"

傅函君颇有深意地看了看桌子,又看了看沈其南,似乎明白了什么。

顾月芹见儿子傅承龙又一次丢了傅家的脸,真是想死的心都有。

傅函君和杜少乾两个人在打样部天天吵架的事情,最终还是传到了傅建成的耳中。傅建成叹息,自己把女儿宠成了大小姐的脾气……

"函君,少乾是我请来的海归精英,他的设计能力很强的,你要谦虚一点,多看看、多听听、多学学。"

傅函君不服气:"可是他的设计并没有太独特的匠心啊!"

傅建成说服不了女儿,只好摇头。

沈其南看出傅函君心里诸多不乐意,便带着傅函君在夜里偷跑出去。傅函君好奇沈其南要带她去哪儿。

沈其南不忍心看到傅函君那张小脸上未干的泪痕:"我的秘密基地。"

傅函君感到好笑:"你的?秘密基地?"

但是她还是跟着沈其南来到了"秘密基地",原来所谓"基地"是沈其南在工地上腾出的一间杂物间。随着"啪"的一声响,一盏昏黄的小灯亮了起来。

"哦,原来你偷电!"

沈其南做了个噤声的手势:"不是偷,是借!我自己接的电线。"

"哼,就是偷嘛!"

"好,我关!"沈其南忽地关了灯。瞬间,黑暗袭来,傅函君吓得要叫出来,被沈其南捂住了嘴,沈其南耳语道:"大小姐,不要吵!"

傅函君点点头,她感到心在快速跳动,那种跳动和平时不一样,就连触感都变得敏感起来,好像哪里变得很痒……沈其南更是惊讶于傅函君嘴唇的柔软……还有心动的感觉。

[1 4]

突出重围中标的

"其南,我爸爸说那几个老狐狸又变卦了。如果这一次我们永晟打样部的设计能够中标的话,那也许能够凭实力接到无锡商会会馆的营造项目。"

沈其南还在回味着刚刚的片刻温存,有些心不在焉。

灯重新亮起的时候,傅函君发现了和沈其南送自己的那张桌子很像的雏形款。她一下子乐了:"还说是买的!看!这就是证据,我就说嘛,那样的做工,生产者竟然敢拿出来卖!"

沈其南红透了脸:"你要嫌弃就还给我。"

"我才不!"

傅函君心里暖洋洋的,想到沈其南就是在这里,一点一点试验,不知道经历了多少困难,才研发出专门为自己定制的设计桌子,她就感到特别幸福。

沈其南故意转移话题:"其实你和杜少乾每天吵架是没用的,你可以把自己的想法做成模型啊。"

这个想法立刻给傅函君打开了新思路,她雀跃道:"这个主意不错。可我不会木工……"

"我的三脚猫功夫还是能用上的。"

傅函君点点头。

她突然后悔自己的设计图没有带,沈其南早有准备,下午的时候,他就把傅函君气得扔掉的设计图册捡起带了过来。

傅函君充满了感动,原来沈其南什么都帮她想好了。

两人用了几个晚上，一起把傅函君的设计想法变成了模型，虽然还是有些粗糙，但是已经颇见成效。傅函君很是喜爱，就在两人欣赏的时候，模型突然掉到了地上，模型上的一根钉子穿透了三面墙。沈其南懊悔着，决定为傅函君重新做一遍。傅函君却突发灵感，原本她为了能够凸显出中国文化的元素，将建筑的外形设计成了两个菱形相叠，形成"方胜"。而这钉子穿透的地方，恰好有光线透过，如果使之成为具有寓意的窗户，那就既达到了美观的效果又具有实用性。

沈其南则是想到了弟弟襁褓上母亲一针一线绣出的如意图案，他轻声地说："设计成如意，你觉得怎样？"

"方胜……如意……真是太好了！不仅传达出的寓意接近，还可以统一整个建筑风格。"

沈其南赞赏地看着傅函君，对她的想法表示出极大的赞同。

模型送到了杜少乾的面前，依旧得到杜少乾鄙视的目光："我的大小姐，你就不要添乱了，马上就要参加投标了，你拿出这一堆破烂，想得到什么结果呢？"

杜少乾坚信自己的现代化设计才是最佳的作品。

傅函君气愤道："你知道吗，那个田石秋请的是著名的设计师哈沙德，哈沙德惯于设计现代化的建筑样式，你认为你是哈沙德的对手？"

杜少乾理直气壮："就算我不是哈沙德的对手，那也比你强，我至少还有50%的机会中标。"

傅函君知道多说无益，沈其南已经为她想到了"万全之策"。

很快，同乡会馆竞标结果公示了，永晟营造厂的设计突出重围中标。傅建成带着永晟建筑打样部的所有人，声势浩荡地来到了领奖处。

可是杜少乾发现公布的设计作品并不是自己的。他站在台上自觉有愧，并说出了傅函君才是真正的设计师，自己只是起到了辅助作用。

章炳坤是这一次的评委，他对傅函君大加赞赏，要求傅函君上台发表获奖感言。傅函君虽然惊讶于杜少乾竟然会大大方方说出设计图样出自她之手，但还是在父亲赞赏的目光下，端庄地走上台。

"今天的中国建筑现状显示，不继承就是一种摧毁。我们作为现代的设计师，应该更多地去坚守和传承。顺应时代潮流是没错，但我们应该取长补短，互相融合。因此我在屋面的女儿墙上嵌镶了四条横线条，这是为了增加现代感。同时，我又设计出菱形相扣的楼面，则是对传统的应和。两个菱形压角相叠就是我们中国的传统图案方胜，这种形状有着同心相合，彼此相通的吉祥意义，用在这里不仅可以弥补地形的不足，也含有很好的祝愿，并且那个如意端头的镂空设计……"傅函君顿了顿，她想起了那些天的夜晚，和沈其南两个人合作的默契和美好，不由得嘴角挂笑，"也起到了很好的采光效果。所以说，整个设计达到了和谐统一，也能展现出中国特色。我的阐述完毕，谢谢大家！"

台下响起雷鸣般的掌声，大家都感慨竟然会有这样年轻漂亮的女建筑设计师，傅建成也为有这样的女儿感到骄傲。

章炳坤知道傅函君竟然是傅建成的女儿后，不由得又多看了几眼，若有所思。

田石秋无论如何都没有想到，十拿九稳的事情再次落了空，带着哈沙德拂袖而去。

傅函君借着和章炳坤的亲近，自然而然地提出请求，希望章炳坤能够同意永晟营造厂加入同业公会，章炳坤大力支持。

傅家终于拿下了同乡会馆的营造权。

傅函君在和杜家的家宴上，表示了对杜少乾的感谢。她仍在诧异这杜少乾竟会是个光明磊落的人物，会大方说出自己才是真正的设计师。当然，杜少乾没少怪她怎么就学会了"狸猫换太子"，傅函君敷衍了过去。她才不会告诉杜少乾，这个主意是谁帮她想到的。

杜万鹰一心想要儿子追到傅函君，这样就可以彻底和傅家绑在一起。他在席间几次暗示傅建成同意两个孩子的婚事，傅建成假装不明白。

沈其南安静地看着这两家人在一起其乐融融的画面，被德贵拉了出去。

"别看啦，大小姐就算不是嫁给这个杜少爷，也会嫁给别的大少爷。"

沈其南不语，紧皱着眉头。

傅函君发现沈其南出去了，她欢喜地叫住沈其南。

"其南，谢谢你这次帮我！要不是你给了我勇气，我也不会想着把我的设计图拿去参加竞标。"

沈其南心头涌上莫名的酸涩："你出来干什么，去和你的杜家少爷好好庆祝下吧！"

傅函君还沉浸在喜悦中："杜少乾还不错，这次我对他改观挺大。"

"哼，无事献殷勤，非奸即盗。"

"你说什么？你怎么这样说杜少乾？为了庆祝我们竞标成功他还给我们办公室每个人送了花。"

"我看到了，就你一个人是玫瑰！"

傅函君感觉怪怪的，不知道沈其南今天怎么了："喂，其南，你说他一个少爷能想要什么呢？"

"要你。"

杜少乾的做法引起了沈其东的好奇，他追问杜少乾，为什么把荣誉让给了一个初出茅庐的小女子？难道真的对她产生了好感？杜少乾发火道："怎么可能呢？不是我的作品，我当然不会认，再说只是一个小小的竞标作品，有什么大不了。"

沈其东很了解杜少乾，这个骄傲的少年心性的青年，一定是对那个女孩有了好感，才会这样做，可他却还辩解是他父亲逼他的。没错，杜万鹰每次见到儿子杜少乾，都在施压，要他尽快出手。特别是这一次，杜万鹰大赞儿子干得漂亮，有绅士风度。少见的夸奖，令杜少乾别扭的同时，渐渐发现自己似乎对那个小女子有了不一样的想法。趁着周末，杜少乾回到打样部，精心收拾了一间杂物房，打算给傅函君一个惊喜。

打样部的所有人收到花后都很吃惊，力赞杜少乾这个上司。于是，大家商量，以集体的名义给杜少乾回礼。沈其南恰好知道这件事，于是出主意，建议送檀香。

"檀香很适合这种海归的情调，相信比其他礼物更适合你们的杜经理。"

于是，打样部的小方赶紧去买了檀香，小心地送给了杜少乾。杜少乾很感谢大家对他的支持，却没想到，一打开檀香，一股胡椒粉的呛鼻味道迎面袭来。

沈其南躲在门外偷看，得意微笑，暗道："叫你小子心怀鬼胎。"那胡椒粉正是他的杰作。

永晟营造厂成功加入同业公会，让一个人特别不开心，那就是沈其东。沈其东这些年一直隐忍不发，他知道傅建成和杜万鹰就是当年杀死父亲，并栽赃父亲的凶手，可是，眼瞧着这些年，这两人如何狼狈为奸，如何发展壮大，自己却无能为力。这一回，他以为永晟营造厂将会受到严重的挫折，万没有料到，永晟营造厂竟然再一次脱颖而出。

他决定一探究竟。听小川提到傅函君是这一次永晟营造厂获胜的重要人物，他便尾随了傅函君多日，终于逮到傅函君去给章炳坤送补充图纸的机会。戴着面具的沈其东乘傅函君独自一人从黄包车上下来之际，打昏了她，扛起来便走。

幸好沈其南及时赶到，和沈其东打斗起来，因为沈其南报了警，沈其东发现警察赶来，只好放弃了缠斗，迅速离开。

然而沈其南却记住了沈其东的特殊声音。

杜万鹰领着沈其东再一次登门傅家的时候，沈其南果然又听到了那记挂很久的声音，他偷偷从门缝中看到了厉东的脸：怪了，杜万鹰身边的厉东怎么会无缘无故偷袭小姐呢？沈其南决心要弄明白。

[15]

景星凤凰傅函君

傅函君最近一直躲着沈其南，她之前怎么没发现这沈其南那么啰唆呢？哪怕沈其南不在家，牛叔"受人之托"也总是提醒傅函君，傅函君都假装自己没有听到。

"小姐，你该锻炼身体了。"

开什么玩笑，自己是个四肢极其不协调的人，他竟然让自己去练武功？她不要，绝对不要！沈其南却叮嘱傅函君："女孩子必须有防身的技能！让你锻炼，是为你好。"

德贵看不下去小姐惨遭沈其南如此"折磨"："其南，你就不要这样欺负小姐啦！老爷说要给小姐请保镖了。"

沈其南默不作声。德贵再次劝道："你肯定喜欢上小姐了，我就说吧，从小到大，你一直变着法儿哄小姐开心，饿了送饭，渴了送水，小姐要是有气就往你身上撒，你瞧你当时那无怨无悔的样子……我都看不下去了，如果你真是为了一份薪水，我看不至于，而是想着如何和小姐双宿双飞吧？"

沈其南像是被人踩中了尾巴，他还真没对德贵说过一句重话，此刻，从他嘴里却实实在在蹦出了一个字："滚！"

德贵也不生气，只是无奈地看着沈其南："我滚就滚，不过，你还是不要再去喜欢小姐了。小姐是凤凰，咱们只是泥土，有着云泥之别……"

沈其南的眼睛里快要喷出火来，德贵一看情形不妙，迅速跑开，他是真怕把沈其南彻底惹恼了，那就没有好果子吃了。不过，他也是发自真心相劝，希望沈其南——这位好兄弟，能够冷静冷静。

章梅给义父章炳坤仔细磨着墨，这些年，要不是义父对她的大力栽培，帮她从当初那样俗气的女人蜕变成今天的模样，可能……章梅轻轻叹息，她还是思念着自己的女儿。那年的大火，虽然重造了她的生命，但也又一次破灭了她和女儿的重聚希望。

章炳坤把毛笔放好，章梅的声音非常有气质，经由她读出"景星凤凰，以见为宠"（注：本处出自宋苏轼《梦作司马相如求画赞》。）更是充满了浪漫色彩。

"义父，难道你在夸一个刚见过面的女孩子？"

章炳坤笑道："不错，我啊，近来觉得一个小丫头挺不错，还是个女建筑设计师，我章炳坤活在世上这么多年，见了那么多世面，还就是没见过这样一个有才华的女建筑设计师。这回开了眼界咯！"

"哦……"章梅愣了愣。

章炳坤却意有所指："小梅啊，当初救你，是因为你像极了我早逝的女儿小樱，如今，你已经不像了，反倒发现越来越多的人像极了小樱，例如这个丫头。"

章梅袅袅婷婷地站在章炳坤的身边，她真心为义父感到高兴："我明白义父字面的意思了。"

沈其南发现了厉东的行踪，以为自己做得很隐蔽，然而沈其东是军队里历练过的优秀军人，他早察觉到了被人追踪，于是故意躲在了墙角，以一招瓮中捉鳖，擒住了沈其南，并把他打昏。小川看见沈其东拿出匕首想要结果了沈其南的命，他赶紧出手制止："厉东，他也是叫沈其南，和你弟弟同名。"

沈其东的手一抖，他紧张道："快把他给我弄醒。我要问问！"

沈其南却在被松绑的时候睁开了眼睛，出其不意，攻其不备，再次和沈其东打成一团。好汉不吃眼前亏，沈其南知道自己打不过沈其东和小川，于是寻了个机会逃脱。满身是伤的他，躲在自己的屋子里不敢出门。

傅函君却因为在院子里瞥见了沈其南的身影，紧追到沈其南房间门口，嚷嚷着要沈其南陪她在万圣节那天逛街。沈其南忍痛答应，他拿自己没有办法，难道英雄真的难过美人关？或许，最好的方式，就是守候在她身边。

万圣节的街头十分热闹。各种打扮成女巫、僵尸，戴蜘蛛面具的人们扎堆嬉闹着。商业街上的路灯也都换成了一盏盏南瓜灯。玩得最开心的是外国人，也有一些中国学生混在中间又唱又闹，庆贺万圣节。有人高喊着："南瓜头，南瓜头……"

沈其南误以为是叫自己，下意识寻找了半天。身边的傅函君看得挺开心，指着一盏南瓜灯笑道："这盏灯挺有意思的。"

沈其南虽然看着新奇，但对这鬼怪横行的场景有点抵触。同样是鬼节，中国的中元节是为了纪念祖宗，给那些逝去的人烧纸，而外国的万圣节，鬼怪却是用来玩耍取乐的。也许是因为听到"南瓜头"的叫声，沈其南走了神，忽然发现身边的傅函君不见了。他焦急万分，却遇到了沈其东。

沈其东早就跟在了沈其南的身后，他怀疑沈其南就是自己失散多年的弟弟。

"你为什么要跟着我？"沈其南惦记着傅函君，不想和沈其东过多纠缠。

沈其东打量着沈其南："告诉我，你是不是宁波人，你家中还有哪些人？"

沈其南警惕道："你管得着吗？再说了我一个无父无母的孤儿，你能拿我怎么样？"

傅函君忽然又从沈其南身后，举着大大的南瓜灯出现，开心的她，还没有意识到沈其东在这里。沈其东见傅函君出现，脸上的神色顿时复杂起来。沈其南立刻护住了傅函君，随时做好了打斗的准备。

小川害怕沈其东在街上打架，引起不必要的麻烦，便拉着沈其东往前走，既然是孤儿，那就不是他们要找的沈其南。

因为章炳坤的首肯，永晟营造厂终于拿下了会馆的营造权。沈其南盯着傅函君，催促她快去登门答谢。傅函君真的很烦这些人情往来的事情，她感觉如果是谈谈如何设计，谈谈建筑上的理念，自己肯定能说得一套一套的；但是，要是让她去处理这些……她头大得很。无奈，沈其南的眼神已经快变成命令式。

傅函君只好和父亲知会了一声，出门的时候，便多了两个壮实的保镖，她四处寻找熟悉的身影，却再也没看到沈其南。傅函君嘟起嘴恨恨道："我说怎么不逼我练武功呢，现在找了两个保镖给我，你当然轻松了！"

到了章家，章炳坤热情迎接了这个小丫头。却发现傅函君和那日相比变化挺大，显得拘束多了。他是阅人无数的老江湖了，一下子就明白傅函君的拘束在哪里。

"丫头啊，难为你来做这些人情往来的俗事啦！上次见你还是神采飞扬的，今天却是如坐针毡般。"

傅函君不好意思地笑，心里却暗骂沈其南。沈其南一连打了好几次喷嚏。

这时，章梅恰好从里屋走出来，一眼看到了傅函君，或许是母女连心，她感到这女孩子很眼熟、很亲切，仿佛在哪里见过。那样的眉眼、那样的鼻尖、那样的笑颜，和镜中的自己有很高的相似度。她不禁看痴了，函君要是长大了，也应该是这样漂亮的姑娘吧……一晃都多少年了，函君，不知道你生活得还好吗？

傅函君心想，既然你都已经知道我的来意了，那我人也来了，目的也达到了，那就赶紧撤了。于是，起身，告辞。

章炳坤扑哧笑了，宠溺道："好好好，回去吧！"

傅函君欣喜地再次拜谢，丝毫不留恋，快步走了出去。出了章家大门，看到眼前熙攘的街道都觉得非常舒服。傅函君暗自嘲笑自己，真是个笨嘴拙舌的傻姑娘。

章梅躲在那里发呆的样子，早就被章炳坤看见，他轻轻咳嗽了几声："小梅，你还要在那里看多久啊？"

章梅这才把思绪拉回来，带着几分疑惑问道："这应该就是义父夸赞为景星凤凰的女子吧？"

章炳坤点点头："挺漂亮的吧？她不仅有漂亮的外表，还拥有令人惊艳的才华。我称她为景星凤凰，并不为过。"

章梅应道："确实是以见为宠。那……她叫什么名字？"

"傅函君。"

傅函君？！章梅感到天旋地转，眼泪瞬间流满了脸庞。她不敢相信，命运对她如此厚爱，在她有生之年，竟然能够再次见到自己日思夜想的女儿。

章炳坤感受到章梅的异常，忽地了悟："哦，那就是你的女儿吧？"

章梅点点头。

章炳坤高兴道："那你们可以母女重逢了，这是人间的大喜事啊！快别哭了，小梅。"

"不，她生活得那么好，又是这么优秀，说明她根本不需要我，我何必出现去打扰她现在的生活。"

杜万鹰春风满面。这些年，借助傅家的财力和自己的活络，他成功顶掉了吴力伟的位置，如今，他把目光又放在了地产委员会上。傅建成在杜万鹰的威逼利诱下迫不得已，再次提供给他一大笔"活动经费"，他已经疏通了工部局的三位董事，现在又联系到了贝尔先生，只要把贝尔先生拉拢好，那就会拥有很大的胜算。在金钱的强力助推下，贝尔先生也答应了推荐杜万鹰。

　　杜万鹰哼着曲调，步态悠闲地从上海总会的台阶上走下来。却被迎面扑来的汉子撞倒，那人显然是有备而来，他死死抓住杜万鹰不放，那一身的恨意，仿佛是来索命的罗刹。随后赶来的廖刚毅拔出手枪，准备伺机扣动扳机。

　　千钧一发之际，沈其东一脚踢飞了那个男人。

　　"罗世兴？"

[16]

明 争 暗 斗 地 委 会

　　罗世兴呸了一口，擦了一把嘴角的血迹，目光像是要吃人："你们这帮狗东西，我一定要让你们死无葬身之地！"

　　杜万鹰讥讽道："就凭你？你能拿我怎么样？"

　　罗世兴被仇恨冲昏了头，他已经活不成了。自己是小本生意，全家人指靠着他这批货卖掉，没想到这批货却遭海关无故扣留，于是他东拼西凑，好不容易凑到大笔赎金拿回货，却发现所有的货物都泡了水……导致他不能如期给洋行交货，罗家破产。

　　"杜部长，此前我闹也闹过了，解释也解释过了，我就是个小生意人，你何苦扣押我的货那么久，还让它们泡了水……如今我已破产。你让我们全家老小怎么活？"

　　杜万鹰用脚踩着罗世兴的腹部，残忍地笑道："你自己命不好，不要怪别人。"

　　罗世兴躺在地上无法动弹，他眼睁睁看着杜万鹰一行人趾高气扬地越走越远，他拼尽全力高声叫道："我一定会告你，我一定要告你滥用职权，扣押正常渠道的货物，逼着商人交钱赎货，等着吧，我的材料都准备好了，你们等着吧——"

廖刚毅悄然解开了腰间的手枪扣子，沈其东已快他一步，冲到了罗世兴的身边，狠狠扇了罗世兴一个大嘴巴子。

沈其东凶神恶煞地盯着罗世兴，一个字一个字缓缓蹦出来："你找死！货都给你了，你还来搅和，这事情就是我办的，你是不是想要我在杜部长面前难看？！"话音一落，他再一次暴力殴打早无还手之力的罗世兴。

杜万鹰玩味地看着沈其东发狠，满意地笑了："这家伙惹谁不好，非得惹到咱们的厉东，厉东那可是出了名的心狠手辣啊！"

廖刚毅却有点担心，他放下了拿手枪的手："我还是叫停吧，这里毕竟是租界，不适宜打闹。"

沈其东乘势抓住罗世兴的衣领，使了个眼色："快跑，他们会要了你的命！"并立刻假装很愤怒，"我要打死你！"

罗世兴仿佛明白了什么，他惊恐地用余光看到了正走过来的杜万鹰和廖刚毅，立刻翻了个身，快速逃走。

沈其东活动了下筋骨，霸气道："算你小子命大，别犯我手里，回头怎么死的都不知道。"

沈其南亲眼见证了罗世兴被打的整个过程，对这个厉东的印象更加恶劣。他确定这个厉东是个凶残的人渣。

第二天，报纸上登出罗世兴跳江自尽的新闻，沈其南愤怒地撕碎了报纸。他就知道这个厉东不是好人，分明是杜万鹰身边的一条走狗。可见那天他想要绑走傅函君，傅函君得多危险啊！不行，必须找个机会质问厉东，他到底想干什么。机会说来就来，杜万鹰带着沈其东，傅建成带着沈其南一起讨论怎么样顺利进地产委员会的计划。沈其南瞅准机会偷袭沈其东，

079

被沈其东几招制服。沈其东警告沈其南不要多管闲事。沈其南却逼问他:"你为什么要绑架我们家小姐?"

沈其东正欲否认,杜万鹰恰好目睹了这一切,本性多疑的他厉声问道:"厉东,你为何要绑架傅函君?"

"不是我!我没有做过这样的事!"可是,杜万鹰不相信,他狠狠地把沈其东的脖子掐住,抵在了墙上。

"是吗?那你当天在干什么?"

沈其东摸索着从怀里掏出了照片,沈其南夺到手中定睛一看,竟然是傅承龙和新丰营造厂的人亲昵地在一起。杜万鹰这才放开了沈其东,他冲着傅建成冷嘲热讽道:"瞧你教出的好儿子!厉东,我们走!"

傅建成气得要吐血,他本就对自己这个儿子很有意见,没想到这逆子胆大包天到主动去投靠新丰营造厂。当晚回家,尽管顾月芹万般阻挠,他还是狠狠地拿着鸡毛掸子揍了傅承龙一顿。

傅承龙委屈极了,他那时候之所以接近新丰营造厂的人,还不是为了想帮父亲一把,套出他们营造厂竞标的情况嘛!

沈其南这一回也有些同情挨揍的傅承龙,因为他隐隐觉得事情没有那么简单,这个厉东还是很有问题。

吴力伟得到消息,那个挤走自己在江海关部长位置的杜万鹰竟然不知死活,想要和自己一起竞争地产委员会委员。他感到不可思议。这个杜万鹰什么玩意儿,想和自己斗?这些年,田石秋帮了自己不少忙,上赶着给了自己不少资金,再加上自己的能力突出,因此,即使被杜万鹰顶替了部长的位置,可他还是部长啊,大不了平起平坐。不过,很快,这样的日子就要结束了,只要他进入地产委员会担任委员,那杜万鹰就会变成一只丧家之犬,不值一提。

田石秋没少挨吴力伟奚落,对于这次竞标失败,吴力伟认为是田石秋找的设计师能力不行。田石秋不想为这事得罪吴力伟,因此把责任都揽了下来。现在又接到消息,听说吴力伟准备竞选地产委员会委员,这事情如果成了,对他田石秋只会更有利,哪是区区一个同乡会馆能比的。田石秋做好功课,提前讨好了吴力伟身边最得宠的三姨太墨玉,请墨玉多吹些枕边风。吴力伟这才同意田石秋来"看望"他,并接受了田石秋"进贡"的一箱黄灿灿的金条。

"如果能够进入地产委员会,我就心安了。"

田石秋拍拍钱箱子:"一定是您的!"

吴力伟高深莫测地笑笑,他和外国人打交道很顺利,这年头,要是不会外语,那不就是个哑巴吗?可听说那个杜万鹰就是彻头彻尾的英文盲。因此,吴力伟凭着一口流利的英语,很快就获得了总税务司安格联的认可,而安格联的首肯,在这场竞争中占着很大的比重。

沈其东很了解此时杜万鹰焦灼的心情,他主动提醒杜万鹰,可以想办法揪出吴力伟的黑历史。杜万鹰赞同,把这件事安排给了廖刚毅去办。

很快,事情就有了着落。廖刚毅根据沈其东的提示,找了一个年龄大一点,没有什么背景,但是在行业里有点资格的人出来做人证,指证吴力伟有污点,这样就能够博取人们的同情和同理心。

"大哥,你看,这个罗明祥怎么样,他说得没错,我查过了,他几年前的确进过一批俄国的洋油,准备捐给教会孤儿院,但是被吴力伟扣押了,后来他考虑到是捐赠之物,数量不多,便没有去赎货。后来在黑市上发现了那堆货。这就是货的照片,再加上人证罗明祥,那吴力伟绝对吃不了兜着走。"

廖刚毅把罗明祥提供的洋油照片仔细地摊开来给杜万鹰看。罗明祥也悲愤地说:"我一定要控诉吴力伟监守自盗,就是他害得我一把年纪家破人亡。"

杜万鹰得意地笑:"很好,那么我们会安排你到一个最好的场合去控告吴力伟。你愿意吗?"

罗明祥点了点头,千恩万谢地走了出去。在走出海关大门之后,他却悄悄地吐了一口唾沫。

竞选大会在各路人马的期待中如期举行。在工部局的董事会议上,九名董事都来了,除了一位是日本人以外,其余的皆是美国人和英国人。总董要求两位最有竞争力的海关中层管理人员上台进行自己的演讲。

杜万鹰和吴力伟侃侃而谈,均获得了热烈的掌声。

就在总董要求每一位董事进行公正的投票时,杜万鹰忽然要求暂停这个议程。

"等等,请大家等一等,我想请大家来见一个人。"

吴力伟和其他人都惊愕住,不明白这个时候杜万鹰要搞什么鬼。

杜万鹰双手击掌:"这位老人家一定要我帮他这个忙,他请求我,说要来这里揭发一个无耻的小人。有请!"

罗明祥缓缓走上台,杜万鹰得意的笑容再次深深刺伤了他的心,他想起自己的儿子如何惨死,自己的老婆如今因为打击一病不起,却又无钱医治……

"感谢各位董事能让我这个老家伙上来讲话,我到这里来,是为了控诉一个无耻的人渣,他作为海关官员协助他人走私,瞒骗海关偷漏关税,中饱私囊,而且还无故扣押他人货物,敲诈勒索,无所不用其极,这些都是他犯罪的证据!"

总办接过证据,亲自呈递给了总董,翻译耳语,杜万鹰越发得意。

罗明祥颤抖的手忽地指向了杜万鹰:"而这个人就是——杜万鹰!你快还我儿子命来,我儿子就是那被你逼得跳江的罗世兴!"

杜万鹰登时惊呆,在场所有人无不震惊。吴力伟嘴角扬起一丝嘲讽的笑意。

媒体一片哗然，顿时全城都在嘲笑杜万鹰搬起石头砸自己的脚的愚蠢行为。很快，杜万鹰便被停职查办，一颗即将要崛起的新星就这样掉入了低谷。那些曾经受他欺压迫害的人得到消息，欢呼着，真是大快人心。

就连傅建成都忍不住看着报纸偷乐："杜万鹰，你也有今天！"

沈其东搀扶着罗明祥，低声道："老人家，辛苦了！我都帮你安排好了，你快好好藏起来！"

如今已是工部局地产委员会委员的吴力伟在墨玉的吹捧下，瞧着照片上英武不凡的自己直得意。他想起那日厉东来找他谈判的事情："嘀，连亲信都设计背叛他，他内忧外患，如何不倒台？哈哈，这个厉东真摆了他一道，很有意思。"

[17]

巧得铁路修建权

杜万鹰被迫停职查办，闹了个全城的笑话。杜万鹰不甘心，他认为找出罗明祥就能够为自己翻盘。廖刚毅不忍自己的大哥遭到如此厄运，带着沈其东开始去找那个"血口喷人""忘恩负义"的老头。他也想不通，当时是自己找到的这个老头，资料上也显示他没有问题，怎么就临时倒戈了？那个吴力伟会不会安置了眼线，提前知道了他们的做法？

"大哥……"廖刚毅本想向杜万鹰汇报自己的想法，杜万鹰却被傅建成又惹恼了。真是应了这样一句话——树倒猢狲散，自己只是被勒令停职，又不是彻底失势，这个"钱袋子"就开始不听指挥了。

"刚毅，那个傅建成今天拒绝了我让他出钱撒金粉的要求！"

"那要不要给他点颜色看看？"

杜万鹰心生感慨，在这个困难时期，廖刚毅和身后的沈其东竟然都没有离弃自己，比那商人靠谱多了："这个姓傅的，奸商所为，利益所驱！瞧好吧，他一定会为今天的落井下石付出代价的。"

杜少乾下班回到家，他早就听闻了父亲的风雨，却根本不在乎父亲的境况，他简单打了个招呼就准备回自己的房间，杜万鹰却叫住了他："你从永晟回来的？"

杜少乾敷衍了一声："刚下班。"

杜万鹰瞧见儿子半死不活的书生样子，就火大："我让你搞定傅函君，你到底搞定没有？一个小女人你都搞不定吗？"

"难道父亲一定要干涉我的婚姻和爱情吗？"杜少乾被父亲的话伤了自尊，他也确实不知道如何"搞定"那个娇小姐，两个人能够不吵架就是奇迹了。

杜万鹰喝道："你是我的儿子，我管你，还得经过谁批准吗？你给我快点搞定那个傅函君，这样，傅家的永晟营造厂才能到我们手里！"

父亲强加的压力，使得杜少乾生出了绝望之感。他愤而离开家门，任凭父亲喝骂也不回头。

梅丽莎的灯红酒绿，给那些口袋里有钞票的人带来了刺激和快乐。舞女和歌女们换了一拨又一拨，看得人眼花缭乱。但是谁也不知道传说中的老板娘何时会出现。梅丽莎能够在上海滩这么红火，大家能够在这里放心挥金，就是因为梅丽莎的老板娘章梅是章炳坤的义女，黑白两道通通卖面子。傅建成近来经常去梅丽莎捧场，上回永晟能够顺利进入同业公会，是因为章炳坤的首肯。傅建成自认为自己是个很懂得感恩的人。如今，杜万鹰失势，他必须躲着他，而梅丽莎也是最好的避风港。

忽然，一个女人的侧颜给傅建成带来触电般的惊异感："苏梅？！"

傅建成愣神，她不是死了吗？苏梅怎么可能还活在世上呢？不可能的。可是，世间又怎么会有人那么像她？傅建成想起房效良告诉他，苏梅的尸体消失了……

难道，真的是她？

傅建成毫无绅士形象地冲过去，掰开人群，用力拉住那个"苏梅"，大叫道："苏梅，苏梅，是你吗？"

章梅的脸好像被时光特意关照过，这些年来，她没有丝毫变化，一双眼睛依旧似两汪清澈的深潭。傅建成惊骇："苏梅！你没死？"

章梅冷笑："先生，你认错人了吧？我一个梅丽莎的老板娘，活得好好的，你就这样诅咒我？"

仿佛一盆冷水当头浇下，傅建成踉跄了几步，放开了章梅："你……不好意思，真是不好意思了，我失态了……"

章梅头也不回，高傲地走开。傅建成陷入痛苦的回忆中。他唯一可以确定的是，这世上不可能有完全相同的人。

吴力伟收了金条后，对田石秋这一次的大手笔很满意。墨玉因着重病的母亲被田石秋安排了最好的医疗救护，所以不自觉变成了田石秋最好的卧底。她时不时在吴力伟耳边吹风，夸赞田石秋会办事，很靠谱。吴力伟荣登地产委员会委员的宝座，信心满满，因此很快就决定把天川铁路的修建权给田石秋。傅建成得到消息，当然感到不公平，明明是应该公开拿出来竞标的项目，凭什么搞一言堂？

田石秋站在吴力伟办公室外面的台阶上俯视着这只常年打不死的"小强"，嘲讽道："你当初入同业公会，难道不是那个章炳坤搞了一言堂？"

这句话使得傅建成像霜打的茄子，灰溜溜回了家。沈其南明白老爷是为了何事生气，那吴力伟如今力捧田石秋，永晟又没有了杜万鹰做靠山，以后的日子会很难过。

杜少乾的打样部一下子闲下来，傅函君整日里也是闷闷不乐，此前她还向沈其南发出邀请，请沈其南吃大餐，庆祝永晟成功加入了同业公会。现在，也是毫无心情。

沈其南却把小姐的这个邀请当了真，他了解傅函君，她郑重其事的那番邀请，一定是作数的。他悄悄给自己在高级定制西服店里，量身定制了一套礼服。这花费了他一个工地小包大半年的积蓄。可想到即将和傅函君"约会"，沈其南便露出微笑。

杜少乾和傅函君难得达成一致，决定写材料申诉，状告吴力伟和田石秋狼狈为奸，巧取豪夺天川铁路的修建权。沈其南想阻止傅函君，傅函君心寒，认为沈其南和自己不在一个思想高度上。沈其南每天去给傅函君送饭，看到杜少乾和傅函君竟然不再吵架，反而卿卿我我，一副很甜蜜的样子，心中起了醋意。他找到老爷傅建成，给傅建成献上了自己精心设计的计划，得到了傅建成的大力支持。

果然如沈其南所料，杜少乾颇为郑重地把申诉书递交到了地产委员会，被婉拒。

傅函君只好在沈其南的安排下，找到了蒸汽汽车代理商威廉。

沈其南在傅函君毫无准备的情况下，夸下海口，要拿下威廉所代理的蒸汽汽车在上海的唯一经销权。傅函君渐渐听明白沈其南想要做什么，然而沈其南继续加重了筹码，答应了威廉要求的必须先买下二十辆蒸汽汽车的事情。

沈其南的眼睛里充满了自信的光彩，他要傅函君好好翻译自己的意思。傅函君对沈其南的种种匪夷所思的做法有些不理解，但还是认真翻译出了他的意思。

果然，威廉很开心。双方愉快地签订了协议。沈其南的做法得到了傅建成的支持，傅函君则陷入了迷茫。

在工部局主席鲁和的家宴晚会中，沈其南和傅函君受邀参加。沈其南顺势提出自己的条件，要求威廉说服鲁和，同意让永晟参加天川铁路的修建，否则，他们永晟便不会再购买蒸汽汽车。鲁和当即做出回应，同意了永晟也拥有和田石秋的新丰营造厂一样的修建权。

目的轻松达到，不仅获得了蒸汽汽车在上海的唯一经销权，还拿下了天川铁路的一半修建权，傅函君的脸上重新充满了明亮的色彩。她再次对沈其南刮目相看，对沈其南的好感使她很想牵起他的手，最终的冷静，使她决定尽快请沈其南吃西餐。

沈其南的内心虽然雀跃不已，但是他知道，吃西餐需要学会标准的礼仪，于是，利用自己在工地上的空闲时间，拿着砌刀和木棍，反复练习着。

德贵嘲笑他："南哥，你就别闹了，天天瞎比画啥呢？"

沈其南尴尬："就是想试试砌刀怎么用更顺手。"

杜少乾在梅丽莎又一次喝醉，一个美女走过来，得到了杜少乾的青睐，他砸重金要美女陪自己喝酒。

"我是不是很没用啊？"

美女看在这个小开有颜值又有钱的分上，哄他道："你怎么会没用呢？你又帅又有钱，是个女人都会爱上你。"

"错！就有女人不爱我，我不仅得不到那个女人的爱，我还得不到父亲的认可，在他心里，我就是个废物！哪怕这些年在国外，我受尽苦楚，放弃自己深爱的导演专业，投其所好学建筑，却还是被他天天训斥……"

美女把杜少乾搂在了怀里，杜少乾哭得像个受了天大委屈的孩子。

杜少乾醉醺醺地回到家。本就心情郁闷的杜万鹰闻到儿子满身的脂粉气，立刻暴跳如雷："混蛋！你干什么去了？不好好给你爸爸我想办法，整天在外面鬼混！"杜太太听到楼下的声音，深感不妙，赶紧冲下来，护住儿子："老爷，你整天对咱们的儿子呼来喝去，孩子都大了，你考虑过对他的影响吗？"

杜万鹰像是听到了天大的笑话："他是我杜万鹰的儿子，是我唯一的继承人，我对他严格要求有错吗？难道任由他像个废柴那样生活，就是爱他？"

杜少乾也不知道哪儿来的熊心豹子胆，他吼道："我看，我就是你的撒气包！"

杜万鹰不顾杜太太的阻拦，一脚踢飞了杜少乾："你别拦着，不然我连你和你儿子一块打！"

那一晚上，杜家是鸡飞狗跳，杜少乾惨遭父亲毒打，酒也完全醒了。

[1 8]

甜 蜜 约 会 吃 西 餐

打完儿子的杜万鹰，胸中积压许久的怒火一下子发泄完了，第二天起床，浑身舒泰，看天很蓝，看云很白。愉悦地坐在院中翻看报纸的他，灵感迸发，忽然想到了一个绝妙的好主意。你们不是都在看我杜万鹰的笑话吗？那我就在你们面前再好好表演一番。

杜万鹰打电话给廖刚毅，要求廖刚毅陪自己去趟警察署。署长是杜万鹰多年的好友，狡猾的他知道杜万鹰并不是那种一蹶不振的人，于是答应了杜万鹰的要求，增派警力，寻找罗明祥。

杜万鹰又来到了报社，强烈要求接受采访，声泪俱下地表示自己是被诬陷的，那个罗明祥是条恶狗，是吴力伟的恶狗。

罗明祥在藏身之处看到了报纸，行踪被送报纸的报童发现，举报给了警察署，警察很快就逮捕了罗明祥。

沈其东暗叫不好，当初正是在他的设计下，利用罗明祥才使得吴力伟顺利地坐上了委员的宝座。

罗明祥当然知道沈其东是为自己好，本来儿子跳江自尽，他就想着自己也快活不成了，能以残躯扳倒杜万鹰也就满足了。他在监牢里想到沈其东对自己说："老先生，我和你是一样的人，我恨不得杜万鹰立刻死！只要你按照我说的做，我们就可以扳倒他！"

警察署的署长根本不会因为罗明祥一把年纪就心慈手软，署长下令以最"好"的酷刑来好好招待这个老家伙，罗明祥也确实经受不住这般折磨，乖乖签下了供认书，承认自己是因为儿子跳江自杀才记恨杜万鹰，对杜万鹰纯属栽赃陷害，没有受任何人的指使，系自己一人所为，求署长给自己一个痛快。

罗明祥心中哀叹：你和世兴都是好孩子，我能做的，只有这些了。

罗明祥的供认书经媒体曝光，果然，在强大的社会舆论压力下，委员会恢复了杜万鹰的职务。这一次的停职查办事件，让官复原职的杜万鹰意识到，必须有更多的眼线才行，拥有一张强大的信息情报网才是自己立足的根本。

田石秋异常气愤，到嘴的肥肉硬是被人抢走了一半！这可恶的傅建成竟然说服了工部局，要和自己竞争铁路修建权。那棚户区的刺儿头、滚地龙极多，工部局又不肯拨出安置费，那些人哪肯说搬就搬？可工部局已经做出决定，两家公司谁拿到的拆迁同意书更多，谁就是项目的主负责方。田石秋硬着头皮回到公司，冲着底下的人大发脾气。

曹俊如今是田石秋的司机，他知道田石秋所遇到的困境，心中暗道，这是自己的好机会啊，那一片的窝棚区，是自己从前和沈其南那帮擦鞋匠的立身之地，这说服群众搬离的事情一定可以替老板办得漂漂亮亮。他想得挺美，以为把那帮长大了的兄弟召集起来，就可以轻而易举获得众多的拆迁同意书。

于是他向田老板毛遂自荐，田老板根本不相信身边的一个司机能有多大的能耐，他狐疑地审视了一眼正觍着脸笑成哈巴狗的曹俊："你小子能行吗？"

曹俊恨不能把胸口敲成震天响的锣："当然没问题！"

田老板不屑，可现在这情况，死马只能当成活马医："行，我相信你一回，给你个拆迁部经理的名头，你现在就去办吧！"

曹俊暗下决心，老板难得重用自己，这回他一定要让老板看到自己如何扭转乾坤。

他一声令下，那帮原先失散在上海各个角落的兄弟都围拢过来，大家对于这撵人的事情信心满满。曹俊带着这帮阿三阿四来到棚户区，闹得鸡犬不宁，到处打砸抢烧，老百姓叫苦不迭。

沈其南和德贵意图阻止，却被曹俊等人围殴。

"其南，如今我们是各为其主，不然的话，我们仍是最亲密的好兄弟！可现在，你也看到了，这棚户区的人那么多，我要是不使用暴力，靠你们那种虚伪劝说的话，还不如现在就打碎他们所有人的幻想！你要知道，你的劝说就是一剂慢性毒药！长痛不如短痛啊！"

沈其南护住已经受伤的姚彩苹，恨恨道："你的短痛，就是连个柔弱姑娘都不放过？"

"我已经给她机会了，她不是说没地方住吗？那就去我那里住啊，我养她啊……哈哈哈……"曹俊和众混混一阵大笑。

姚彩苹捂着被踹的肚子，窝在沈其南的怀里叫道："你们无耻！"

曹俊不乐意了："喂，小妞，你要知道这个男人也不是好人，他也是为了要你们签字搬离棚户区啊！"

从公司赶过来的傅函君，老远就听到曹俊的话。她跑过来，拿着请愿书，反驳道："我们当然是好人！大家不要怕，少安毋躁。我有个好提议，我们成立棚户区联合会吧,就由我来给你们当会长,现在我手里拿的便是请愿书,请大家挨个来签字,我来交给工部局!请他们为大家拨款,解决住宅的问题!"

曹俊哈哈大笑:"真是可笑!"

沈其南最见不得傅函君被欺侮,他放下受伤的姚彩苹,趁曹俊等人不注意,再次出手。几个人又殴打成一团。

傅函君急得快哭出来,她眼瞅着沈其南被打得不轻。姚彩苹更是极其讨厌这个娇小姐,她埋怨道:"都是你惹的好事!如果其南哥受伤,我一定不会原谅你!"

傅函君怔住,她非常听不惯眼前这个虽然有点脏兮兮,却长相清秀的女孩子的话,什么叫其南哥?

"喂,你是沈其南的妹妹吗?你不是吧?你以后不准叫他哥哥!你不配!"

姚彩苹轻蔑地看了一眼这个穿着高跟鞋,一身白纱连衣裙的大小姐:"你才不配!我现在就能叫人救下其南哥,你能吗?"

傅函君立刻变了口气:"那你快啊!"

姚彩苹也心急如焚,但是她很看不惯这个装模作样的大小姐:"好,那麻烦你现在就给我回去,不然待会儿出现了打斗的场面,你会承受不起!"

傅函君明白姚彩苹是想要所有棚户区的人们帮忙,撵走曹俊等人。于是,她只好依依不舍地离开。

沈其南被打得头破血流,可他还惦记着今晚和傅函君早已约定好的晚餐。于是,他并不恋战,在棚户区的人们一拥而上的情况下,很快就结束了和曹俊等人的斗殴。他的头顶成功地被曹俊偷袭,用砖头砸出了血坑。

但他还是急匆匆赶回了傅宅,擦洗了一遍血迹,在自己居住的杂物间里，仔细地换好了礼服，并戴上了帽子，用以遮住受伤的部位。

心里正七上八下的傅函君穿着很美的粉色长裙，坐在临窗处，优雅的姿容依然掩饰不住她的忐忑，万一沈其南不过来呢？他在棚户区那边怎么样了？那个叫他哥哥的可恶女人是不是在缠着他？

一小口咖啡刚刚呷入喉，在服务员们的鞠躬行礼下，一个英俊帅气的公子正风度翩翩地向她走来，那双眼睛仿佛是明亮星辰，熠熠生辉。

"好帅！"傅函君被沈其南惊艳到，惊慌失措的她暗笑自己心里的用词。可不嘛，一身笔挺西装的沈其南是那么夺人心魄，让她目不转睛，看出了神。虽然她早就感觉沈其南长得很帅，但平日里一身脏兮兮的工装掩盖了他不少的光芒，今日，沈其南特意的准备，让傅函君欣喜不已。

"小姐，让你久等了。"沈其南轻声道。

傅函君的花痴，沈其南看在眼里，他知道自己这一身装扮，确实帅气，又不是没单独照过镜子。所以，也很满意傅函君脸颊此刻爬上来的绯红。

傅函君娇羞满面："快坐，我们开吃吧！牛排冷了就不好吃了。"

沈其南绅士地坐下，并拿起刀叉开始试着吃，傅函君刚想教他如何吃西餐，却惊异地发现沈其南拿刀叉的姿势很标准。

"你拿刀叉的姿势很标准哦！"

沈其南得意地笑："没吃过猪肉，还没见过猪跑吗？"他想到自己曾一直用砌刀练习的情景，不由得暗笑。

傅函君却难得没有怼他，反而轻问道："好吃吗？"

沈其南内心暖暖的，他发现傅函君的妆容精致，头发也被精心烫过，显得她更如同仙子一般，美丽可人。他赶紧强迫自己收回目光，担心自己也看痴了。他虽然知道她漂亮，但没想到会越长大越漂亮。

"嗯，六十分的味道加三十分的心意再十分的环境，我给满分！"

傅函君笑意妍妍，仿若初夏的暖阳，温暖了沈其南，此刻沈其南心中只想用一生的幸福来守候傅函君的笑脸。

忽然，他感到血从头顶流到了脖颈，他悄然用手一摸，脸色瞬间苍白，伤口没有来得及处理，此时又流血了。为了怕傅函君担心，他迅速站起来，在傅函君的惊讶中，他指了指洗手间："我去方便一下。"

奔到洗手间的沈其南，咬牙用冷水一点一点清洗伤口，把血痕擦拭干净，生怕血迹沾到西装上面，直到确定血不会再流下，他才重新戴好帽子，忍痛从洗手间走出，回到了傅函君的面前。

[1 9]

博 大 胸 襟 沈 小 包

傅函君没有发现沈其南的异样，她切了一块牛排送入嘴中，想到一件事情："对了，窝棚户的拆迁你打算怎么做呢？"

沈其南淡然道："总之，按照你的方法是不行的。"他是指傅函君准备成立联合会的事。

傅函君忽然生气："我们交流起来怎么这么难？我的方法为什么就不行？难道你去劝说就有用吗？如果有用的话，为什么一张同意拆迁的同意书都没有签下来呢？"

"小姐，我可以陪你一次又一次试错，但是你的想法是小孩子的游戏，江湖的事情要用江湖的方法来解决……"

傅函君一个字也听不进去，两个人的第一次约会，瞬间变得很尴尬。傅函君赌气道："我们俩的看法根本不在一个层面上，完全没法沟通。我不想和你吵架，我先走了！"傅函君擦完嘴，就起身离开，显得很决绝。

沈其南本想追上去，忽然感到头上的血又流下来，他看着尚未吃完的牛排叹息。

唉！沈其南啊沈其南，你怎么变得这么矫情，什么话不能等吃完这顿饭再说？

而傅函君更是懊恼地回头看向西餐厅，郁闷道："这个沈其南也不追出来挽留我，哼，我根本没有吃饱嘛！难道和我想法一样就那么难？"

夜里，两个人都对今天约会中的不良情绪感到懊悔。傅函君悄悄敲响了沈其南的房门："你睡了吗？"

沈其南打开门，不想让傅函君进来。

"大半夜，姑娘家不要随便敲男人的房门！"傅函君陡然发现了沈其南头上的伤口，不由得心疼："你受伤了为什么不早说？"她赶紧挤进屋，翻出了沈其南房间里的药箱，强行按下沈其南，给他敷药。也许是距离太近，沈其南感到很不自在。虽然之前每天都能看到小姐，然而却从没有这样亲密过，不由得分了神。直到傅函君为他包扎好了伤口，嗔怪道："你这样不行！"

沈其南的心漏跳了半拍，面色发窘："怎么了？"

"你明天必须去买些消炎药吃。这样吧，我那里有，我现在就去拿给你。你先别睡，吃完药再睡，不然明天你一定会发烧的。"

沈其南苦笑，不明白自己到底怎么了。

傅函君果然又悄悄地过来，逼着沈其南把药吃了。

"你为什么不教我练功夫了？"

沈其南微微皱眉："你的力量基础太差，就算教你招数，也没有多大作用。"

傅函君哼了一声："就知道你说的是借口。我不管，明早起来，你要教我！"

果然，这大小姐真是说一不二的脾气，沈其南还在梦中，就被傅函君揪了起来，强行"押"到了后院空地上。沈其南虽然真的不乐意教她——大小姐对待练功，之前经常三天打鱼两天晒网，教也是白教——可还是架不住傅函君的死缠烂打。

"好吧，那我就教你一个过肩摔。"

傅函君开心地拍手叫好。

"首先，你要抓住对方的胳膊，位置在肩部往下，大概是这里，用右手抓住。左手抓住手腕往上一点，将对方背负于你的右肩，用身体力量把对方拉起来，记住双脚略宽于肩，要平行，为的是保持自身平衡，就像这样——"

傅函君不发一言，紧蹙眉头，学得有模有样。

吴妈路过突然笑了起来："其南，你也不要太严厉，小姐还不是因为你昨天受伤，怕以后再连累你，才央求你教功夫嘛！"

傅函君被戳破了心事，脸顿时红成了大苹果："哎呀，吴妈，你讨厌！"

沈其南惊呆。他挠挠头，早晨仅剩的一点困意都没有了，露出了甜甜的笑容。

傅函君是把这个窝棚联合会的事当成了自己的大事来办。她几次拉着沈其南跑到窝棚去，在那里不是踩到鸡屎，就是被猪拱得到处躲，每次都是狼狈万分。可她还是坚持要说服那些人。

姚彩苹冷笑："大小姐，这里不是您来的地儿。"

也许，是被傅函君勤快地来往奔波努力的劲儿所打动，竟然开始有人愿意在请愿书上签字了，在沈其南的暗示下，签字的人越来越多。姚彩苹虽然不愿意签，但最终看在自己喜欢的沈其南的面子上，也签了名字，按了手印。

傅函君充满信心地把请愿书送到了工部局，果然遭到了工部局的忽视。

杜少乾发现傅函君越来越放肆了，翘班成了家常便饭。刚好，父亲临上班前叮嘱他，要他今天去傅家参加晚宴。原来这傅建成得知杜万鹰官复原职，不得已，又赶紧设宴拉拢讨好起杜万鹰。杜万鹰虽然对傅建成这种奸商恨得牙痒痒，可又考虑到儿子还在永晟……

"傅小姐，请问你最近都在忙什么呢？难道你不知道除了天川铁路的设计需要策划外，我还准备带领团队再拿下霞飞路的淮海公寓项目吗？"

傅函君心情本就不好，她因为请愿书被驳回正在郁闷，便没有搭理杜少乾。杜少乾不禁暗道：好个娇小姐，实在是越来越不能理解她的行为了。父亲还让我去追求她，这样的女子娶回家当活菩萨供着吗？

这拿不到拆迁同意书，请愿书也没有起到任何作用。眼瞅着曹俊等人改变方法，和颜悦色面对拆迁户，意外得到了几张同意书，傅建成有些焦虑。沈其南却气定神闲，心里有了好主意。

"老爷，不用太焦虑，我了解这些窝棚区的居民，我们只要提出让精壮男子去永晟工地上做工，他们就会愿意搬离窝棚，我们再提出，在修筑铁路的一年时间里，提供工地用房给他们居住，他们就更愿意签字了。"

傅建成再一次赞赏沈其南的办法。

"其南，你小子有点能耐！"

沈其南笑了笑："我这次也是有所图的。"

傅建成一拍脑门，爽朗大笑："对对，一直没有想起来奖励你！说吧，你想要什么？"

"我不想做工地小包了。"

"哦，对，这些年，一直没有给你升职，那这样，你直接做大包吧！"

沈其南却摇头拒绝："老爷，我不要做大包，我想先跟着看工先生当学徒，之后当看工助手，等有一天技艺成熟了，自己可以成为看工先生。"

傅建成不忍，想要说服沈其南："倒回去当学徒？你可知道学徒是没有薪水的，只有少得可怜的月规钱。"

沈其南坚定地点点头："我知道，但我不想当一个靠盘剥工人生存的包工头，吊装一吨钢材，厂里从业主那儿拿到的工价大约是十四元八角，到大包手里是每吨五元八角，大包赚小包三元，可工人每天起吊两吨，到手却只有四角了。"

"这中间的确是有金额的差异，但我不认为这是什么盘剥。每个工种都有自己存在的理由，没有包工头，拉不起一支成熟的做工队伍，那工程又怎能开展？其南，我知道你是个很有想法的人，我无法说服你，那这样，你来说服我吧。说说看，你为什么想做看工先生？"

沈其南扬声道："只有看工先生这个职位才可以对项目的土木工程进行全面的了解。"

傅建成哑然，这小子想要了解土木工程，可之后呢，他又想要干什么呢？

"其南啊，那你之后呢，你了解之后呢？"

"我要成为一个既懂建筑设计，又懂营造方法的营造师！"

傅建成哈哈笑起来，拍了拍沈其南的肩膀："好小子，野心不小啊！"

沈其南一点都不觉得自己这番话有什么不对的地方，他朗声道："老爷，土木工程历来被认为是泥水匠和木匠干的粗活，没有技术含量，没有艺术修养，也因此传统建筑才会徘徊不前，上海滩在今日才会被洋人建筑师占领天下，而且洋人建筑师往往不是单单擅长一个方面，而是讲究一个综合能力的培养。这种把控全局的能力，是包工头职位无法带给我的，我想要一步步靠近自己的目标，就必须从看工先生做起。"

傅建成震惊的同时，忽然又有些感动，这孩子是从小在自己身边长大的，情同父子一般，甚至在自己的内心，比自己的亲儿子还要亲近几分。如今，听了他的这番话，傅建成既赞赏，又惋惜："你竟有这样的胸襟？当年我应该坚持让你去读书的，或许成就不亚于那个杜少乾啊！你做事踏实勤奋还很聪明，在工地做个小包确实是委屈你了。这样，我会支持你的，不管你是否会成功，你能有这样的志向，在你这个年纪来说，已经难能可贵。"

傅建成的这番话，令无父无母的沈其南感动极了。他没想到，上苍并没有彻底抛弃他，在他以为人生要走投无路之际，遇到了傅老爷这样胸襟开阔的老板，实为人生之幸。

[20]

醋意萌生扮英雄

杜万鹰托人打听到傅函君原先爱跳芭蕾舞，于是差人精心准备了一套奶白色的芭蕾舞服。对于今晚的傅家家宴，他杜万鹰是极其认真对待的。

"儿子，你过来，这套裙子由你送给傅家那个丫头。"

杜少乾对于盒子里装了什么礼物并没有兴趣，敷衍了几句，便从车上拿了下来。

傅建成笑得卑微，这回他是真的有些口不对心，不知道杜万鹰官复原职后，又打起了什么算盘。"杜部长来啦！您瞧，因为您提前告知将有孙大帅的人来赴宴，我们傅家可是上上下下一阵忙活啊，就怕哪一点让李副官不满意啊！"

杜万鹰环视了一圈，果然一派崭新气象，点头表示满意："辛苦建成兄了。这上海华界目前可是孙大帅一人说了算，我特意将你引荐给李副官，那也确实是用了心思的，还望建成兄能够了解啊！"

傅建成苦笑，还不是要自己掏银子来帮你笼络另一只大老虎。

李副官姗姗来迟，在众人热烈欢迎中，他高调落座。席间却一会冷了场，杜万鹰早就有备而来，他眼神示意杜少乾，把礼物盒子拿了出来，送给了傅函君。

"早听闻傅小姐善于芭蕾舞，那身影只应天上有啊！"

李副官产生了巨大的兴趣，他心里本来还有点不乐意，认为傅家人太死板，没想到竟然还有这一出好节目。他率先鼓起了掌。

傅函君纵使有一百个不乐意，可是碍于父亲恳求的目光，只好道："我很多年没有跳过芭蕾了，若有差池，还请各位不要见笑。"

于是，她狠狠瞪了一眼杜少乾，走进了里屋。

芭蕾舞曲响起，正在院中等候的沈其南惊异，向德贵说道："小姐很多年没有跳芭蕾了？"

德贵"嗯"了一声，很不满："当年还不是你偷看人家跳舞，害得小姐留下了阴影，从此就再也没有跳过芭蕾了！"

沈其南想到那年，他无意中闯入了小姐的练功房，被小姐的舞姿吸引，也不知道看了多久被小姐发现。情急之下，他叫道："谁愿意偷看你这只丑鸭子啊！"

后来，小姐狂哭了好几天，从此再也没有跳过芭蕾……这事情本以为就这样过去……没想到今日，竟然又响起了芭蕾舞曲。鬼使神差一般，他慢慢走近了餐厅。

一身洁白的天鹅服，立刻把傅函君的美丽演绎出了十二分的魅力。所有人都被她婀娜的舞姿吸引得目不转睛。音乐声响起，傅函君几个优雅的转身旋到中央，开始了舞蹈。沈其南却恨不能立刻把舞台上美丽的天鹅揽进怀里，包裹起来，尤其是不给那油腻的李副官多看一眼。

傅函君这刻的美丽彻底惊醒了杜少乾，他忍不住站起来，一步步靠近耀眼的傅函君。傅函君忘我地旋转着，旋转着，也许是久未练习，突然她的脚一崴，伴随着惊叫声，杜少乾几乎是冲上去，一把护住了她。此时此刻，傅函君在杜少乾的心中，是个女神，浑身散发着光晕的女神，更如同一只圣洁美丽的白鸽……

许是跳累了的缘故，傅函君的脸上挂着羞涩的绯红，杜少乾和傅函君的目光碰撞在一起，杜少乾突然听到了自己扑通扑通的心跳声，他感到傅函君美得让他心醉神迷。

傅函君正欲挣脱杜少乾，她受不了杜少乾这般热烈的眼神，冷不防，杜少乾用力拉起了她，突然与她跳起了华尔兹。

李副官也是看得有趣："这两个年轻人的确是郎才女貌啊！原来你们两家是亲家啊！"

傅建成在杜万鹰冷峻威逼的目光下，打着哈哈："年轻人的事嘛，由年轻人自己决定，我们做家长的，也无权干涉嘛！"

杜万鹰的期待落空，用鼻孔轻哼了一声。

沈其南不想再看下去，他早动了想要揍杜少乾一顿的心。

就在他在院中角落里发呆的时候，傅函君忽然悄悄从后面"袭击"了他，趁着他张嘴惊讶的时候，一颗摩尔登糖滑进了他的嘴里。

德贵不服气："小姐，见者有份啊，我和其南都在这里呢，为什么我没有！"

傅函君丝毫没有给德贵糖吃的意思："你又不爱吃。"

德贵不满道："沈其南，你一个大男人怎么喜欢吃糖呢？"

傅函君不允许别人有一丝机会取笑沈其南："苏曼殊也喜欢吃啊，人家还是个和尚呢！"她仰头问站起来的沈其南，"对了，苏曼殊是因为喜欢小仲马笔下爱吃摩尔登糖的茶花女，你呢，你为什么喜欢吃？"

那是因为你啊，是你第一次让我知道什么是甜甜的滋味。

沈其南轻轻掐了一下傅函君的脸庞，一言不发地走开了。

杜少乾自从参加完傅家的家宴后，彻底沦陷在了傅函君的美貌里。他懊悔自己怎么从来没发现那么美丽的女孩子就在身边呢？

淮海公寓的项目设计图被杜少乾反复撕碎，他感到无能为力，满脑子都是对傅函君的渴求。终于，灵感忽闪，他想起来傅函君恍若白鸽展翅般的身影，如果淮海公寓的设计也以白鸽为原型呢？果然，杜少乾快速设计出了完美的方案。

当晚，傅函君接到了杜少乾打来的电话，他在电话中很急切地告知傅函君，工地上出事了，由傅函君设计的月台支柱倒了一根，要她过来看下。

傅函君不疑有他，立刻奔了出去，并不准德贵跟着，她要自己去看看。

然而，月台清如水，夜色正浓，黑暗中，一个清瘦高挑的身影正向她走来，原来是杜少乾，他的手里捧着的是还温热着的鸡粥。

傅函君明白过来，根本就没有什么事故，而是这杜少乾想要制造故事！她当即转身便走，杜少乾却从后面环抱住了傅函君，他热烈地倾诉自己的衷肠。

"对不起，函君，我很想向你表白，我喜欢你，我想和你在一起。"

傅函君想要挣脱，她想回过脸向杜少乾严正声明自己不可能选择他，却不料差点被杜少乾吻到嘴唇。

"杜少乾，你快放开我！不要以为我不知道你的性格，你根本就不是喜欢我，你只是因为你爸爸给你的压力，你不得已才想要追求我！杜少乾，你就是个大可怜虫，连自己的爱情都决定不了，什么都要听你爸的！"

杜少乾被激怒了，他偏不信自己得不到傅函君："不，不是这样的！原先我爸爸是想要我追求你，但我那时不喜欢你是真的，可是，人的情感是会变的，我现在爱上了你……"

傅函君想到前不久沈其南教自己的那一招过肩摔，于是她口中念念有词，摆出了标准的动作，无奈，她力气太小，根本没有作用。

反倒是不远处赶来的沈其南忍不住笑了："说了你不适合练功夫还不信，现在还有一招教你——脚底抹油，快溜吧！"

杜少乾却根本不肯放手："怎么哪儿都有你，傅家给你发了多少钱，你那么死忠，什么闲事都要管？"

沈其南想也不想，狠狠挥拳，打得杜少乾立刻放手，眼冒金星。

"你敢打我？"

"小子，老子打的就是你！"

傅函君担心沈其南真的下死手，惹恼了杜家说不清，赶紧拉着沈其南，要沈其南快走。沈其南知道傅函君的苦心，又警告了一番，才拽着傅函君离去。

然而，杜少乾仍然没有放弃傅函君，可碍于每天来送饭的沈其南虎视眈眈的目光，也不敢再过多放肆。很快，淮海公寓的标的被拿下了，杜少乾在打样部员工的一致要求下，带着所有人去吃大餐，傅函君正巧听到有员工在比较她和杜少乾，他们都认为她的设计水平不如杜少乾，不禁心情差到了极点，有苦说不出。

杜万鹰得到消息，工部局将大力开发天通庵地区，他第一时间告诉了傅建成。可是傅建成手里这些年没有什么余钱，大部分被杜万鹰吞噬。现在这杜万鹰竟然让他一定要购买天通庵的土地。发愁的他迫不得已，准备试试找一下章炳坤。这是他最后的筹钱希望。

傅建成在梅丽莎舞厅等待章炳坤，却意外看到了登台唱歌的章梅。傅建成又一次深陷于过去的记忆里。他确定这章梅一定就是苏梅！苏梅一定没有死！

苏梅，你为什么就是不肯认我呢？难道这些年，你对我的怨恨还没有放下吗？

章梅走下舞台，冷不防，傅建成忽然拉住了她的手："苏梅，你不要不理我，好吗？"

章梅惊叫："快来人，把他给我赶出去！"

傅建成狼狈至极，在章梅面前，他也很想风度翩翩，可多年叱咤商场的气度，在这个女人面前通通溃败。

章炳坤从里屋走出来，摇头叹息："小梅，何必呢？如果不是他真的爱你，又怎么会培养出那么优秀的女儿呢？"

章梅眼角含泪："我也不知道我心里的真正想法，只是现在，我真的没有办法面对他。"

章炳坤差人给离去的傅建成一笔巨额资金，就当是给自己的女婿吧。章炳坤叹道："这世上，最难懂的，还是一个情字。"

[2 1]

魑 魅 魍 魉 初 现 形

傅建成的资金是凑齐了，可是如何从田石秋手里抢夺下他势在必得的天通庵土地呢？杜少乾主动请缨，他瞥了一眼默不作声的沈其南，对于这个几次搞不清楚自己身份，破坏他和傅函君相会的下等人，杜少乾很想给点厉害让他尝尝。

杜少乾要求带上沈其南，要沈其南全力协助自己。傅建成不疑有他，特意叮嘱沈其南："你好好帮帮杜经理。"

杜少乾凭借父亲的影响力，对接到了业主，并通过政府官员的牵线，以略高于田石秋方出的价格，拿下了土地，并顺利签订合同。沈其南被迫在杜少乾谈业务的时候，为杜少乾等人端茶倒水，杜少乾明显感觉出沈其南的不服气，低声嗤笑："你要弄清楚自己的身份，你是傅家的下人，就永远都是个下人，下人能干什么？就配端茶倒水而已。不是你能管的，不是你能操心的，你想都别想！"

杜少乾的出色表现让傅建成不由得重新打量这个年轻人，撇开他父亲来看，杜少乾若能够做自己女儿的丈夫的话，还是很不错的。杜万鹰听说儿子帮着傅家拿下了土地，大力赞扬。

柳秘书却告诉杜万鹰，北伐战争即将要打到上海。

杜万鹰心惊肉跳，他赶紧命令傅建成，要傅建成把才到手的天通庵土地出手。傅建成咬牙切齿地骂道："真是把我傅建成玩得团团转！"沈其南再次想到能够卖出土地的好办法，并要求老爷必须把消息烂在肚子里，绝不能泄露计划，连最亲近的妻子和傅函君都不可以告知，防止人多嘴杂。因为多次的计谋都完成得很漂亮，傅建成非常信赖沈其南。

夜雨微凉，永晟营造厂里起了很大的骚动，工人们开始坐不住了。有小道消息传到了田石秋的耳朵里：听说那个傅建成要破产了，当初为了拿下土地，把全部家当抵押给了银行和钱庄，如今资金链断掉，再也没有机会筹到钱了。田石秋哈哈大笑，这下好了，真是不作不死，这简直是天赐良机，眼下正是吃掉这不顺眼的永晟营造厂最好的时机。

顾月芹听用人吴妈和牛叔嘀咕，得知永晟要破产的消息，吓得她赶紧收拾古董和金银细软，胡乱藏到了床底下。傅函君抱着自己的珠宝箱敲开大妈的门，她想到大妈那边一定积攒了不少的财宝，准备晓之以理，动之以情说服大妈，全家一起努力共渡难关……没想到，大妈却口口声声说前不久已经把古董和金银细软全部变卖了，而变卖所得的那些钱资助给儿子傅承龙炒股，已经血本无归了。

明知道是鬼话，傅函君还是被大妈这种极度自私的女人气得不轻。

"好，我算是看清了什么叫夫妻本是同林鸟，大难临头各自飞！"

顾月芹有些心虚："你个小丫头片子懂什么，你爹要不是当初和我结婚，他会有今天？我现在娘家已经不行了，你爸爸的公司也要破产，我还没怪他拖累我，你竟然还来奚落我？"

沈其南经过太太的房间，正好看到傅函君在和太太顶嘴，赶紧进门拉出了小姐。傅函君纵使对这个大妈有千般怨恨，也架不住沈其南的力气，终是被他拉了出来。

傅函君只想帮助父亲，为父亲解决目前的困境。

"唉！我爸爸一定遇到了大麻烦，他向来报喜不报忧。"

沈其南不忍心傅函君这么焦虑，安抚她："你要相信你爸爸，他每一次遇到难关都闯过来了，这一次也一定会没事的。"

傅函君却没有听进去，她认为沈其南只是在安慰自己。

傅建成得知女儿傅函君到处找人筹钱，甚至吃了章炳坤的闭门羹，他找到傅函君谈心，傅函君却根本听不进去。

"函君，章会长是不会再筹钱给你的，他已经在此之前借了大笔款项给我，你让他如何再答应你？这不符合规矩！你想啊，好借好还，再借不难，只有先还了人家章会长的钱，他才肯再借我们啊。"

傅函君怔住，关于向章会长借钱的事情，她只好作罢。

章炳坤那里也因为这件事，和章梅有了嫌隙。

"我去借钱给函君吧。"章梅自从听说傅函君准备来借钱的事情，好几次都坐不住了。

章炳坤摆手，叫住想要追上傅函君主动送钱的义女："不急，我觉得这一次傅家的危机事有蹊跷。"

"难道说，事情会有转机？"

"对，你不要着急，一定有好戏在后面。"

章炳坤气定神闲的样子，让章梅稍微放心了一些，章梅静下心来，重新给章炳坤倒上了一杯热茶。但是心里暗暗决定，还是要多派人去打听，随时了解傅家的情况，傅建成可以完蛋，但是女儿可不能受苦。

傅函君找章炳坤借钱无果的事情，很快传到了田石秋的耳朵里。田石秋大乐，他趾高气扬地要求阿生赶紧去收购天通庵那块地，尽早从傅建成的手里抢回来。

拿到合同的当天下午，田石秋恰好和傅函君相遇，他的小眼睛都快笑

105

成了一条缝:"闺女啊,你还是好好想想将来的日子怎么过吧。"

傅函君气极,却没有丝毫办法。

沈其南被傅函君抓着回房间喝酒,她感到自己的世界一片灰暗,现在唯一想做的事情,就是躲在沈其南寄居的杂物间喝酒。沈其南只好由着这个大小姐矫情发作。傅函君许是因为在沈其南面前特别放松的缘故,一瓶红酒快速下肚,已经醉了好几分,她一眼瞥见了沈其南童年时代就开始为了寻找失散的弟弟妹妹攒存款的罐子,傅函君当然知道里面是钱,摇摇晃晃的她不顾一切将罐子搂在怀里,借着酒劲向沈其南耍无赖:"这个都给我,我要用里面的钱去救我爸爸!"

沈其南本想夺回来,却发现傅函君手一松,已然进入了昏睡状态,躺在了自己的小床上。那一身的酒气,令沈其南直摇头:"就这点酒量,喝完酒还耍酒疯,以后都不会让你再喝酒了!"

一种深深的吸引,使他忍不住屏气俯视眼前这个醉酒的女人,那长长的睫毛,小巧的鼻子,诱人的朱唇……沈其南蓦地想到这是小姐,攥紧了拳头,残余的理智让他强迫自己放弃"观赏"傅函君,背对着她,喃喃自语:"函君,你知道吗?多亏老爷的帮助,我马上就要当看工先生了,但即便这样,现在的我还是无法给你任何保障、任何承诺。也许只有等我有一天成了优秀的营造师,可以将你设计的所有建筑完美呈现出来的时候,我才能在你醒来的时候也正视着你的眼睛,不再躲闪不再犹豫,等到那一天,我一定会告诉你,函君,我喜欢你很久很久了。"

他回忆起傅函君醉酒之前的憨态。这个小女子刚刚还逼着他,要他说说她身上的缺点。沈其南认真地数起了手指头:"跟你的专业能力比起来,你在人情世故方面太缺乏,过于理想化,又不知道看人脸色,做起事情来一板一眼,就事论事的时候还凶巴巴的……"

傅函君生气了,噘起嘴巴,用手揪住了沈其南的耳朵:"我哪有那么多的缺点？"

沈其南笑着解释："哎呀，谁说这些是缺点啦，我觉得其实都是优点啊，比起那些口蜜腹剑、城府极深、处事圆滑的女人来说，你这样的女人才更招人喜欢嘛！"

傅函君又一口酒灌下肚，醉眼蒙眬："好吧，好吧，你说的都是对的，可你知道吗，我最大的优点你没说清楚。"

沈其南追问："什么？"

傅函君狡黠地笑，她抱着沈其南的胸膛，把自己埋了进去，深深地吸了一口气，然后仰视着沈其南："就是有你啊，只要有你，我就什么烦恼都没有了，难道这还不是我的优点吗？"

…………

沈其南再一次温柔地抚摸着傅函君的头发，嘴角上扬，尽是甜蜜。

傅建成板着脸，一言不发回到了卧室。顾月芹心虚得很，她主动迎上去，绕着傅建成转悠："老爷，你怎么啦，干什么板起脸啊？不是说卖了地吗？"

"嗯，我当时没卖地的时候就在想，你的首饰全没了，嚷嚷得全天下都听到了，那我现在卖了地了，要不要帮你再买回来？"

顾月芹感到尴尬，她一个女人家，大难临头，不想着自己，还能怎么样？自己人老珠黄，总不能再去找个下家吧。可这些，又不能向傅建成透露丝毫。可老爷竟然也学会了阴阳怪气地说话，真是不可理喻。

田石秋觉得兴高采烈地找到吴力伟邀功。他自认为自己这件事办得特别漂亮，和傅建成斗了这么多年，这一次是他觉得最轻松、最解气的一回。

吴力伟却冷笑地看着他，让田石秋感到不妙。

"田老板，我要告诉你，上海要开战了。"

开战？！田石秋觉得天旋地转，差点要晕倒，他不相信："不可能的，怎么会无缘无故开战？这上海是多么好的地方啊。"

"北伐战争的缘故啊,老田!"吴力伟有点可怜他。

"不能,北伐战争的路线上没有上海!"

"傻蛋,江浙一带这么富庶,如果能够一举拿下,那能买到多少枪支弹药?你是个商人,难道这个账都不会算吗?"

这无疑是个晴天霹雳。田石秋听懂了——自己完蛋了,他的所有资金都陷在了那些土地上,而那些土地马上就一文不值……可恶的傅建成!

傅建成虽然成功地抛出了土地,回笼了资金,但是心情并不是很好。田石秋的落败,让他有了几分兔死狐悲的伤感,更或许,他介意的是章梅和章炳坤之间的暧昧情感。

说不出是为什么,但男人的直觉告诉他,章梅一定是苏梅。

房效良听命于傅建成,悄悄打听章梅的情况,他也认为有可能苏梅当年根本没死。

[22]

情敌彩苹引误会

工地上正是热火朝天,已是看工先生的沈其南正指着楼板在指导一个工人:"你看,你这个分布钢筋的长度明显不够,分布钢筋伸入板内的长度不该小于板跨度的三分之一,分布钢筋与梁的搭接也应该超过梁的中心线……"

一声刺耳的刹车声响起,全情投入的沈其南,根本没留意到那辆车上下来了一个漂亮的姑娘。那个姑娘学乖了,这回猫着腰走到了沈其南的身后才鬼吼鬼叫:"沈其南!"

沈其南暗自叫苦,赶紧先对工人说:"你先按我说的去做吧!"

这才慢慢转过头,一脸赔笑:"小姐,你怎么到这里来了?难道图纸出了什么问题吗?"

傅函君兴师问罪道:"沈其南,你真行啊,竟然骗得我团团转!"

"小姐,骗你是我不对,可那时也是形势所逼嘛!要不是那样,田石秋怎么就上钩了呢?老爷手中的天通庵土地又如何能那么快就脱手呢?"

傅函君扯着沈其南的耳朵恨恨道:"你就不会悄悄告诉我你们的计划吗?"

沈其南正色道:"就你那点心思,别人一套就什么都套出来了,我傻才会告诉你。"

傅函君被沈其南气得跳脚:"你说我什么?说我傻?"

沈其南暗叫糟糕:"没有没有,我是说我傻……"

傅函君转头四顾,捡起地上一把铁锹虎着俏脸向沈其南逼近,那神情分明写着巨大的"我不是和你闹着玩儿"几个大字。沈其南连连后退:"小姐,你放下,先放下再说。"

傅函君看沈其南当真害怕的样子,不禁委屈,难道她就那么凶吗?她只是做做假动作,你沈其南只需要好好哄不就没事了吗?

沈其南是真的有点怕,小姐生气,那不是一场血雨腥风是什么?果然,傅函君扔掉了铁锹,猛地用沈其南教她的那几招攻向了他的腋下,沈其南顺势倒地,假装自己输了。

傅函君紧张道:"你真的受伤了吗?"

姚彩苹连忙丢下手中的小挎篮,欲要扶起沈其南:"其南哥,你怎么躺在地上了?小姐欺负你了?我就说嘛,小姐下手太没轻没重了。"

傅函君本来就看不惯姚彩苹,这回被姚彩苹堵得更难受。傅函君撇过脸去,不说话。

姚彩苹扶起了沈其南:"其南哥,来,尝尝我做的绿豆汤。"

沈其南狼狈地爬起来，拍了拍身上的灰尘："谢谢你，彩苹，你真是有心了。"

姚彩苹故意提高了音量："我是看最近天气干燥，想着其南哥你在工地上整天也没口水喝，所以特意煮了绿豆汤给你消消暑，不像某些阶层的人，仗着自己有权有势，就欺压我们这些穷苦人家。哟，傅小姐，你也在啊，要不要喝一点啊？"

沈其南接过姚彩苹的罐子，递给了傅函君："小姐，你也尝尝？"

傅函君一脸嫌弃："什么呀，黑乎乎的，怎么喝啊？"

姚彩苹立刻摆出委屈的表情："其南哥……"

傅函君心里的火气更甚，这个什么姚彩苹，长着一张狐媚子脸，以为自己很美吗？凭什么叫沈其南"其南哥"？！这是她能叫的？自己不是早就告诉过她让她不要乱喊吗？

沈其南看到傅函君脸色越来越差，赶紧打圆场："算了，我喝吧，小姐不爱喝这个。嗯，味道不错。对了，彩苹，上次听你说，你还有个哥哥，怎么从来没有见过呢？"

姚彩苹被提到了伤心事，失落道："唉！他在牢里呢，为了给妈妈治病他去抢钱……要是他在这儿，我也不会挨之前曹俊那些流氓欺负。"

傅函君回道："就你这么厉害，还会被男人欺负？"

沈其南却不明白傅函君在吃醋，他拍了拍姚彩苹的肩膀："丫头，放心，有我在，以后没人敢欺负你了。"

姚彩苹偷偷瞧了眼傅函君，故意做出更甜的笑容，嗲嗲道："谢谢其南哥！"

傅函君真有一种摔了那瓦罐的冲动，她真的受不了了，这沈其南是傻子吗？那么缺女人关心吗？还一口一口喝个没完了！

她一把抢过罐子，在姚彩苹的尖叫声中，摔碎了罐子，绿豆汤洒到了灰土里。

姚彩苹的眼泪说来就来，她哽咽道："你、你，小姐，你为什么要这样做？"

傅函君却只是高傲地哼了一声，气呼呼地走开了。

沈其南连忙去拉傅函君，临回头还不忘对彩苹说一句："彩苹你等我一会儿啊！"

这句话激得傅函君更想把沈其南再痛扁一顿。

沈其南不明白傅函君的喜怒无常是因为自己，反而为姚彩苹抱屈："小姐，你别闹了好吗？彩苹和这件事没关系，你别拿她出气。"

傅函君捂住耳朵："我要回去了，不想听！"

"我送你。"

"不要你送，你去管好你的彩苹吧！"

沈其南看了看远处在车边等着的德贵，放下心来。他觉得现在她在气头上，自己多说无益，让函君回去冷静冷静也好："行，那你回去小心点。"

傅函君简直不敢相信自己的耳朵："沈其南——你就是个混蛋！"

她眼睁睁看着沈其南回到姚彩苹的身边，低声安慰着姚彩苹，姚彩苹挑衅地远远给了她一个得意的笑脸。姚彩苹当然知道那个娇小姐是看上其南哥了，可是其南哥是他们家的下人，怎么可能娶她呢？倒是自己和其南哥最般配。

傅函君气得一脚踢在了柱子上，柱子忽然断裂，雨棚掉落，雨丝飘下来，傅函君也分不清自己的脸上是眼泪还是雨水了。

章炳坤得闲来到附近的河塘里钓鱼。对他这个年纪的人来说，根本不在乎什么战争不战争，能快活一天是一天了。章梅轻轻走过来，章炳坤一点都不意外，他的钓鱼塘只有章梅知道。他将渔线甩出去："其实田石秋来找你帮忙的事，你完全可以帮的。如果新丰营造厂可以活下来，咱们的钱庄也可以从中获益。"

章梅有些不自然:"太冒险了,而且在商言商,我们没有帮他的理由。"

"是吗,我说在商言商,是真的就事论事,而你说的在商言商,心里到底怎么想的,只有你自己知道咯。"恰好,有鱼咬饵,章炳坤赶紧提线拉鱼,开心道,"今天运气真不错!"

傅函君刚洗完澡回到打样部,想到姚彩苹和沈其南两个人在一起的画面,她就莫名气愤。

敲门声传来,沈其南在外面轻声叫道:"小姐。"

傅函君不自觉地扬起笑脸,却忽然骂了自己一声"傻子",立刻冷下脸:"进来。"

沈其南进来后,还未来得及说话,傅函君便酸不溜秋道:"你不跟你的彩苹妹妹一起继续喝绿豆汤,回来做什么?"

"我想知道你是否平安回来了。听德贵说你淋雨了?"

"哼,要你管!"

傅函君生气地把手边的书一把扔向了沈其南:"快走,我不想看到你!"

书却正好飞到了杜少乾的手中。

杜少乾看了一眼沈其南,疑惑道:"看来小姐正在教育下人,我来得不是时候。"

傅函君却故意要气沈其南,虽然她也不知道为什么,但就是觉得这样会让沈其南不舒服。她热情地拉着杜少乾:"杜经理,你找我有事吗?"

杜少乾拿出笔记本,认真地说:"上次我提到我的导师,你不是很感兴趣吗?我这次回家专门为你找来了笔记,你可以看看我当时的课堂笔记。"

傅函君眼前一亮,她已经对沈其南完全忽视了,在杜少乾的指引下,她每一页都看得很认真。

杜少乾忽然发现傅函君没有穿外套:"这晚上的天气那么凉,你快把我的外套穿上吧。"

傅函君下意识要拒绝，忽然看到沈其南站在自己的身后面无表情。好啊，没表情是吧，哼！

她故意道："好的，那我今天先穿回去，明天再还你，谢谢！"

杜少乾心花怒放，他笑着说："你看，一本笔记你都能笑得这么开心，说明你不是那么讨厌我啊，你不能因为父辈的主张就整天看我不顺眼，那样对我不公平。"

傅函君大大方方道："你只要别做那些莫名其妙的举动，我就不会平白无故看你不顺眼。"

杜少乾顺杆爬，满面红光道："行，我以后改，成吗？"

沈其南气得不轻，可他又不能说什么，难道再朝杜少乾的脸上打一拳？他这回倒不怕继续给杜少乾一拳，怕则怕傅函君再生气。

杜少乾离开后，傅函君和沈其南一前一后往回家的方向走去。两个人之间的气氛尴尬起来。傅函君迟迟没等到沈其南说话，她故意紧了紧身上的衣服："沈其南，你觉得我穿杜少乾的这件衣服怎么样？"

沈其南撇了撇嘴："挺好。"

傅函君强作开玩笑道："你就没有想过把他的衣服撕烂吗？"

沈其南露出不可思议的眼神："我虽然不喜欢他，但是不至于变态到要把他的衣服撕烂吧？"他的眼神分明写着：傅函君，难道我在你心里是个变态吗？

傅函君转过身低头自语："为什么我想砸了姚彩苹的罐子，你却不想撕烂杜少乾的衣服呢？难道……哼！豁出去了！喂，沈其南，你看见我和杜少乾在一起什么感觉？"

沈其南却不愿意再说了。有什么好回答的呢？难道告诉小姐，他很难受？为什么要把难受的心情告诉她呢？

吴妈熨烫着杜少乾的那件西服感慨道："小姐从不穿别人的衣服，她今天竟然对我说一个人如果生出对另一个人霸占的心思，是不是脑子糊涂了。

我看哪，她喜欢上杜少爷了。否则，怎么会带回来这件衣服呢？"

沈其南装作没听见，心下酸涩的他，快步走回自己的杂物间。

德贵为了让沈其南彻底死心，故意顺着吴妈的话大声嚷嚷："没错，人家和小姐什么都能聊到一块儿去，说的话我们都听不懂！有人就算是看工先生又能怎样，还是低人一等，喜欢自家的小姐，这不是叫人笑掉大牙嘛！"

[23]
杜家提亲惨遭拒

"号外号外，北伐改道，上海即将开战！"

傅建成接过报童的报纸，得意地笑：田石秋，你也有今天！他想起当初被田石秋夺走的上海第一高楼，想到他害得自己被迫成为杜万鹰的"钱袋子"，如今，身后终于没有这条恶犬跟着了。

田石秋如丧家之犬，四处摇尾乞怜，昔日的同业公会同仁见到他纷纷摆手，漫天飞舞的广告上醒目地写着"新丰公寓跳楼价大甩卖"。他躲在暗处，看着人们取下了"新丰营造厂"的牌匾，工厂大门被人重重关上。

他的家已经没有了，那些姨太太抢成一团，连墙上的画都被夺走了，甚至贴身的阿生都离开了，生怕自己得了瘟疫会传染给他似的，给了田石秋最后一击。

田石秋抱着最后一丝奢望找到了吴力伟，试图再做最后的挣扎，却被吴力伟随便给的一句"你少安毋躁，回去休息几天，等我消息"就打发了。他虽然拼命作揖，但知道根本不可能了，吴力伟只是为了让自己不至于太难看，太激愤。

吴力伟何止是怕他太激愤，而是已经对他动了杀心。

乔立强提醒吴力伟："北伐过后，上海肯定会变天的，吴部长和田石秋这些年来往甚密，如果有什么把柄落到他的手里就不好了，不如趁着这个势头赶紧处置……"

吴力伟问道："那你的意见如何？"

"我认为必须将此人除掉，以绝后患！"

墨玉正端茶准备进门，忽然听到他们的对话，吓了一跳，赶紧悄无声息地走开，她得赶紧通知恩人田石秋。如果不是田石秋大力帮她照顾好自己的母亲，重病的母亲早就死了。

杜少乾皱着眉头窝在沙发上，父亲杜万鹰刚刚提到要去傅家提亲。虽然他坚决反对，可父亲认为不能再等下去了，现在上海滩曾能够和傅家抗衡的田石秋已经落败，傅家的永晟营造厂会越做越大，如果现在不先下手为强，将来就会控制不了这个"钱袋子"。

"爸，能不能再等一等？我和函君的关系现在缓和了很多。"

杜万鹰抽完烟，他觉得不是他瞧不起自己的儿子，而是儿子确实很没用："还要给你时间？都那么久了，连一个女人都搞不定！废物！还是交给我来办吧！"

此时的工地上只有到处堆放的建材。沈其南仔细地把铁锹收好，看到一处砂堆的遮雨布被掀开了，又将遮雨布盖好。这些天，阴雨连绵，就像娇小姐的脸似的。沈其南又想到了那张俊俏的脸，不由得暗骂自己，走火入魔了吗？为什么脑海中一直都想着她？

德贵跑来，上气不接下气地道："其南……快……快回家！那个杜少乾上咱们家来了，说是……提亲！"

德贵的气还没顺完，等他再看时，哪儿还有沈其南的身影。

"怪事，难道我刚刚眼花了？人呢？"

傅建成和杜家的一家三口聊着天，地上和桌上到处摆满了礼品。杜少乾正期待着傅函君的到来。傅函君果然怒气冲冲地从后院跑了进来。

"爸爸！"

她的出现，让杜太太有了不悦的情绪，原来这就是儿子和丈夫整天提到的大小姐。果真是浑身毛病，一点教养都没有。这种暴发户家的女儿有什么好的？

傅建成为难道："杜部长，你也看到了，这是函君的终身大事，上次她表过态了，我觉得还是要尊重她的意思。"

杜万鹰冷哼："自古以来婚姻大事都是父母之命，媒妁之言，哪能由他们自己胡闹？我看，这俩孩子登对，只要傅老板点头，我就不信你家小姐会说个不字！"

傅建成不傻，他知道杜万鹰想以联姻之名，死死地控制住傅家！他傅家又不是吃素的！

"这是我女儿的婚姻大事，她当然说了算！"

傅函君有了父亲撑腰，不顾杜少乾安抚她，厉声道："我不嫁！"

杜少乾的眼中忽然生出了雾气，他没想到，傅函君坚决如斯，让他的面子、杜家的面子荡然无存。杜太太气呼呼道："我儿子那是百里挑一的人才，难道就稀罕你这个鲁莽的、毫无教养的疯丫头？我们走！"

杜万鹰也自觉失了面子，恼羞成怒："好，记住你的选择，希望你将来不要后悔！"

沈其南一直站在门外听动静，紧张万分。

傅函君把杜少乾的衣服和笔记本一并扔给了沈其南："去吧，帮我追上去还给他们！"

沈其南虽然立刻明白了杜家提亲遭拒，但还是忍住兴奋，追问道："小姐，你为什么不同意这门亲事呢？"

傅函君硬邦邦地回他："你脑子有病吗？我早说过，我的婚姻不可能成为别人的棋子！"

沈其南还是要打破砂锅问到底："可你不是还穿了人家的衣服？"

傅函君真想把这个笨蛋的脑子打开："下次遇到这种情况，你得赶紧把你衣服脱下来给我，听到没？"

沈其南扑哧笑了起来。傅函君给了他一个大白眼："傻愣着干啥，快去啊，不然他们走远了，你就跟不上了！"

沈其南赶紧跑了出去，傅函君捂嘴笑了起来。

"真是个傻瓜！"

墨玉东张西望地观察四周。田石秋装扮成老者出现在她眼前，悄声叫道："墨玉，你过来！"墨玉认出了恩人，纤纤素手，迅速把偷出来的东西塞进了田石秋的怀里。

"这就是那个账簿。吴力伟这些年所有的银钱往来都在这里。"

田石秋死死按住账簿，很满意。正准备走，墨玉忽然又细声提醒他："里面还有傅建成傅老板的！对了，吴力伟如果知道是我偷的，肯定会把我杀了的。"

田石秋冷声："你以为你不偷，他就不杀你？你是我送给他的，他当然不会留你，还有你那个妈也躲不过。"

墨玉惊慌失措："他真是狠！"

"不管怎样，只要我有这个账簿，我就可以让吴力伟官职不保，傅建成也吃不了兜着走！"

田石秋确定没有人盯梢，他拐进了一条幽深的巷子，在巷子的尽头，是他阔别已久的"家"，那里有他的发妻。

露西打开了门，坐在轮椅上的田太太惊异地发现竟然是田石秋。

"你进来吧！露西，这就是老爷。"

露西赶紧让开，请田石秋进来。

田石秋略略打量了一下露西："这就是你新找的女佣？"

田太太点点头，这个素有"冷脸太后"之称的女人难得没有任何的不开心，反而是满脸的平静，眼底深处还有着不引人察觉的眷恋。

"露西，给老爷准备晚饭。"田太太淡淡地吩咐。田石秋却忽然感到了久违的温暖。他趁着露西离开，立刻抱住了田太太，号啕大哭起来。

"我完蛋了，新丰倒闭了，我满盘皆输！"

"没事，不是还有家吗？有我在啊！"

田石秋更加感动，他流着泪说："兰仙，这些年我最对不起的人就是你，没想到只有你对我是真心的。"

田太太叹息："一日夫妻百日恩，不管怎么说，咱们是结发夫妻啊！"

田石秋的心中重新燃起了对生的愿望，无论如何，他都要扳倒吴力伟和傅建成，哪怕自己死，也能够安心了。

通过聊天，田石秋了解到，这个露西是个单纯可爱的女孩子，也幸亏有她在，田太太的心情才渐渐好起来，也因为露西具备专业的护理知识，田太太残疾的腿才慢慢有了知觉。这也是为什么露西能够在田太太身边那么久的原因。

田太太看着露西忙前忙后的身影感慨道："这孩子也是苦命的人，从小就没有了亲人，在教会孤儿院长大，心地很善良，是难得的好孩子啊！"

沈其东没想到傅家竟然直截了当地拒绝了亲事。

杜万鹰冷笑："是啊，一点面子都没给我。"

沈其东暗自高兴，觉得这是最好的机会，他挑拨道："少乾这么优秀，去他傅家提亲是看得起他，这父女两个太不识抬举了！"

杜万鹰弹了弹烟灰："嗯，傅建成越来越嚣张了，他以为斗垮了田石秋，现在就天不怕地不怕了？我一定会找个机会敲打敲打他！"

廖刚毅敲门走了进来，他带来了极好的消息，布下的眼线起了重要的作用，原来田石秋的手里有吴力伟的黑账簿。

"靠谱吗？"杜万鹰按捺住内心的欣喜。

廖刚毅点点头："靠谱！我们的眼线看见账簿是吴力伟家的小老婆墨玉偷出来的，她把账簿亲手交到了田石秋的手里。"

沈其东煽风点火："有意思，很有意思！我觉得这个田石秋一定会有动作。他现在没钱没势，一定没有资源愿意给他提供方便，唯一的出路就是拿着账簿，找到媒体公开，这样就可以拉下吴力伟。"

杜万鹰拍了拍沈其东的肩膀："厉东，你真厉害！想得没错！这样，你去查一下，他近期会和哪个记者接触，这样我们就有机会抢到账簿。我必须得让吴力伟滚下台。但是账簿不能公开！这本账簿里一定有傅建成行贿的证据，到时候一石二鸟，敲山震虎！"

吴力伟这边也已乱成了一锅粥，哪里还有墨玉的身影，保险柜里的账簿也不翼而飞。

吴力伟气得在屋里大骂："这个贱人！"

[2 4]

丧 家 之 犬 田 石 秋

田太太的爱，让田石秋重新找回了信心，他思路清晰，想到了之前的老相识《阳明报》的记者钟鑫，通过钟鑫就可以公布账簿中的内容，而且还能获得广泛的影响。田石秋收买了一个小报童，要他约出钟鑫，钟鑫带话给田石秋，约定某天下午见面。

然而，田石秋要和钟鑫见面的消息，很快就被杜万鹰强大的情报网获知。杜万鹰派出廖刚毅，在钟鑫去往见面地点的路上绑架了他，一通严刑拷打。钟鑫乃是书生，满身是伤的他颤抖着说出了实情。

"你们得到的消息没错，田石秋是托人带话给我，他手里有吴力伟委员的把柄———一本账簿。"

廖刚毅逼问："那这次见面的咖啡厅是哪家？"

钟鑫只好告知，心里暗道，老田，但愿你吉人自有天相。

田石秋没料到钟鑫已经被抓，但他是一只狡猾的狐狸，凡事都会有两手准备。来之前就和露西商量过，如果自己被人发现，或者和记者见面的过程中有变故，那就由露西带着账簿逃走。露西把这些认真记在心里。一走出家门，两个人便分开走，装作毫不相识。

约定的时间到了，田石秋紧张地等待着钟鑫的到来，隐隐有种不祥之感，露西则远远地坐在另一个角落里。就在他决定立刻离开咖啡厅之际，廖刚毅和沈其东两人仿佛破窗而来，迅速抓住了田石秋。

廖刚毅控制住田石秋，不忘吩咐沈其东："厉东，快，看看他身上，还有咖啡厅的每个角落，有没有那个东西！"厉东里里外外都翻遍了，也没有找到任何疑似账簿的物件。他想起一个小女子在自己和廖刚毅进门的时候，悄然离开，他不禁后悔自己没有仔细看清那个女子。

田石秋装作害怕的样子："你们要干什么？为什么要抓我？"

廖刚毅拔出匕首："田老板，你识相点，快把从吴力伟那里偷的账簿交出来！"

田石秋嚷嚷："什么账簿，我听不懂你在说什么！"

"别装了，那个记者全招了，不想死就赶紧交出来！"

田石秋冷笑："说了没有就没有！"

廖刚毅还想动手，沈其东悄声道："这里是法租界，再拖下去会很麻烦！"

廖刚毅挥出拳头，在田石秋毫无防备的情况下，击中了他的后脑勺，田石秋昏了过去。

"那就先带回去，我看他能熬住多久的严刑拷打。"

露西紧张地把手袋抱在胸前，眼睁睁看着田石秋被人塞进了车里。

吴力伟急得似热锅上的蚂蚁，在办公室里走来走去。乔立强刚向他汇报过，打听到墨玉曾提着箱子去了火车站。

"这个贱人是田石秋送到我身边的，看来早就计划好这一步了，她偷账簿铁定交给了田石秋，田石秋会拿着这个东西来威胁我！你去他家里翻过了吗？"虽然他心里没抱什么希望，但还是问了出来。

乔立强不忍让上级更加着急，可他得到的最新情报，该汇报还是得汇报："嗯。我收到消息，田石秋落在杜万鹰手里了。"

"什么？！"吴力伟呆在原地，这该死的杜万鹰！

田石秋被捆在木架上，一个警察正拿着鞭子抽打他。一道道血痕触目惊心，这些年来养尊处优的田石秋哪里受过这般苦楚，早就奄奄一息。杜万鹰和警察署长隔着玻璃观看到这一幕，猫哭耗子假慈悲，惺惺作态一番。

杜万鹰拍拍署长的肩头："这次可要麻烦你了！"

赵署长客气道："哪儿的话，我们之间还要那么客气吗？如果我真能审出账簿，你就把你想要的那几页撕掉，剩下的给我，我直接交到工部局，也算是立功，警察厅一定会给我论功行赏。咱们这叫通力合作，互惠互利，我还要感谢你呢！"

杜万鹰颇感满意，狡诈的他直视着赵署长的眼睛："眼下，我还有一件事要请兄弟帮忙。"

"什么事？"

"抓捕傅建成。"

傅建成因这突然袭来的"横祸"而震怒。他一点准备都没有。这警察署向来和自己无冤无仇，田石秋的新丰营造厂倒闭，永晟刚刚松口气，这警察就突然冲进傅家，把他带走，也不经过任何手续，直接关押。

"喂，你们把关我的罪名搞清楚了吗？还有没有王法了？"

喊了半天，没有人搭理这位大老板。走廊处慢慢地走来一个高大的身影，冷峻又熟悉。

傅建成大骇："怎么是你？你怎么到这来了？这里是拘捕房！"

杜万鹰冷笑："警察署我想来就来，想走就走，怎么，你不欢迎我？"

"你凭什么撺掇警察署来抓我？"

杜万鹰的鼻腔发出重重的哼声："你贿赂重要官员，这条罪名怎么样？"

傅建成想到近日田石秋倒台的事情，感到不妙，如果田石秋有什么把柄落在杜万鹰的手里，一定会被杜万鹰利用的。他当场泄气。

匆匆赶来的傅函君和沈其南，迎面看见了杜万鹰。杜万鹰鄙夷地看着这两个人，乜斜着眼睛走开了。

傅函君也不想打招呼，对于这个总是盯着自家钱库的"叔叔"，心里直犯恶心。

沈其南在一瞬间想通，这次老爷被抓，一定是杜万鹰设计的。

傅函君听到沈其南给自己分析的情况，气得要立刻找杜万鹰算账，被沈其南拼命拦下。他告诉傅函君的那一刻就后悔了，小姐性情急躁，告诉她只会徒增烦恼。傅函君也发觉自己不对，当即软下身子，向沈其南道歉。

"好吧，那你快说说看，我们怎么样才能救出爸爸呢？"

沈其南觉得杜万鹰一定是有了把柄，否则他才不敢如此嚣张。对，田石秋是关键，一定是田石秋被抓了。那么田石秋的手里会有什么证据呢？而且还是和傅家绑在一起的……

"你先别着急，我有线索了，再给我点时间，我去打听一下。"

傅函君对沈其南言听计从。她把所有的希望都寄托在了沈其南身上。女孩子的依恋，不知不觉间展露无遗。

杜少乾听说傅叔叔被抓了,他的第一直觉告诉他,这事和自己的父亲脱不了干系。他急忙从打样部赶到警察署,正巧遇到父亲杜万鹰,他质问杜万鹰:"爸爸,你是不是参与这件事了?"

杜万鹰没想到儿子竟然在这种时候还为傅家说话:"我杜万鹰怎么有你这样胳膊肘就知道往外拐的儿子?"

"我不管,这件事你必须说明白,为什么要抓傅叔叔?"

"你回家去,这件事现在不是你掺和的时候。"

杜少乾却只关心这件事对傅函君的影响,他不忍傅函君难过,于是,他壮着胆子,继续吼道:"可你总要告诉我,到底是怎么回事,不然函君问起来,我怎么回话?"

"傻儿子,等到合适的机会,爸爸会亲自替你回她。"

杜少乾只有作罢,他太了解父亲了,父亲能不揍他而是说出这番话,已经很给他面子了,再追问下去,那就真是不想活了。

傅函君亦步亦趋,生怕沈其南把她丢回家。家里的大妈这回是真急疯了。傅承龙给她出主意,让她去杜家寻求帮助。虽然这个方法不是很好,但目前也确实没有其他办法了,他们傅家认识的最大的官员,不就是这个杜万鹰吗?而且听说杜万鹰和警察署关系密切。

顾月芹左右比较了一番,心想只有把古香室笺扇店任伯年画的折扇拿出来,投其所好。不狠狠出把血,哪能博得同情,获得原谅啊!可现实还是打了顾月芹的脸,杜家不仅奚落了她,还怪他们傅家当初瞧不上杜家,现在来说两句好话,送点不值钱的玩意儿就能取得原谅了吗?言下之意,除非那个死丫头过来求饶。

所以,傅函君绝不敢再碰到顾月芹。让她去向杜家求饶,不可能!

沈其南向新丰营造厂原来的老员工打听消息,又让德贵塞钱贿赂警察,总算渐渐有了眉目,果然是因为田石秋被抓了,正在审问中,逼他交出什么账簿。这个账簿那么要紧？沈其南断定，这个账簿必然有和吴力伟往来的银钱记录，傅建成也被连累其中。那么，现在最重要的就是在田石秋被审问出结果之前，找到账簿。

[25]
阴差阳错得账簿

傅函君和沈其南偶然遇到了钟鑫，傅函君和钟鑫是老同学，此番相见，自然热络起来。钟鑫一直暗恋傅函君，因此，三人一拍即合，立刻去小酒馆喝酒。喝着喝着，不胜酒力的钟鑫脸色便红通通的，他托了托眼镜，醉眼惺忪地看着眼前娇俏动人的傅函君。

"函君，我很喜欢你呢！"

沈其南拉了拉钟鑫的胳膊："哥们儿，你说什么呢？"

傅函君偷笑，她倒不是因为钟鑫的表白，而是因为沈其南一副吃醋的样子。

钟鑫猛然灌了一口酒下肚，酒壮怂人胆："傅函君，你是不是因为我脸上的伤，觉得我配不上你了？"

沈其南扯住钟鑫的领口，他已经看钟鑫不顺眼了："你喝多了！"

钟鑫脸色大变，哇的一声吐出了一大口血……众目睽睽之下，他不在意地笑笑："不好意思，我刚因为一本账簿的事情，被打了……"

沈其南赶紧放下钟鑫，追问原委。钟鑫告诉傅函君和沈其南，自己正是和田石秋接头的那个记者，只是没想到自己那么没用，没两下，就扛不住酷刑，把田石秋的账簿一事招了出来。钟鑫还告诉沈其南，那个田石秋的账簿还有一个备份要交给自己。这个消息给了沈其南一个新的方向。

沈其东悄悄约见吴力伟，吴力伟正需要沈其东帮忙，他的账簿被偷，此事要是被杜万鹰利用，他一定死得很难看。沈其东承诺一定会帮着找回账簿，希望吴力伟可以和自己联手搞垮杜万鹰。

傅函君惦记着父亲的事情，担心父亲在看守所里受罪，于是带着管家房效良打点了一下，得到看守警察的首肯，这才得以见到傅建成。此时遭逢大难的傅建成像是霜打的茄子——蔫了。

他消瘦的身材和蜡黄的脸色都在无声地告诉别人，他快不行了，身体虚弱无力。他咳嗽起来，好像有七八只破风箱一起作响。

傅函君心痛极了，她哭着叫了声爸……

傅建成意外见到女儿，担心家中和厂里的事情会不顺遂，隔着栅栏，抓住女儿的手快速说道："乖，好孩子，先不哭。听我说，你不能去找杜万鹰，绝不能——"

傅函君摇头哭泣："爸爸，你是不是什么都知道了……我不管，我要救你，我一定要救你！"

"傻丫头，我是最明白的那个人，这事情分明就是他在捣鬼，无论如何，你千万，千万不要找杜万鹰。"

警察捂着钱袋子，慌张跑进来，示意傅函君快走，房效良只好用力拉着小姐离开。

傅函君的眼泪像断线的珠子似的，一颗一颗往下掉，她忽然好心疼父亲。这些年来，自己不仅没有真正帮到父亲，还经常拖父亲后腿……要是当初就答应杜家的提亲，父亲就不会惹怒杜万鹰那只魔鬼……傅函君的耳边徘徊着父亲猛烈却一直在压抑的咳嗽声。

曹俊擤了一把鼻涕，冲着地上的新丰营造厂的牌匾恶狠狠踹了一脚。其实，他对新丰没多大意见，要说有意见，也是因为可恶的沈其南。他想不明白，小时候的沈其南虽然脾气倔强，但是对哥们儿是非常讲义气的啊。

做擦鞋匠的那些日子里，他和沈其南同进同出，勾肩搭背，追着那些不知死活抢占地盘的小赤佬满街跑的快乐，难道沈其南都忘了？因为他，他曹俊坐上了新丰营造厂经理的宝座后迅速失业，成为所有人的笑话。哼，新丰倒闭了好，不然，这辈子的脸往哪儿搁？

沈其南很聪明，来找曹俊之前，他就摸准了曹俊的软肋，准备对症下药。对付曹俊这种人，不能硬来，要智取。所以，曹俊的火气在见到沈其南冒出来之后，三两下就被沈其南的"道理"给浇灭了。

"曹俊，新丰倒闭了，你也不想这么浑浑噩噩一辈子吧？也不瞒你，傅老板也被关了，但是我们正在想办法救他，你应该知道永晟在建筑界是什么位置，傅老板对我好，这些年，你也看在眼里了，是吧？如果我们救出傅老板，你觉得他会亏待你？"

曹俊笑了笑："听你这么一说，还真有点道理。不过，要是真有什么账簿，以那些警察掘地三尺的劲儿会翻不出来？"

沈其南冷静分析："田石秋是多么狡猾的人，他肯定藏在了别人想不到的地方。"

曹俊数起了田家原有的家当："田宅的两套别墅、跑了的姨太太们、公司……哎，我想起来，田家还有个青浦老宅，里面住着他的大老婆，一个全身臭烘烘的残废老太太。"

沈其南眼前一亮："在哪儿？"

曹俊还想渲染一下那个大太太多遭田石秋的嫌弃，但是沈其南的眼神简直要喷出火来……

"好好好，我告诉你在哪儿。"

傅函君还是没有躲过大妈的狠手，顾月芹啪啪两耳光扇到了傅函君娇嫩的脸蛋上。沈其南心痛地拿着湿毛巾敷在傅函君被打的地方。

"还疼吗？"

"不疼了，其南，你是不是早就猜到杜万鹰打的坏主意了？"

沈其南明白傅函君想问的是什么，他担心傅函君有压力："杜万鹰要牢牢控制傅家，最好的方式就是联姻。他关着老爷，就是为了逼你去求他。"

傅函君沉默了一会儿，她忽然抬起头来，满怀希望地追问："账簿的线索有了吗？"

"应该有线索了。"

"如果一直找不到账簿，我就只能去找杜万鹰。"

沈其南震惊："你说什么？"

傅函君故作轻松道："不就是结婚吗，走个过场而已，只要能把爸爸救出来，又有什么大不了的。"

沈其南真想骂醒这个傻姑娘，他又急又怕："傅函君，你的脑子进水了吗？他用这么点手段你就屈服了？"

"可爸爸在牢里病成了那样，如果再找不到账簿……"

沈其南焦急地道："我不是正在找吗，我马上就去田家老宅，顺利的话，明早就有结果了。"

傅函君虽已经下定了决心，可她还是在沈其南给的希望里有了一丝动摇，依恋地看着沈其南，忽然伸出手臂，勾住了沈其南的脖子，"杀气腾腾"："沈其南，你说到就要做到，一定要找到账簿，不然我嫁给杜少乾之前，一定会先杀了你！"

田石秋被捆在木桩上，全身都是鞭痕，一个警察将一桶水泼了上去。田石秋惊醒，他忍痛睁开了眼睛，此时血色模糊中，他已经分辨不清面前的是人还是鬼。

沈其东走到田石秋的面前低声道："田老板，还认得我的声音吗？"

田石秋疑惑地抬起头，他想起之前有个神秘的电话，告诉他咖啡店绝不可逗留……当时他半信半疑，现在时常回忆起那个神秘电话，悔不当初。

"是你吗？"

沈其东答道："是我。"

"没想到，你竟然是杜万鹰身边的人！"

"没错，但也是现在唯一能够帮你逃出去的人，不过，我希望你告诉我，账簿的下落。"

沈其南说马上就绝不耽搁。他是绝不会承认自己是怕傅函君嫁给杜少乾才这么着急的。可是傅家去青浦老宅的路，要是光靠骑自行车，起码要五个小时。沈其南恨不得踩得再快一点。即使因为天黑路不好走，摔了一大跤，他依然爬起来，忍痛继续赶路。

沈其东拿到了田石秋给的老宅电话，联系到了田太太，并约好第二天早上，他会登门拿包裹。接头的暗号，就是他姓沈。

满身是泥的沈其南推着脏兮兮的自行车找到了田宅，他整理好衣衫，郑重地敲响了大门。令他惊讶的是，好像有人早就知道他会来一样。一个看着很眼熟的姑娘探出头来询问他。

"你姓什么？"

他下意识地回道："我姓沈。"

露西轻笑："那你等会儿。"

接着就又重新关上了门。沈其南感到很奇怪，可他还是静静地待在门外。

不一会儿，门再次打开，露西将一个严严实实的包裹递到了沈其南的手上。沈其南迟疑："这是什么？"

"你要的账簿啊！有问题吗？"

沈其南心中狂喜，他拼命抑制自己的情绪，控制自己脸部的肌肉，给露西鞠了一躬，边后退到自行车处，边敷衍："没什么，谢了！"

露西是个单纯的姑娘，她虽然对这个行为奇怪的男人有些疑惑，可想到脱手了一颗烫手山芋，又感觉轻松起来。

田太太总算盼回了露西，她滚着轮椅迎上去问她："怎么样，给那人了吗？"

露西笑得很灿烂："嗯，给了，太太！"

露西正想给田太太喂药，又一个用人跑来："太太，外面有个人敲门，说是姓沈。"

露西慌忙走出去，瞧见一个陌生的男青年站在院中，周身的光芒散发出来好像似曾相识。

"沈先生？"

沈其东微笑："对，我就是昨晚给你们打来电话的人，我姓沈。"

露西暗叫不好："对不起……刚才有一个姓沈的已经把账簿拿走了。"

沈其东当下就想到了那个和弟弟同名的沈其南。

[2 6]

订婚消息伤真心

沈其南的自行车还是没逃过沈其东的追踪，沈其南还没来得及把拆开的账簿塞进怀里高兴，就被徐小川的声音吓了一跳。

"大哥，他在那里。"

沈其南慌忙蹬上了自行车，眼看越骑越远，冷静的沈其东毫不犹豫地拔出手枪，瞄准沈其南射击。一声枪响，沈其南应声倒地。沈其东上前探了探鼻息，发现还有气，准备再补上一枪。他早就看这个小子不顺眼了，事事都有他来掺和，坏了自己多少计划。

徐小川上前阻拦："别杀了，看在他和你弟弟同名同姓的分上。"

沈其东终于开口："好，让他自生自灭吧。"

沈其南身子底下的血缓缓流出，像是要把他淹没在血迹里。

傅函君几次电话打到家中，德贵都告诉她，沈其南还没回来。傅函君的内心是崩溃的，父亲重病，然而可恶的警察署上下连成一气，没有人敢担着风险松口，同意他们傅家把人带出去治疗，当然也不会同意把药拿进去给一个"犯人"吃。

沈其南不知道自己昏迷了多久，他的脑海中想到的，全部是和傅函君在一起的画面，他昨晚信誓旦旦的承诺，以及傅函君悲伤欲绝的脸……

"其南，不就是结婚吗，走过场罢了……"

傅函君的脸阴沉沉的，像极了此刻的屋外，眼看就要下起雨来。她已经没有办法再任凭父亲的病情恶化下去了，终于再次拨出了电话，只不过这次的电话铃响起来的是杜家。

杜太太阴着脸，把一杯茶重重放在了傅函君的面前。杜万鹰笑眯眯地道："喝茶吧，函君。"那一声"函君"叫得傅函君起了一身的鸡皮疙瘩。

"杜叔叔，咱们不要拐弯抹角了，谈正事吧。"

"可以。"杜万鹰老神在在。

"杜叔叔，这次想要得到什么呢？"

杜万鹰吸了口烟后吐出烟云："函君，你这话说得不漂亮，不是我要从你那里得到什么，而是我们同舟共济，相互扶持这么些年，我官路铺就的同时，你爸爸也获益匪浅。"

"既然这样，我替我父亲做决定，以后杜家有任何资金需求，我们一定竭尽全力提供。"

杜万鹰瞧着眼前这个天真的姑娘，摇摇头："你爸爸说这番话的时候比你还要掷地有声，结果呢？依我看，你嫁给少乾，成为杜家人，这个承诺才会永久生效。"

"好，只要现在放了我爸爸。"

"可以，明天订婚宴，亲家老爷就会出现。"

沈其南捂着伤口，任凭鲜血蜿蜒在偏僻的小路上："函君，等我，等我……"

杜少乾刚走进家门，就听说了自己和傅函君明天举行订婚仪式的事情，他怒火中烧，为自己以这样的方式得到傅函君而感到可耻。爱情不应该是两情相悦吗？为何一定要这般难堪？

"爸爸，我已经喜欢上函君了，我不能接受她这么误会我。"

杜万鹰不当回事："喜欢？杜少乾，你脑子给我清醒点，我是让你拽着这对父女，而不是让你自己赔进去，什么喜欢不喜欢的，你赶紧给我收收心。"

杜少乾知道抗衡不了父亲，心情极度郁闷的他异常烦躁。即将订婚的消息，完全没能给他带来喜悦感，他只好跑出杜家，开车狂飙。

傅建成躺在病床上打点滴，依旧咳嗽不断。傅函君叮嘱顾月芹千万不要告诉爸爸明天订婚的事情。顾月芹考虑到老爷子的身体状况，同时她更担忧傅建成得知傅函君要和杜家订婚的事情，一定会当场反对，便应允了。她现在只想赶紧把傅函君嫁出去。

傅建成叫住忙碌的傅函君："函君你过来。"

傅函君走到病床边握住父亲的手，眼里满是对父亲深深的爱："爸爸！"

"警察署怎么会放了我？"

傅函君有些躲闪："或许，他们认为无凭无证的，最后只好把你放出来。"

傅建成虚弱地摇摇头，眼神却很犀利："胡说，杜万鹰怎么会轻易放过我呢？你跟我说，你是不是答应杜家什么条件了？"

傅函君撒娇道："爸爸，你就安心养病吧，能有什么事可以答应他家的啊。"

顾月芹也劝道："老爷，你自己养好身体要紧，别想那么多了，函君都说了，无凭无证的，警察署凭什么关你。"

沈其南梦见了儿时的情景，耳边响起妹妹清脆的歌声，爸爸和妈妈带着他和大哥、弟弟妹妹们一起围着餐桌开心吃饭……

"好温暖啊……"沈其南呢喃着，"我好想你们啊……"

"沈其南，你去哪儿了？"傅函君的声音由远及近传来。

"沈其南，你快给我回来！我不允许你有事！"

似是心有灵犀一般，躺在血泊里的沈其南忽然动弹了一下。一个挑着担子的农人经过，惊讶地发现有人受了伤，他大着胆子探了探沈其南的鼻息，感慨道："好像死了吧，没气了！"

忽然，一只血手抓住了他的脚踝："帮我，求你帮我打个电话……"

傅函君趴在沈其南的病床边哭泣，她的眼睛肿得很厉害，经过一夜的抢救，沈其南的子弹是取出来了，命可算是捡了回来。可是，他是因为自己才受的伤。

"混蛋沈其南，你怎么那么傻，去找什么劳什子的账簿，差点把命都搞丢了，你要是没命了，我该怎么办？"

沈其南依旧在昏迷中，守了他一夜的傅函君，轻轻地用棉签擦拭着沈其南干裂的嘴唇，随后解开沈其南额头上的毛巾，探了探温度，将毛巾放进水盆里，而后又重新拧干，再次覆盖上他的额头。看到沈其南痛苦地发出哼声，内疚之感再次把傅函君吞没。

"虽然我平时对你很凶，可是直到这一刻，我才知道你对我来说有多重要！谢谢你其南，你最终没有丢下我一个人，如果你这次出了事，我真的不知道该怎么办……"

傅函君紧紧握着沈其南的手，心疼道："这些年来，你一直守在我身边，我多想我们一辈子都可以这样在一起,可是、可是我做不到了……我已经答应了杜家的亲事,马上就会和杜少乾订婚。"

沈其南的睫毛抖动了一下,他的另一只手猛地攥紧了被单。

"我本来就没对婚姻有过什么期待,订婚就订婚吧,没什么大不了的。不过你和我不一样,我知道你一直都想找回你的家人,想有一个幸福的家。我希望你能早日得偿所愿,也希望……希望你以后会遇到一个喜欢你的人,你也喜欢她,你们因为相爱而结婚,生儿育女,过你们平凡快乐的小日子……"

傅函君虽然说出这番话,自己却因为那样的画面里是别人,而更感到戳心之痛。她的眼泪大颗大颗滑落。沈其南的心更痛,他无法睁开眼睛告诉傅函君,他不愿意傅函君订婚,不愿意!

吴力伟翻了翻账簿,冷笑:"厉队长,这是假的。"

沈其东惊讶:"假的?怎么可能?"

"嗯,是假的,看来是照着我那本账簿誊抄的,所以说造假之人肯定看过那本真的账簿,搞不好就是田石秋为了以防万一,事先伪造了一本假的账簿出来掩人耳目。"

沈其东露出抱歉之色:"我没想到他竟然这么狡猾。"

吴力伟却原谅了沈其东:"没事,这件事不怪厉队长,虽然是假的,但是已经很能看出厉队长的能力。希望厉队长能够尽快将真的账簿找出来。"

沈其东点点头:"多谢委员的信任,我厉东一定尽快将真的账簿找出来。"

其实沈其东早就发现了账簿是假的,但他知道这样能够让吴力伟更加信任自己,有了吴力伟的支持,以后对付杜万鹰也会更加容易些。

吴力伟却另有心思,在这个节骨眼上,就算有本假的总比什么都没有强。

沈其南突然惊醒。他猛地坐了起来,迅速拔下针头,眼看就要下床,可哪儿还有傅函君的身影？

德贵咋呼："其南，你干什么呀？你还没好，你中的是枪伤啊，昨天差点没命啦！"

沈其南摇摇晃晃地站起来："死不了！函君答应了杜家的婚事，我必须找到老爷，让老爷阻止。"

德贵又急又气："你要是想让老爷阻止也得等你伤好了再说！"

"不行，我现在就去找……"

德贵喊起来："已经来不及了！小姐的订婚仪式就在今天，这会儿恐怕已经开始了，谁去阻止都来不及了！你傻不傻？喜欢谁不好，为什么一定要是小姐？"

章梅听到手下的禀报，很惊讶："傅小姐订婚？怎么会这么突然，消息靠谱吗？"

"千真万确，今天中午在一品香，杜家把酒席都订好了。"

女儿，你今天真的就订婚了吗？那杜家公子会对你好吗？我一定要去看看。

[27]

不顾一切想爱你

傅承龙对姐姐的订婚现场不是很满意，这杜家办事情真是草率。他上下挑剔着杜少乾的装扮："未来姐夫，你这准备的订婚戒指够贵吗？要知道，我就一个姐姐。"

杜少乾早听闻傅承龙是个纨绔子弟，对他并不热情："我不会亏待函君的。"

傅承龙故作亲密，小声道："昨晚我姐一夜未归。"

杜少乾脸上的笑容瞬间消失。他很讨厌傅承龙，是真的讨厌，这个家伙在这个节骨眼上还想着挑动自己的脾气。他是绝不会失态的，因为这场订婚很重要。昨晚他就想明白了，无论傅函君心里有谁，得不到她的心，得到她的人也可以："在订婚仪式举行之前，我们都是独立的，我没有权力干涉她的私事。"

傅承龙哈哈大笑："果然是在国外留洋了几年的人，想法不一样啊！"

"傅承龙，你到底想说什么？"杜少乾愠怒。

"哈哈，没什么，没什么，以后要成一家人了，你可要多多关照小舅子我。"

傅函君在梳妆台前发呆，吴妈精心挑的礼服被她扔到一边，她看着首饰盒里的戒指，好像在看一个毫无价值的物件。

"小姐，你要不要把礼服换一下？"

"换什么换，订婚而已，不用了。"

吴妈叹了一声，她以为小姐是因为杜家匆忙办的酒席感到不高兴，只好退了出去。沈其南忽然推门而入，抓住傅函君的手。

"一定还有别的办法，你不能就这样搭上自己一辈子的幸福，就算是老爷也不会同意你这么做。"

"其南……你伤那么重，怎么从医院跑出来了？"傅函君担心沈其南的伤势。沈其南摇摇头，傅函君阻止他说话。

"其南，也许我之前的某些话让你误会了，其实我并不是因为想救我爸爸出狱才答应杜家的婚事，我是真的觉得杜少乾就是我一直在等待的那个人。"

沈其南的伤口剧烈地痛起来，他打断傅函君的话："胡说！傅函君你当我是傻子吗？为了不跟杜少乾结婚，你千叮咛万叮嘱要我找回账簿，你明明就是很讨厌他啊，现在突然要订婚，谁会信你？"

傅函君的心在滴血，她不忍沈其南再执着于自己："你错了，一直以来我讨厌的并不是杜少乾，而只是包办婚姻的这种形式。我以前认为他是顺从父亲的想法才来追求我，所以很排斥他，可是经过这些天的接触，我明白了他真正的心意，你肯定也发现了，我和他一直都很聊得来，也彼此欣赏对方。"

沈其南摇头，他不肯放弃傅函君："你说什么我都不会信你的，你休想骗过你自己。"

傅函君挣脱了沈其南的手："事实如此，信不信随你。"

一品香的宴会厅里坐满了客人。很多人都是上海滩的头头脑脑，对于杜家和傅家的联姻，他们毫不奇怪，这年头，政商联姻是最好的选择。

舞台上，帅气的杜少乾拿出了戒指，慢慢地给傅函君戴上。大厅里立刻响起了热烈的掌声。杜万鹰甚是得意，今天的亲家公没出现，他丝毫不在意，那把身子骨由着他硬撑吧。

杜少乾察觉出傅函君的忧伤："函君，你心里一定很讨厌我，我也很讨厌现在的自己，但你要相信我，我爸爸是我爸爸，我是我，我会做一个合格的丈夫，让你成为这世上最幸福的女人。"

傅函君回道："利益联姻就是利益联姻，别说什么最幸福这些假话。"

傅函君拿起戒指，准备给杜少乾戴上，陡然发现沈其南走了进来。此时的沈其南失魂落魄，本就孱弱的身体，更显得不堪一击。讽刺的是，他身边鲜花簇拥，芬芳浪漫，仿佛这里是人间最美的天堂。

而这一切的美好如今都是一把尖刀，刺中了沈其南的心脏，令他痛不欲生，让他忽视了还在汩汩流血的伤口。

宾客们开始陆续发现了他的存在，沈其南的血一滴滴落在了大理石上，触目惊心。

沈其南紧紧注视着傅函君，他的目光里有着不舍、依恋，更多的是浓浓的爱……函君，求你了，不要答应他，不要……

司仪在杜万鹰的暗示下，赶紧提示："请准新郎拥抱准新娘。"

杜少乾微笑着将傅函君紧紧拥住，可他的眼底却满是痛苦。

"函君，记住我刚才说的话。"

"合作顺利，杜少乾。"

沈其南终于体力不支，昏倒在地，被侍者拖了出去。紧跟而来的德贵，手忙脚乱地把沈其南送往医院。

章梅取下墨镜，看着舞台上相配的两人，不禁红了眼眶，心中无限感慨：函君啊，妈妈好担心你会不愿意结婚，如今，你找到了爱情，这是妈妈最想要的结果。

沈其南却在去医院的途中再次惊醒，脸色苍白的他，不顾德贵的阻挠，强烈要求回到傅家。傅建成正在发脾气，预感不妙，傅家的人呢？怎么没有一个人在家？

沈其南轻声呼唤："老爷！"

傅建成没有发现沈其南受伤，他以为沈其南这两天都在工地："其南，你来了。最近工地很忙吗？"

沈其南生无可恋地看着傅建成，扑通一声，跪倒在了傅建成的面前："老爷，你不能让小姐答应杜家的亲事，我已经找到那本账簿了，后来半道上被人劫走，你再多给我几天，我一定将账簿再找出来给你，你不能让小姐因为这件事赔了她下半辈子的幸福。"

傅建成万分震惊："什么？函君答应了和杜家的婚事？沈其南，你怎么了，脸色这般差？你受伤了？"

沈其南捂着伤口，坚持着回答傅建成："今天他们订婚了！"

"混账杜万鹰！其南，其南……来人，快来人，把其南送去治疗。"

沈其南摇摇头："老爷，我回自己房间躺躺就好。不用再去医院了。"为了表示自己无碍，沈其南强逼着自己站起来，在傅建成关心的目光下，强作镇定，回到了自己的房间里。

杜少乾和傅函君的订婚仪式结束了，杜少乾拎着各种礼品来到了傅家，被傅建成冷漠相待。杜少乾本想叫"爸爸"，最终还是闭了嘴。

傅建成把傅函君叫到了书房："爸爸之前跟你强调了多少遍，不要答应杜家任何条件，爸爸这把老骨头了，就算坐几年牢又能怎样？可你不一样啊，这是你一辈子的幸福啊！"

傅函君担心爸爸的身体，故意露出微笑扶着傅建成："爸爸，你别着急啊，先坐下听我好好说。"

"不急？我能不急吗？退婚！"

傅函君安抚傅建成，告诉傅建成，自己是心甘情愿的。傅建成却根本不相信，他始终认为杜万鹰的阴谋得逞了。自己和杜万鹰要永远被绑在一起，他感到恶心。吴妈听不下去了，她跑过来替傅函君解释，她亲自做证，小姐是真的喜欢杜少爷，之前还穿着杜少爷的衣服回来，说过想霸着人家呢……

傅建成这才相信了傅函君，对这场婚事，他无话可说。

杜少乾意外看见沈其南竟然站在了自己的身后，冷着脸放了一杯茶在面前。他对这个下人的感情是五味杂陈，本以为他到订婚现场，会克制不住自己大闹一场，结果只是呆呆地看着。那眼中的深情，傻子都能看出，早已超越了任何情感。

杜少乾尝试着同情这个可怜的失败者，男人之间最怕的就是同情。同时，他也想让沈其南认清自己的身份。

"谢谢，听函君说你受伤了，没大碍吧？"

沈其南冷然："死不了，多谢杜公子关心。"

"函君经常跟我说，你是她最重要的朋友，她关心你，我自然也该关心你。"

沈其南别过脸，不想再继续看这个人的表演。

傅函君还没走进门，就听到了杜少乾的声音。

"对，少乾说得没错，不管怎么样，你都是我最重要的朋友。"

傅函君把"朋友"两个字咬得很重。

她轻快的脚步，亲昵地挽着杜少乾胳膊的举动，都让沈其南感到愤怒。

"小姐……"

沈其南的话还没问出口，傅函君便急着说出来："少乾，爸爸对我们的事同意了。"

沈其南惊讶，他绝不相信傅老爷会这么轻易地同意。

他俯下身子，在傅函君的耳边狠狠道："傅函君，你的演技很烂。"

杜少乾醋意大发，他喝令道："沈其南，注意你的身份！"

沈其南拂袖而去。

傅建成确实是同意了，即使是沈其南的劝说，傅建成也听不进去，反而安慰沈其南，要沈其南放心，这是女儿傅函君心甘情愿的选择。顾月芹是最高兴的，只要傅函君嫁出去，永晟就再也没有人可以和傅承龙竞争了。

杜万鹰这边虽然奸计得逞，可他来不及高兴。因为吴力伟相邀，要他来一趟委员会。这委员会的位置本来就是自己的，杜万鹰本想拒绝。吴力伟很了解他，直截了当地告诉他，账簿找到了。杜万鹰不相信，他要亲自去查证。毕竟田石秋还在自己的手里，你吴力伟在租界再厉害，也不过是洋人的一条狗，上一次可以让你从警察署里带走人，这一次可不会再如你所愿。虽然田石秋被打得死去活来，但是他仍旧不透露账簿的半点消息。现在，吴力伟说账簿回到了他的手中，到底是真是假？

吴力伟故意拿出账簿，扔到了杜万鹰的面前，就在杜万鹰试图仔细看一下时，吴力伟的手下乔立强顺势把账簿又拿了回去。

"真是不好意思，我这本账簿要是被别有用心的人拿到手，恐怕要生出事端。我那个姨太太啊，拿着我的账簿想要要挟我，让我多给点钱，这不，我的手下办事得力，转了一圈，又找回来了。"

杜万鹰确定那是账簿无疑。虽然心中有气，却还是只能按兵不动，眼睁睁看着吴力伟皮笑肉不笑地用打火机点燃了账簿。

吴力伟把燃烧着的账簿扔到了地上："这下好了，一了百了，也让那些人死了想对付我的心，对不对啊，杜部长？"

杜万鹰只好作罢，忍受了半天吴力伟做作的姿态，终于回到了自己的办公室。

[28]

老田遣走小女佣

田石秋疯了，已经来了好几拨人，大家全都被"疯狗"田石秋给撵了出来。一个人再怎么装，也不可能把自己糟蹋成那样。整日里抱着垃圾桶，在桶里翻找吃的，见什么人都要追着咬，满世界都是他狂吠的声音："汪汪汪……"

赵署长的压力很大，他尽力了，在无凭无据的情况下，又是关押，又是用刑，一个好端端的人，就这么被折磨成了疯子，媒体蠢蠢欲动，已经有狗仔盯上他了，不放人是不行了。可杜万鹰不同意，就这么轻易放了？那自己这个堂堂的海关部长岂不是很没面子？赵署长有些为难，不过，他向来喜欢帮人帮到底，给杜万鹰出了主意，说是要给田石秋保外就医。这下好了，既保住了自己的面子，又保住了杜万鹰不放人的意图，还给了媒体一个交代。

　　沈其东暗自高兴，这个装疯的办法还是他教给田石秋的。田石秋再那样挨下去，不死也得去了半条命，唯有装疯才是唯一的出路。被放出来的田石秋，得到了田太太的帮助，被领回了青浦的田家老宅。田太太看到丈夫冷了自己半辈子了，如今疯了才回到自个儿身边，正准备悲伤地怜悯一下自己。田石秋忽然抓住露西的手，追问露西是不是有人拿走了账簿。

　　田太太这才确认老田是装的。

　　田石秋复杂地看了一眼露西，对露西按照自己的吩咐，无论是谁要账簿，先给出备份的那本的做法，既肯定又担心。毕竟自己被放出来了，一定会有人在暗中盯着自己。太太此时出面把自己带回来，老宅已经不再是安全的地方了。

　　沈其南的伤口被傅函君的订婚刺激得雪上加霜，他几次发烧，但都坚强地挺了过来。他没有时间给自己养伤，每次都只是用那些从医院里草草拿回来的消炎药重新包扎一下伤口。或许是身体素质好，年轻有力，伤口竟然恢复得还算不错。

　　他盘算好了，傅函君只是订婚，又不是结婚，还有机会翻盘。他等了傅函君这么多年，和她一起长大，在心底深处，从未真正把她当作小姐看。如果傅函君真的嫁了别人，他会恨自己一辈子。

　　可是他嘴很硬，无论德贵怎么劝他放下，他只说是因为担心小姐赔掉一辈子的幸福。

　　开玩笑，你一个下人，能给小姐什么幸福呢？又凭什么担心小姐的幸福呢？德贵满腹牢骚，可是他也明白，自己说再多都是徒劳，沈其南不会听他的。

　　沈其南把所有的心思都放在了沈其东的身上。账簿是被沈其东和徐小川抢走的，并且还想开枪打死自己。先不谈别的，光是这枪伤受的罪，他就一定要睚眦必报还回去。可不对劲的地方是，为什么疯掉的田石秋被放回去了，杜万鹰和吴力伟仍旧抓着田石秋不放呢？难道说，田石秋身上还有账簿？只不过是因为疯了，才被放回了田宅？他把这件事情汇报给了傅建成，傅建成意识到这件事情很严重，毕竟自己贿赂官员的罪证还在账簿上。无论如何，必须搞清楚整件事情。不料，隔墙有耳，顾月芹听了去，她觉得这是傅承龙立功的好机会。只要傅函君嫁出去，儿子再顺利找到账簿，博得丈夫欢心，永晟很快就会由傅承龙来继承。

田太太拉着不断学狗叫的田石秋将露西和另外两个仆妇送了出去。盯梢的人无聊地看着田家发生的一切，他搞不懂有什么好盯梢的，一个疯子和一个瘸老太婆而已。

露西紧紧按着包袱里的纸钞，那是临走前田太太塞到她手里的，说是把她当闺女看，就当是给闺女的嫁妆。当然，还有那本重要的账簿，她答应一定好好保护账簿。

田石秋很放心，他要露西自己保护好自己。

露西离开田家后，找了个电车公司上班，每天在电车上售票，以为日子将会这样平淡过下去。没想到，竟然又遇到了那个奇怪的沈姓男人。

"你怎么又出现了？当时不是把账簿给你了吗？"露西被他盯着有些烦，主动开口。

沈其南和善地笑，凭直觉他认定这个小姑娘是个好人，没必要动粗。

"账簿是假的。"

"不管是真是假，我已经给你了，你就不要再缠着我了。"露西也并不惧怕沈其南，她对他天生有种亲近感，好似在心底知道他是个好人。

沈其南好心解释："那本账簿在你的手里会很危险，你最好交给我，我已经找到了你，说明其他在找你的人也快找到你了，他们的动作也会很快的。"

露西见劝说无用，只好任由沈其南跟着。她的心里一直牢记着六月初六的日子，这天是和哥哥们约好在天文台相见的日子。虽然在教会孤儿院的那些年不能去天文台，可现在她长大了，她要打扮得美美的等待着哥哥们。

沈其东得知田石秋遣走了所有用人，那么大的田宅只有田石秋和田太太在家。他趁着盯梢的人不注意，从后墙翻进了田宅。找到了田石秋，田石秋表示同意沈其东的建议，约好明天找到露西，拿着账簿去公开揭发。沈其东点点头，他知道了露西的住处，决定亲自去找一下账簿。

徐小川提醒他，今天是六月初六，沈其东想到杀父之仇，计算了时间，认为把事情办完还来得及赶到天文台。

田石秋善心大发，那些天露西的勤劳和善良他是看在眼里的，或许是真的老了，曾经叱咤商场的田石秋竟然有了恻隐之心，他在沈其东准备回去的时候，交给沈其东一个信封，里面是露西要寻找的家人资料，他拜托沈其东代为寻找。沈其东应了下来，却并没有第一时间打开看。

露西把童年时二哥给她买的那双小红鞋仔细地放在了手袋里。她愉快地在日历上打了个红圈。她有种预感，一定会遇到二哥的。

可刚走到楼下，又看到了那个"跟屁虫"，随即故作冷傲："你怎么还在这里？"

沈其南笑道："你住在这么显眼的地方，就不害怕吗？"

"有什么好怕的？"露西顶了回去，其实她之所以住在这么显眼的地方，就是想着有一天哥哥们能找到自己啊！

沈其南继续亦步亦趋地跟在露西的身后。露西只好随便他，自顾自地在天文台下的小集市上逛着，买了一些小零食，在天文台上找了个干净的台阶安坐。沈其南松了一口气，他也惦记着六月初六天文台找妹妹的事情，没想到这个小姑娘也会在天文台坐下来。于是，他一边东张西望仔细辨认着和妹妹年龄相仿的姑娘们，一边用余光关注着露西。

露西盼望着哥哥的出现，她以为自己会一眼认出记忆中的哥哥。

然而，两个人等到日沉西山，却无功而返。露西揉了揉蹲了一天的酸痛小腿，失望地转身，准备回去。沈其南仰望星辰点点，这一天就这样过去了。

不知不觉间，他好像又听到了那首歌："春去秋来，岁月如流，游子伤漂泊。回忆儿时，家居嬉戏，光景宛如昨。茅屋三椽，老梅一树，树底迷藏捉。高枝啼鸟，小川游鱼，曾把闲情托……"

哥，西瓜头，我年年六月初六都来天文台等你们，可你们一次也没来过，今年……今年……

沈其东在露西的房间四处翻找，可惜什么都没有找到。徐小川确认他们根据田石秋给的地址，这里是露西的住址无疑。沈其东惦记着天文台之事，就在他沉脸准备走出时，突然发现门上的门神画像竟然很新。他示意徐小川揭开门神画像，果然露出被切开的一个四方形来，里面赫然藏着账簿。

"这丫头可真聪明！"沈其东夸道。

露西最后一次张望了一遍天文台，沈其南也张望了一遍，忽然发现沈其东匆匆跑来的身影。他下意识拉起露西，往后逃去。

露西虽然很想挣脱沈其南的手，可还是被沈其南死死地攥着。直到回到了露西住的地方，沈其南才把手放开。露西很生气："你这人怎么这样？这都盯着我好几天了。我都说啦，我没有账簿。"正说着话，她推开房门，蓦地惊呆，家中一片狼藉，门里的账簿也已不见。情急之下，露西落下眼泪，她惊骇道："完了，账簿不见了！"

沈其南心道不妙，没想到还是被人捷足先登。露西想到愧对田老爷，手袋应声落地，露出了那双小红鞋。沈其南忽地想到那年走失的西瓜头，就是穿着自己给她买的那双小红鞋……

他不可置信地弯腰捡起小红鞋，牢牢地盯视着露西："你去天文台不是去逛街吧？"

露西想抢回小红鞋："我不是去逛街，能干什么？"

"你是去等哥哥的！"

露西呆住，沈其南扔掉小红鞋，大步跨过来，把露西抱进了怀里："西瓜头，是你吗？我是二哥啊！"

沈其西含泪答应，她激动地回抱着沈其南，上帝啊，终于让她找到自己的哥哥了。

兄妹俩抱头痛哭，把这么多年分别的心酸都哭了出来。

"傻丫头，二哥年年六月初六都去天文台，二哥做梦都在找你，我终于找到你了，终于找到你了——"

[2 9]

栽 赃 嫁 祸 遭 冤 屈

沈家兄妹俩互相倾诉着自己的遭遇，不管怎么样，已经找到了二哥，大哥一定会找到的。沈其西露出期待的神情，沈其南不忍打击妹妹，有可能大哥已经死了。

此时，账簿这些鬼东西，就让它们见鬼去吧，还有什么事情比兄妹团圆更重要呢？

沈其南兴奋地跑回傅家，他打算搬出来，他要和妹妹住在一起。一想到马上和妹妹在一起生活的画面，沈其南就忘记了伤痛，忘记了心里对那个女人的惦念。

德贵不舍："其南，你真要搬走吗？"

"嗯，不过也不算离开傅家吧，我只是想搬出去和妹妹住一起。你知道的，她卷入了账簿事件，我担心她一个人住外面会有危险。而且住外面，也方便我查找账簿。"

傅承龙经过杂物间时，无意中听到"账簿"二字。

沉浸在找到妹妹喜悦中的沈其南放松了警惕，继续和德贵聊着："我怀疑是田石秋本人干的。昨天我和妹妹在天文台上发现那个厉东急急忙忙地在天文台找人，如果他已经拿到了账簿，是不会那么紧张的。"

德贵讶然："可那个田石秋不是疯了吗？"

"西瓜头说他装疯。"

傅承龙差点叫出来，好哇，田石秋，你这个老不死的，竟然装疯卖傻！

沈其南分析，那个田石秋装疯，故意让露西带出账簿，这样大家都不会怀疑他，他再神不知鬼不觉地把账簿拿回自己手上。

沈其南忽然听到外面的动静，德贵通过窗户看到了傅承龙闪过去的身影。沈其南走到门口，看到了一瓶摩尔登糖。

"你要不要告诉小姐，你找到妹妹了？"德贵故意道。沈其南点点头。他拿着糖站在傅函君的门外，正欲敲门却又停住。傅函君也听到了门外的动静，她感觉出是沈其南，本欲开门，手却停在了门把上。最终，沈其南没有敲响门，而傅函君也没有打开门，两个人心有灵犀般，各自靠在房门上。

沈其南握着糖：函君，今天发生了很多事，虽然没能亲口告诉你，但是……谢谢你！

傅函君忍着泪：其南，不管发生什么事，我希望你永远都开开心心的。

再次没等到弟弟妹妹的沈其东丧气地回到办公室。徐小川把账簿拿出来，等待沈其东下一步的安排。沈其东却说要将账簿还给田石秋。徐小川不能理解，费了那么大力气找到了账簿，却又要还给田石秋？那不是有病吗？

沈其东解释，他之所以这么做，是因为不相信田石秋会把真的账簿给一个女佣保管，如今自己亲自确认了账簿是真的，那就交给田石秋，让田石秋主动公开。这样，那一连串的蚂蚱就谁都跑不了了。

田石秋接受了沈其东的安排，他一点都不惊讶沈其东会带着账簿折返，并同意了第二天公开消息。

傅承龙在自己的房间里来来回回走着，得知账簿在田石秋的手里后，他想到了曹俊。于是，一个完美的计划在他脑子里成型。他刚走到花园里，就下起了雨，他顺手扯过一件外套，那是沈其南做看工先生的外套，顶在头上大剌剌地往外走。

没费多少力气，有钱使得鬼推磨，曹俊很快就巴巴地跟在傅公子的屁股后面出来，他不仅主动告诉了傅承龙田石秋的青浦老宅地址，还请缨要做司机。傅承龙很鄙视这一脸谄媚的曹俊："到了田家后，我少不了你的好处，你就安心开车吧！"

"哎、哎！"

田石秋受够了这种装疯卖傻的日子，如果状告他们几个，自己也会遭殃，可是会被判轻罪，到时候挨过几年牢，出来后就能够和真心对待自己的发妻过日子了。他要妻子去里屋给自己拿匣子。他从匣子里拿出账簿，准备再仔细看一遍。一个猥琐的身影从窗户处跳了进来。

"田石秋，你果然有账簿！你真的在装疯，快，快给我交出来！"

傅承龙眼看胜利就在前方，激动得不得了，这可是在父亲面前立大功的好时机啊！曹俊已经成功引开了那些盯梢者，只要顺利抢走老田手里的账簿……哈哈哈哈……傅承龙心里美得很！不料田石秋拼死和傅承龙扭打在一起。但傅承龙毕竟是年轻人，他在体力上远胜于田石秋，很快就夺来了账簿。田石秋情急之下，用头撞向傅承龙……只听砰的一声，田石秋撞在了桌角上，双目圆睁，缓缓倒下……

傅承龙暗叫糟糕，这个老东西该不会撞死了吧？他用手探了探鼻息，没气了。他抱头鼠窜。

跑到车上，他看到沈其南的外套，撕下"永晟营造厂"的标签，又猛跑回去，把标签塞到了死人田石秋的手中。这是他这辈子做过的最费脑力的事情。等到他再回到车上，曹俊也刚好赶了回来。发现傅承龙脸色不好看，曹傻嘟囔道："你们这些有钱人真是神秘兮兮的。"

"你给我赶快开走。"

"好好好，我的傅大公子！"

车子刚离开，田家陡然传出田太太凄厉的号叫声。

其西打开门，看到拎着大包小包的二哥，开心极了。自从知道二哥要搬来和自己一起住，勤快的她忙碌了大半天。沈其南也是兴奋得不得了，他拿出各种沈其西小时候特别想要的礼物：一只布老虎、洋人婆用的皮筋、沈大成的条头糕，还有采芝斋的松子糖。

沈其西觉得有趣："二哥，我不是小孩子啦，你看看，你送我的都是吃的、玩的。"

沈其南神秘兮兮地又从另一个包里拿出了好几条漂亮的裙子："快看看，喜不喜欢？"

沈其西心疼二哥的钱："这得花多少钱啊？"

沈其南摸着沈其西的头，就像小时候那样宠溺道："你放心，我给你攒着钱呢，从小时候开始就给你和大哥还有老幺攒着，现在你的钱有满满一个罐头瓶子，随你花！"

"那你买这么多菜和肉干吗？"

沈其南系上围裙，推着沈其西坐下："你坐着等等啊，二哥给你做好吃的！"

很快，桌上就摆了满满一桌菜，沈其西没想到这些年过去，二哥竟然会做这么多好吃的了。沈其南拿出红鸡蛋："还有这个呢！来来来！"

沈其西摇摇头："二哥，今天不是我的生日，吃什么红鸡蛋呢？"

"二哥想给你过生日，二哥错过了你那么多的生日，给你过多少次都不嫌多。"

沈其西红了眼眶，她想起母亲生日那天，他们给母亲滚红鸡蛋的情景。沈其南轻轻站起来，在其西的后背、肩头上下滚着鸡蛋。

"滚滚霉运去，滚滚好运来；滚滚小人去，滚滚贵人来；滚滚疾病去，滚滚健康来。"

沈其西生怕自己哭出声来，她又一次扑进了哥哥的怀里："爹娘走了之后，这还是我第一次过生日，二哥你给我买了那么多的礼物，做了这么多的菜，还给我滚红鸡蛋，二哥，我真的好高兴！"

沈其南想到妹妹这些年吃了很多的苦，他的眼眶里也满是泪水："以后每年二哥都给你过生日，滚红鸡蛋。"

"嗯，二哥，我也会做很多好吃的东西，以后我也会照顾你的。"沈其西微笑着看着二哥。

"二哥会好好努力，等以后我们找到老幺，一定要盖一栋外滩最高的大楼，到时候我们一家一起住在里面，二哥要带你们看遍整个上海的风景！"

沈其西点点头，她相信二哥。

可美好的时光，总有人要残酷地把它打碎。警察很快就凭借死去的田石秋手中握着的标签找到了傅建成的家里，并在傅家人阻拦不及的情况下，找到了沈其南的工服。再加上沈其南不在家，有外逃的迹象，警察署决定抓捕沈其南。沈其南并不知道傅家正在发生的事情，就像当年大哥沈其东回沈家一样，幸运的是，这回刚到门口，就被傅函君用力拽到了角落里。傅函君看着眼前这个心爱的男人，女人的直觉告诉她，这个人绝对不是杀人凶手。不管如何,必须先让他躲起来,她是真的怕了,父亲前不久被抓,田石秋在狱中发疯……她实在是不忍心沈其南受到酷刑。

沈其南在警察围过来的瞬间,才明白眼前这个急切的女人说了什么事。他赶紧撒腿就跑,傅函君被警察以包庇的罪名带走。

警察逼问傅函君:"你快说,那个沈其南去哪儿了?"

"我怎么会知道他去哪儿了?"

"他是你家的看工先生,你会不知道?"

傅函君标榜自己是新时代女性,她高傲的态度,得罪了所有警察。眼看傅函君就要和警察戗起来,杜少乾赶紧出面,把她捞了出来。

傅函君却记挂着沈其南,对杜少乾的良苦用心毫不在意。杜少乾的眉目间满是忧愁,对身边这个即将成为自己妻子的女人,他不知道到底该怎么做。

[3 0]

大 闹 狱 中 巧 脱 身

沈其西看到报纸才知道田老爷死了,疑凶的照片赫然是二哥的头像。她小心地询问沈其南到底发生了什么事。沈其南明白妹妹西瓜头对田家的感情,他认真赌咒发誓:"西瓜头,你一定要相信二哥,田石秋不是我杀的!"沈其西捂住二哥的嘴巴,猛点头:"二哥,你别说了,我相信你!"

曹俊这厢拿了傅承龙给的一箱子钱正流连在花街柳巷里,一边挥霍,一边愧疚。他是个有点良心的人,在得知田石秋死在宅里的新闻后就联想到了那晚傅承龙的反常。傅承龙幸好来得早,不然他曹俊肯定要给好兄弟沈其南做证!但是……话又说回来,谁会和钱过不去呢?傅承龙是傅家唯一的少爷,那永晟营造厂是那么大的公司,傅家富得要流油,虽说沈其南要把自己推荐给傅建成,但现在他直接投靠傅承龙,岂不是更爽?

沈其南被抓了,毫无悬念,就是傅承龙引导警察,让警察在沈其西住的地方抓住了沈其南。沈其南被带走的时候,沈其东才知道自己要找的弟弟妹妹,竟然就在身边。而更让他不能忍受的是,自己差点就亲手杀死了亲弟弟沈其南!沈其东迫不及待地和妹妹沈其西相认,他说他要承担大哥应该承担的责任。

沈其西忽然发现自己的两个哥哥都变得有点陌生了,除了对自己的宠溺还胜从前以外,哥哥们的行动和谈吐,早就和当年的渔村少年迥然不同了。

"大哥,你能想到办法吗?"沈其西记挂着刚被抓走的二哥。

"一定能的!别担心,西瓜头,是大哥没用,是大哥没照顾好你们,大哥会想办法的,你相信我!"

沈其西既幸福又伤心,既伤心又有几分雀跃,她被自己这样的情绪折磨得要疯。刚认了二哥,才和二哥相聚……二哥就被人诬陷栽赃;如今大哥又来相认,可是二哥却不知道,无法一起团聚……

沈其东叮嘱沈其西:"你千万不要在外人面前认我,我现在是厉东的身份,我不想别人知道我的真实身份和背景,否则不好做事。"沈其西是个冰雪聪明的姑娘,她立刻就明白了大哥的话中之意。

沈其南刚被投进监狱,就迎来了好戏。先是吴力伟带来了最好的律师,说要帮助他打赢官司,只要沈其南承认是受杜万鹰的挑唆,他们就有办法把故意杀人转而定性为过失致死,关个两年就能出来。不过,条件是一定要把账簿交出来。

又是账簿!沈其南嘲笑吴力伟,认为吴力伟想得挺美,他根本没有杀人,没有得到账簿。吴力伟受挫,恨恨离开。他前脚刚走,杜万鹰就又出现了，他就没有吴力伟那么客气了，吴力伟碍着这是华界的警察署，自己惹不起。但是杜万鹰是谁？他要弄死沈其南，就像弄死一只蚂蚁那么简单。

杜万鹰威逼沈其南，让他反咬吴力伟。沈其南拒绝接受杜万鹰的威胁，还不怕死地挑衅杜万鹰。杜万鹰狠狠打了沈其南一顿。沈其南牙尖嘴利："你自己用下三滥的手段，把老爷关进大牢，还逼小姐和你儿子订婚，比起吴力伟来，你更加卑鄙下流无耻！"

杜万鹰举起一把椅子就要砸向沈其南，却被沈其东一把拦住，沈其东分析利害，认为现在就把沈其南打出问题，逼他狗急跳墙就麻烦了，毕竟沈其南没有答应帮吴力伟。

杜万鹰向来愿意听取沈其东的建议，因此作罢。他不知道，身后的得力干将"厉东"早就想掏出枪来，一枪崩了他。

沈其东知道眼前受伤的沈其南就是自己的亲弟弟，他很想靠近弟弟，可是现在不能。更令他伤心的是，沈其南的目光里对他只有恨意，是的，他可是那个前不久差点要了他命的人。

沈其东太痛苦了，那种极度的隐忍，使他整个人爆发了，他把枪塞满了子弹，想要冲到杜万鹰的面前……幸好被徐小川拦下来。是啊，现在冲上去杀了杜万鹰很容易，可是仇如何得报？父亲的清白如何昭雪？

沈其东来到沈其西的住处，发现妹妹虚弱地躺在床上，他催着妹妹多吃一点，不吃饭如何有力气救其南？沈其西提出，要去探望二哥，给二哥送点吃的。沈其东眼前一亮，他想到了好主意。

他安排沈其西去给沈其南送点心，把字条塞在点心里，让沈其南想办法受伤，这样就会被送去就医。沈其南不疑有他，他在牢里的几天时间里，一直沉默不语，他思念傅函君，思念妹妹……如若不是收到傅函君的纸条，要他好好的，等她来救他，可能他会更加难熬狱中时光吧。

狱中一个"虬髯客"正在夸夸其谈，向众小弟讲述上海滩的传奇故事，自称是白须帮的老大。沈其南决心听从妹妹的安排，试一试。他故意抓住"虬髯客"的胡子，扯了一大片下来。果然遭到"虬髯客"带着的一帮小弟的暴击。

"虬髯客"以为沈其南该老实点了，他不明白这小子有什么动机和理由，非得和自己的胡子过不去，而且被打了个半死不活，还不还手。

就在"虬髯客"继续和小弟们讲故事的时候，沈其南出其不意，又薅了他一大把的胡子下来。"虬髯客"不能忍，这回他亲自动手，把沈其南揍得皮开肉绽。他小心地呵护着自己所剩无几的胡子。

没想到，苏醒过来的沈其南，再一次跳起来，拽光了他所有的胡子……

"兄弟们，给我往死里打！"

于是，沈其南被打了个奄奄一息。在警察们的喝止下，"虬髯客"才不甘心地停了手。看着狱中一身血污的沈其南，警察们怕不好和那几位有权势的爷交代，互相对了个眼神，赶紧把昏迷状态的沈其南送往医院。

平白遭此厄运的白须帮老大"虬髯客"，心疼地看着那些被拔下来的胡子，悲伤地说："我们帮派的名字从今日起要重新起一个了。"

沈其东和徐小川假扮医生，成功地将沈其南救出。沈其南误以为沈其东想要杀掉自己，为了保命，拼死和沈其东厮打成一团，直到沈其东叫出"南瓜头"，沈其南才了悟，原来自己面前这个杜万鹰身边的忠实鹰犬厉东厉队长，竟然就是大难不死的亲哥哥。兄弟二人顿时抱头痛哭起来。

傅函君这边急得不行，她在杜少乾面前毫不掩饰自己对沈其南不一样的情感。杜少乾竭尽全力帮助傅函君找线索。两人在夜访田宅命案现场时，遇到了一个蒙面人。杜少乾已经认出蒙面人是傅函君的弟弟傅承龙，不料傅承龙对他说："你不要暴露我，如果沈其南替我背锅，死在牢里，我姐姐不就是你一个人的了吗？"听罢此言，杜少乾不禁犹豫片刻，给了傅承龙逃跑的时间。

傅函君带着最后的希望找到了父亲傅建成,期待傅建成能够公正地处理这件事情,还心爱的沈其南一个清白。傅建成根本不相信自己的儿子会是杀人犯。于是,他在函君的要求下,故意请儿子吃饭,并暗示他,账簿是傅家最要紧的东西。果然,傅承龙上钩了,他兴奋地以为这是向父亲证明自己实力的时候,于是交出了账簿……傅建成虽然气得发抖,却还是因为傅承龙是自己的亲儿子而作罢。自私的傅建成再一次想到一个"折中"的办法,找一个最好的、最贵的律师,为沈其南减轻刑罚。

傅函君被父亲约到了黄浦江边,傅建成好言相劝,要函君放过承龙,甚至不顾函君的苦苦哀求,将账簿扔到了江水之中。绝望的傅函君不顾一切跳了下去,虽然捞到了账簿,然而字迹早已一塌糊涂,分辨不清……

傅函君对整个傅家感到失望,她想不通,一个曾经是她整个天空的父亲,竟然会为了包庇一个杀人犯而颠倒黑白!杜少乾为了得到自己,明知道傅承龙就是凶手,还继续蒙骗自己!

沈其南被沈其东送到了十六铺码头的一处民宅里,强烈的思念,驱使他扮成民工模样,偷偷给傅家打电话,吩咐德贵一定要照顾好小姐,并留下自己的地址给了德贵。已经得知沈其南被人秘密救出的傅函君,从德贵手写的地址里,确定了沈其南的藏身之处。傅函君下定决心,放弃这妖魔鬼怪般的谎言世界,去寻找自己的幸福,找到沈其南,和沈其南永远在一起,她要大胆地追求自己的爱情!

沈其南绝没有想到站在门外的女孩,正是自己日思夜想的傅函君。可他却拒绝傅函君投奔他,此时的他是个在逃的通缉犯,他拿什么保证傅函君的幸福?傅函君却向他倾诉衷肠。

"其南,从我出生没多久,妈妈就离开我了,还是被爸爸赶走的。我打小就告诉自己,女人要自立自强,不能依靠男人,更不能相信爱情相信婚姻。我曾以为自己不懂爱,不会爱,就算把婚姻变成交易,那也不打紧,结婚不过是和一个人凑合过日子罢了。可是偏偏你改变了这一切,因为你,我发现自己内心也有对爱的渴求。"

沈其南感到揪心:"函君,你别再说了。"

傅函君却满心里都是他,她急于把那些埋在心里很多年的话倒出来:"你知道吗?这段日子你不在我身边,我才发现你从前为了我做了好多好多的事儿,我早就习惯了你在我身边,习惯了你的付出,我很想也能为你做点什么,可是我——"

沈其南忽然拉住了傅函君的手,傅函君开心地笑起来,她以为沈其南要让她进来。

然而沈其南说出的仍是冰冷克制的话:"我送你回家。我现在自身难保,没工夫陪你玩,陪你疯!"

傅函君梨花带雨:"你以为我是一时兴起吗?我不是,我一定要和你在一起。我不会再回到傅家!因为对那个家,我失望透顶,你现在……就是我最后的希望,不要掐灭它,好吗?"

[3 1]

你愿意娶我吗

杜家和傅家正在商量两家的联姻之事。杜太太把两个孩子的生辰八字拿给算命先生算过,认为这个月的十八号是嫁娶的黄道吉日,提议把日子定在那天。顾月芹是最欢喜的,她立刻附和。傅建成稍有迟疑,但被杜万鹰怼了回去。杜太太左等右等,仍不见傅函君,杜少乾解释说是自己安排傅函君去工地上测量数据了。当然,免不了又被父亲杜万鹰"教育"了一通,怪他这个快要当丈夫的儿子不够体贴老婆,最重要的是这种去工地解决问题的事儿还是要男人去才最好！这番意有所指，傅建成只能在心里冷哼。

傅函君恳求的眼神楚楚动人，她低声道："其南，你别赶我走，我已经无处可去了。"

沈其南拉着傅函君的手舍不得放开，他贪恋傅函君的纤纤细手带来的温暖。

正在这时，房东万婆婆从小巷尽头走来，她老远就瞅见这对恋人深情注视对方的模样。自己也是从这个年纪过来的，小两口嘛，一定是一个要跑，一个要追，终于还是被追的那个人找到了。她仔细看了眼这个漂亮的小姑娘。面相和善，尤其那双水灵的大眼睛，太招人喜欢了。

"哎哟，小伙子，这是你的女朋友吧？还好我今天买了不少菜，来来来，大家快进屋，等着啊，很快就有吃的了。"

万婆婆很勤快，饭菜没一会儿工夫就端上来了。傅函君不客气，她开心地夹菜吃，满脸的喜悦。直夸婆婆好手艺，婆婆被夸得心花怒放，她独身很久了，好长时间没有和别人一起吃饭了。如今来了这么个嘴甜甜的可人儿，她很受用。

"婆婆，这段时间，我要住在这里，不如你教我做菜吧，我可不想白吃白喝。"

沈其南心惊，傅函君难道是认真的吗？他偷偷抬眼看了一眼函君。

万婆婆瞧出这小伙还在别扭呢，这么好的姑娘去哪里找啊？

"哎哎，小伙子，你也吃啊，今天的菜不合你胃口吗？我可以再去做。"

沈其南赶紧拿起筷子吃起来。傅函君心里痒痒的，不住地想要偷笑，这还是她长这么大以来，和其南第一次单独在桌上吃饭呢。

傅函君帮着万婆婆洗碗，结果发现沈其南不见了，她紧张起来，该不会沈其南不愿意自己留在这里吧？难道沈其南跑了？万婆婆瞧着这个小女孩脸色惨白，眼眶含泪，上前安慰："孩子啊，你就别担心了，他肯定是去江边散心了，男人和女人就是那么回事，要是男人上赶着呢，他当牛做马都乐意，但是女人上赶着，这男人总归是要摆摆架子的。孩子啊，你放心，婆婆是过来人，他啊，心里是有你的。"

傅函君苦笑。

沈其南真的在江边吹风，他陷入迷惘中。他是盼着念着傅函君，可是等到傅函君真的来了后，他却无法立刻做到自私地把她留下来。自己是个通缉犯，而傅函君有显赫的家世，有爱她的父亲，有门当户对的婚姻……如果傅函君没有婚约还好，自己一定会……不，不是这样的，爱情难道不能勇敢一点吗？

傅函君左等右等，闲来无事，便拿出了手绘本，嘴角带着幸福的笑容，她认真地画着，直到黄昏降临，她的画终于画好。自己一页页快速翻动着，非常满意。

瞧见万婆婆在厨房做饭，她撸起袖子，嚷嚷着要帮忙。

"婆婆，你还是教我做吃的吧。"

万婆婆逗她："你啊，是想给心上人做吃的吧？"

傅函君跟着万婆婆学做饭，手忙脚乱的。其间，她不时被油溅到，被锅烫到，但她坚决不放弃……柴米油盐的生活，是她将要坚定选择的幸福之路。

万婆婆不忍傅函君落寞地等待，劝她快去江边叫小伙回来吃饭。傅函君不是和沈其南闹脾气，也不是因为小姐的架子，而是担心沈其南会不准她继续留在这里。

沈其南远远听到傅函君的声音："这里的江风好舒服啊！"

沈其南一转脸，发现是傅函君，表情很复杂。

傅函君故作轻松来掩饰自己的期待："其南，走，我们该回去吃饭了。"

沈其南苦笑："你以为你是到这里来跟我过岁月静好的小日子吗？你看

看我，看清楚，我现在可是个被警察通缉的逃犯，你要是跟我在一起，会过颠沛流离、辛苦不堪的生活，再没有锦衣玉食、饭来张口的好日子了。"

傅函君不服气，原来沈其南是顾虑这个，自己哪点显示出大小姐的做派了？他和自己一起长大，难道还不了解她？

"别把我说得跟个残废似的，就以我傅函君的学习能力，我会学不好做饭洗衣服吗？"

沈其南哪里舍得让傅函君洗衣服，他故意板着脸道："我给你送了这么多年的饭，你不是动不动就说这个菜不合胃口，那个菜难吃吗？混口饭吃不容易，你呢，你知道这道理吗？你能体会吃了上顿没下顿的感受吗？"

傅函君哼了一声："那还不是因为我想把菜省给你吃吗？"

沈其南感到不可思议，吼道："傅函君！"

"你终于改口不叫小姐了啊！"

沈其南说不过傅函君："傅函君，我早就厌烦叫你小姐了，我早就厌烦给你们傅家卖命了，如果不是为了那本账簿，我也不会被人冤枉，像过街老鼠那样当逃犯。该还你们傅家的恩情我早就还清了，从今以后，我沈其南跟你们傅家再无瓜葛！"

傅函君情不自禁地上前紧紧抱住沈其南："其南，我知道你心里有很多怨气，因为我们傅家确确实实是欠你的，以前都是你照顾我，以后就让我照顾你吧！"

沈其南想要挣脱，可是却做不到，他痛苦地闭上了眼睛。如果前面是刀山火海，那就让他就此沉沦吧！

他不由得回抱着傅函君："函君，你说，你要我拿你怎么办才好呢……"

傅函君感受到沈其南怀抱的温度和力度，开心地展开笑颜："其南，走，咱们回去吃饭吧！"

沈其南解开傅函君抱住他的双手，忽然又板起了脸，傅函君还有些缓不过劲来，沈其南转身往回家的方向走去。傅函君顿时了悟，沈其南这是同意和自己回去吃饭呢！她兴奋地跳起来："其南！耶！"

"走不走了？"

"走！等等我——"

傅函君小心翼翼地掀开盖在菜碗上的盘子，给沈其南盛好饭。她扑闪着大眼睛，讨好地问："饿了吗？"

沈其南却惊呆了，他不敢相信眼前的这一桌子看起来有模有样的菜，是傅函君拉着自己回来的理由。

傅函君兴奋道："快吃吧，这些都是我做的！我亲手做的哦！怎么样，我的动手能力是不是很强？你还不肯相信我。"

沈其南心中一动，拿起勺子喝了一口汤，脸部微微颤了颤。真的是……好咸。

他迅速调整好自己的表情，绝不让正盯着自己脸上每一根神经的傅函君发现有异样，不为别的，只因这是傅函君人生中第一次为自己做的饭。

于是，沈其南面无表情，继续大口大口喝汤，大口大口吃菜。

傅函君以为自己的菜做得很成功，兴奋地要叫起来，她美滋滋道："我一开始担心会很难吃呢，现在看来，我还是很有天赋的嘛！"

沈其南阻挡不及，傅函君已经把一口汤送进了嘴里，她的脸立时扭曲变形，"哇"的一声吐了出来："怎么这么咸啊！呸呸呸！"

沈其南强忍着笑，继续喝了一大口汤，夹了一口菜。傅函君觉得不好意思，她想要阻拦，沈其南却直接端起汤锅，仰头咕噜咕噜全部喝了下去。

傅函君嘤嘤地哭了起来，沈其南想要去安抚，可是他还是逼着自己不说话。他很怕自己开口说话，会忍不住把这个小女子揽入怀。

傅函君因为摸不准沈其南的心思而泪流成河，她发现沈其南还虎着脸，便自己跑到床边，把画好的手绘本放到了沈其南的手里。

"拿着吧,这是我送给你的。"

沈其南没有深思傅函君的举动,看也不看,丢到了一边。

"傅函君,你不就是想要一个陪你玩过家家的人吗?好啊,我奉陪,今天就陪你玩个够,反正我陪你玩游戏也不是一天两天了,但是我告诉你,我从来都不走心的,不管你想做什么,哪怕是让我吃下这么难吃的饭菜,我照样可以吃得很香!那是因为你是小姐,我是下人,照顾好你的情绪是我的工作,工作干好了,我才能吃饱饭,我们之间,只有这些!"

这句话,沈其南每说出一个字,他都感到扎心,可他不得不这么说。傅函君是大户人家的小姐,受过高等教育,自己一个穷小子,什么都没有,凭什么和她在一起,要她受这么大的苦?

"傅函君,今天之后,我不用再靠你们傅家吃饭了,也就没有必要对你百般迁就,你是你,我是我,分清楚点比较好。不过现在太晚了,没有车了,明天一早,我送你回去。"

傅函君低声道:"我不会回去的。"

沈其南逼着自己再放狠话:"那你爱去哪儿去哪儿,别烦我就行!"

[3 2]

土 地 庙 中 订 终 身

沈其南快步走出屋子,关门的那一刻,看到傅函君的眼泪掉了下来,他顿时心里一阵阵揪痛。他的眼眶早已红了,可他还是强忍着内心想要冲进去把她抱入怀的冲动,关上了那扇门。

沈其南,你醒醒吧,醒醒吧!傅函君该去过她该过的生活,把你忘了才对。

傅函君呆呆地坐在床上，青蓝色的月光好似梦中母亲温柔的抚触，然而还是遮盖不了自己一夜失眠的憔悴。沈其南的那些话语字字扎心。

她的满腔热忱，和沈其南在一起幸福生活的强烈向往，都被沈其南冰冷的态度给打击了。

收拾行李的时候，她把那本手绘小本静静地放在了枕头上。终于挨到了天色将明，她推开房门。此刻，空气中的湿气扑在她的脸颊上，她已经有些分辨不清，到底是不是一场梦。

沈其南也是几近一夜未眠，等到天色大亮时，才猛然睁开了眼睛。他起身来到傅函君的门前，敲了半天门，却无人回应，他担心傅函君休息不好，忍不住推门而入。然而，房间内空无一人，傅函君的行李也不在了。他顿感无力，跌坐在床上，摸到了傅函君曾送他的插画小本。翻开第一页，上面是一对可爱的男女小人儿，他们在火车站遇见；第二页，两人在吵架。慢慢地，页面越来越快，两个小人儿的故事不断进展，时而是他们在开心地逛街打闹，时而是他们在赌气吵闹……那几乎就是自己和傅函君童年时代到如今的真实再现……

沈其南看着看着，忽然笑了，然而，当翻到最后几页时……他愣在那里。

小女孩依偎着小男孩，露出甜蜜的笑容，那个女孩问男孩："你愿意娶我吗？"

他的心被猛然击中，颤抖地继续往下翻，那个男孩和女孩手牵着手，整页纸上涂满了爱心，那是幸福……

沈其南热泪盈眶，再也抑制不住自己的情感："函君，函君……"

他再也没有任何犹豫，只想追回她，追回那个问他"你愿意娶我吗"的小女孩，那个他从小到大便想永远守护的傅函君……

然而，沈其南飞奔到车站，车刚刚开走，无论他多么奋力地追，都追不上了……

失魂落魄的沈其南回到江边，一拳狠狠打在大石头上，顿时，石头上显现出了他的血迹，他再次打出第二拳时，身后传来了那个他魂牵梦绕的声音：

"其南——"

杜少乾一杯又一杯把自己灌醉，傅承龙劝阻不了，他已经知道傅函君逃婚了。这傅函君真是太任性了，竟然把好好的一个大家公子哥折磨得毫无人形。不就仗着自己是傅家的小姐吗？傅承龙忽然感到自己这个小叔子当得很不称职。

"别喝了！她会回来的，我一定会把我姐抓回来的！"

"那你去啊！你现在就去，你赖在我这里干什么？"

杜少乾睁开惺忪的眼睛，看到这个傅承龙就火大，要不是傅承龙失手杀了田石秋，自己替他隐瞒，至于把傅函君气跑掉吗？

傅承龙不知死活："你放心吧，她一定是躲在哪个同学家里了，我姐我还是了解的，不至于不顾我们傅家的颜面，做出私奔的事情！"

杜少乾攥紧拳头："我最担心的就是她去找沈其南！"

"不会吧，那个沈其南是被通缉的杀人犯，她再痴情也不至于跟着他亡命天涯吧？"

杜少乾摇摇头："就算她跑到天涯海角，我都必须把她找回来，你赶紧加派人手去找，还有，函君失踪的事绝对不可以泄露出去，要是被我爸知道就完了。"

沈其南蓦然回首，他看到心中的爱人竟然拎着行李站在自己的身后。

傅函君在车站的候车室里就看到沈其南跑过来的身影，她故意躲起来，瞅着沈其南跟在那辆车后面跑着，她已经明白了沈其南就是"死鸭子嘴硬"。

沈其南喃喃道："你不是已经走了吗？"

傅函君故意反问他："你不是一直让我走吗，现在这又是在做什么？上演苦肉计吗？如果我真的走了，你就这样伤害你自己吗？那我怎么安心地走？"

沈其南想到傅函君留下来，也不过是出于内疚，她昨天晚上提到，傅承龙才是杀人凶手。

他痛苦极了，忍不住把心中的委屈喊出："够了！别说了，你留下来又能怎样？你还不是因为内疚，只是为了给你弟弟傅承龙赎罪！这些年，你习惯了我在身边……"

傅函君忽然扔下行李，不顾一切地跑到沈其南身边，抱住沈其南，阻止他再说下去："不，沈其南！我爱你！在我自己没察觉的时候，我就已经爱上你了！你知道吗，小时候，走在路上，我总有回头看的习惯，总期盼着有一天回头，妈妈会突然出现在我面前，但每次都是失望。直到你出现，只要我一回头，你都在我身后。有了你，我才能把每一步都走得那么放心。其南，你愿意和我一起走下去吗？"

沈其南终于用力地抱住傅函君，这个折磨了自己那么多年的小女孩，这个自己心尖上的女人……两个人的脸上又是泪又是笑容。

直到沈其南想到一个地方，他轻轻擦掉函君和自己脸上的眼泪："走，我带你去个地方。"

他拉着傅函君的手郑重地走进土地庙，庙里供奉着土地公公和土地婆婆。

沈其南深情地看着傅函君："是不是不管我去哪儿，你都愿意跟着我？"

傅函君毫不犹豫地点头。

"那你要想清楚，我现在是个讨饭的，你要是跟着我，可能会吃不饱，睡不暖，住的地方都是邋里邋遢甚至臭气烘烘的，还会有很多我们根本想象不到的辛苦在等着我们，你还愿意吗？"

傅函君露出最幸福的笑容，重重地点头。

沈其南再一次问她："这一走，不知道什么时候才能回来，从此，你会失去你的家人，还有你热爱的工作，你真的不后悔吗？"

傅函君小鸟依人地靠在沈其南的肩上："只要和你在一起，去哪儿都无所谓，因为你在哪儿，我的家就在哪儿，你会是我永远的家人。失去这里的工作也没关系，我们可以去一个没人认识我们的地方，我们一个做建筑师，一个做营造师，一起经营好自己的小家，开始新的生活。"

沈其南再次被傅函君感动，他认真地捧住傅函君俊俏的脸庞，这张脸，将是他魂梦相依的牵绊，此生再不会放下的重中之重，他要请天地神明为自己做证。

"函君——"

"其南——"

沈其南拉着傅函君一起跪在了土地公公和土地婆婆面前，沈其南虔诚地许愿："土地公公，土地婆婆，请二位见证，我沈其南，愿意娶傅函君做我的妻子。"

傅函君没料到沈其南会说出这番话，她被这突然而至的幸福冲击得有些蒙，可还是傻笑出声，然而哽咽依旧清晰。

"我傅函君，愿意嫁给沈其南。"

"从此以后，同心同德，白头到老！"

"一生一世，互助精诚，相敬如宾！"

沈其南紧紧拉着傅函君的手，泪流成河，他要拿出一生的幸福发誓："函君，我现在什么也不能给你，只能在此向两位神灵起誓，我会用尽此生去爱你，怜你，护你……"

"不，你已经给了我最好的，那就是你的心。"

两个相爱已久的人，终于在此刻，不顾世间纷扰，拥吻在了一起。

他沈其南此生决不负傅函君。

杜少乾抱着酒瓶子买醉，他的手上还戴着那枚翡翠戒指，是当初订婚仪式上傅函君给他戴上的。傅函君是自己将来的妻子，他们已经有了婚约，这一切怎么就成了泡沫呢？

梅丽莎的舞台上，身形窈窕的歌女在台上唱歌，歌声忧伤婉转。章梅过来招呼客人，看到杜少乾竟然醉得很厉害，心里奇怪得很，这杜少乾不是刚和函君订过婚吗？

砰的一声，杜少乾手中的酒杯被他捏碎，他无法控制自己的大脑，那里一遍又一遍播放着沈其南和傅函君在黑暗中拥吻的画面。

章梅叫来了手下："去打听一下，傅函君是不是出事了。"

江边上的星云卷成浪漫的樱花形状，一朵一朵恣意盛开。

打地铺的沈其南睡不着，躺在床上的傅函君也睡不着。沈其南满脑子都是傅函君温柔的嘴唇触感，无端的燥热使他想要坐起来，傅函君也想偷看沈其南，把脑袋凑了过来，结果两个人的头在黑暗中撞到了一起……

沈其南忍不住笑道："睡吧。"

傅函君嗯了一声，在黑暗中吐了吐舌头，做了个鬼脸。

于是两个人都躺了下来……片刻的安静后，沈其南终于鼓起勇气："来，把手给我。"

傅函君赶快把手伸出去，终于，两个人的手握到了一起。

沈其南问傅函君："函君，你跟我去香港之后，最想做什么？"

傅函君轻笑："有很多想做的事情啊，比如，我会先去圣约翰大教堂，在那儿和你办一次正式的婚礼，我很认同现代婚姻观，如果选择了彼此，就要一生相伴，无论遇到什么困难，都要牵手一起面对。嗯，其南，就像现在我们这样。"

沈其南被傅函君这番话感染，笑得像个孩子。

"其南，你娶了我，就不能再去想什么三妻四妾了！"

沈其南故意逗她："那我岂不是亏大了？"

"你讨厌！"傅函君忽然抓住沈其南的手，不轻不重地咬了一口。

沈其南假装喊疼："当然不是啦，我的沈太太只有一个，那就是傅函君。"

傅函君这才放松自己的利齿："等办完了婚礼，我还要去参观香港当地的优秀建筑，那里有意大利文艺复兴时期风格的会所大楼，还有新古典主义风格的立法会大楼……"

沈其南感慨："你啊，提到建筑就滔滔不绝。"

"当然，我连工作都想好了，我要去巴马丹拿建筑事务所应聘，那是香港最有名的建筑工程事务所，鼎鼎有名的公和洋行就是巴马丹拿在上海的分所，联合大楼正是他们的杰作。那可是上海第一座采用钢框架结构的建筑啊，我还听说他们的设计师，对西方古典技法的运用非常娴熟，我挺想去学习的。对了，这个事务所不仅搞建筑设计，还会提供全面的城市规划和项目监督。这可是你一直想做的事，沈先生，等我们到了香港，你的理想就能成真了。"

沈其南心里暖洋洋的："这么一小会儿，你就想那么多了？"

傅函君笑了笑，她何止想了这么多，她已经想到了如何和沈先生共度一生的美好未来。

杜万鹰责问廖刚毅为什么还是没有沈其南的消息。廖刚毅打算带上沈其东一起把码头横扫一遍，他怀疑沈其南将要离开上海。而吴力伟那边对沈其南越狱的事情也非常惊讶，也在派人寻找。这不禁令杜万鹰感到前方有片迷雾，在上海这片地界，还有谁会对沈其南出手相救呢？难道沈其南已经成精了？

沈其东领到任务后故意和廖刚毅商量，自己选了东门路十六铺到竹行码头街的大通公司码头，和廖刚毅分头排查。

[3 3]

爱 恨 情 仇 看 不 清

沈其南和傅函君手牵手在菜场买菜,傅函君忽然发现自己衣着太过于精致,于是和一个女菜贩商量,拿自己的这一套衣裙换来了青菜,还有女菜贩一套干净的衣裳。沈其南被傅函君俏皮的装扮逗乐,大笑起来。

"你先回去吧,这边到处都有眼线,被发现就不好了。我买好菜就回去。"

沈其南采纳了傅函君的建议。

他悄悄潜回家,忽然发现门没锁,于是拿起屋外的扫帚,小心进屋,抓住一个人的后背,两个人在屋里昏暗的光线下打了起来。直到沈其东叫道:"南瓜头,你的身手可以啊!"

沈其南才住手,惊喜道:"大哥,你来了怎么不出声呢?"

沈其南打开灯,沈其东发现屋里有异样,竟然有女人的衣服和化妆品,很疑惑。

沈其南挠挠头,不好意思地解释道:"大哥,我正等着你来,和你商量呢,我去香港,想再多带一个人。"

"好啊,你小子,有妻子了?"看到弟弟找到人生的另一半,沈其东很开心。

"还不完全是呢,但我已经认定她了。"

沈其东点点头:"在这种时候,能够跟你无怨无悔浪迹天涯的肯定是个好女孩啊,你要好好珍惜。这样,弟妹去香港的事,就包在我的身上了。"

"大哥,你再等一会儿,她去买菜了。"

"不用了,杜万鹰已经猜到你会坐黑船,让我带人来码头抓你,现在码头到处都是他的人,我待的时间久了会被怀疑。后天早上五点,十六铺码头会有人接应。"

沈其南笑着点头，或许是因为和傅函君确定了彼此，他对逃到香港不再从心底抵触，反而充满了期待感。

傅建成被顾月芹的唠叨扰得烦不胜烦，顾月芹认为傅函君不懂事，在婚期逼近时闹离家出走，将来没法和杜家交代。

傅建成正准备出去散心，忽然被人拦了下来。来人表示梅丽莎的章梅老板想要见他。他赶紧走过去。章梅也不和他客气，直接切入主题，愤恨道："傅函君在哪里？我的女儿在哪里？"

傅建成有些激动："你终于承认了，你真的还活着，太好了，我以为我再也见不到你了。"

章梅冷漠地看着他："傅老板，我不是跟你叙旧的，我就想知道你是不是把我们的女儿当成利益交换的棋子，逼着她和杜家公子订婚，她才离家出走的？"

傅建成很想找个安静的地方向章梅好好解释一番，章梅却根本不想理他："你以为我还会信你吗？二十几年前，你贪图顾月芹家有钱，不顾我已生下函君，硬要与她结婚，逼得我离开女儿，避走他乡。没想到这么多年过去了，你竟然一点都没变，还是那么自私自利！"

"小梅，你……"

"哼，你现在就去杜家退婚，函君必须毫发无损地回来，否则我拼了这条命也要毁了你，毁了永晟营造厂！我说到做到！"

傅承龙提议跟踪德贵，他想来想去，唯有德贵是沈其南最好的玩伴，这回沈其南的藏身之所，德贵最有可能知道。如果傅函君真的和沈其南私奔了，她又是如何得知沈其南的地址的呢？肯定是德贵泄露出来的。

杜少乾总算觉得这个未来小叔子还有点聪明劲，他也赞同从德贵那里找到地址。

傅承龙提醒杜少乾："就算你找到傅函君，她恐怕也早已不是黄花闺女了……"

杜少乾眼冒怒火，吓得傅承龙不由自主打了个寒战。

明天就要去香港了，借住在万婆婆家那么多时日，傅函君提议把被套洗洗。于是沈其南和傅函君两口子光脚站在洗衣盆里用力踩着。沈其南被傅函君教育一通："哎呀，你要这样踩啊……"

"沈太太，这么好的天气不出去玩，我们却洗被子，会不会太浪费了啊？"

"喂，沈先生，你可是结了婚的男人，难道还想着像之前那样不修边幅地过日子吗？"

"是，沈太太教训得对。"

两个人笑闹着像两个小孩子，沈其南趁傅函君不注意，偷亲了傅函君一口，傅函君害羞地红了脸。

沈其东和徐小川神色复杂地在门缝处看着，沈其东已经认出了那就是傅家的大小姐傅函君。

徐小川无奈："他们感情挺好的，东哥，你打算怎么做呢？"

沈其东叹气："不知道。"

"我知道你不想让其南背负仇恨，所以你才想着把他送去香港。可是，你再不说的话他就要和仇人的女儿相爱，结婚生子……"

"去吧，把南瓜头叫到江边来。"

沈其东思绪万千，沈其南却是满脸的喜悦，他飞奔过来，恨不得把大哥立刻拉回家中，宣布他和傅函君之间的婚约。

沈其东表情异常严肃："明天去香港，只能一个人。傅函君不能去。"

"为什么？等等，你怎么知道和我一起走的人是傅函君？"

"傅函君知道我们之间的关系吗？"

"我没说。"

"很好，以后都不要说。"

沈其南感到一种抓不住的恐惧正在笼罩着自己，冷静下来的他，有无数个问题想要得到答案。

"大哥，其实我一直都想问，你明明是帮杜万鹰做事，也知道傅老爷和杜万鹰是一起的，为什么还要反过来帮田石秋对付永晟，还袭击函君？"

沈其东犹豫，不忍心告诉沈其南真相。

还是徐小川沉不住气，他打破僵局："其南，你父亲是被杜万鹰和傅建成联手害死的！傅函君是你杀父仇人的女儿，你们不能在一起。"

晴天霹雳，炸得沈其南魂飞魄散。

他步履沉重地走在路上，满脑子都是傅函君和自己在一起的恩爱画面、童年时亲眼看着母亲被烧死，哥哥狼狈逃回沈家院子……

"其南，当年，杜万鹰设计让爹把刚收到的鸦片运送出去，说是引出那些走私犯，可实际上，他和傅建成勾结，想合伙吞了那批鸦片。爹发现了他们的阴谋，结果被杜万鹰杀人灭口……我目睹了整个过程。这么多年来，我蛰伏在杜万鹰身边，就是为了报仇，我要亲手将这两人送进监狱，为爹报仇雪恨……"

沈其南终于下定决心，放自己和傅函君各自一条生路。他电话通知了德贵，要他明天早上来码头和自己相聚，把小姐傅函君接回去。他刚听从大哥的安排，去香港避难。德贵自然是絮叨了好一会儿，大意是相爱容易相处难，说到底，还是因为下人和主子哪能轻易在一起呢。

沈其南不想多说一个字，哀伤地挂了电话。

"其南，你今天怎么睡得这么早？"傅函君洗完澡发现沈其南已经在地铺上背对着自己，紧闭着双眼。

"好吧，那就先睡吧！"傅函君根本没有意识到有什么异样，她憧憬着即将到来的美好婚姻生活，细心地替沈其南整理好被子，从背后轻轻抱住了他。

"沈先生,谢谢你,如果不是你,我大概永远都不会知道什么是爱,什么是为爱痴狂,我愿意做你一辈子的沈太太,晚安。"

她在沈其南的脸上亲了一口,才心满意足地回到自己的床上,安稳地进入了梦乡。

沈其南却在确定傅函君甜睡之后睁开了眼睛,他贪婪地注视着傅函君,把傅函君所有的细节记在心里。他知道这一切都和傅函君没有关系,然而傅建成是她的亲生父亲,这一切都是命运的捉弄,是命运把他们缠在一起,却又无情地分开。函君啊,真希望我们从来不曾相爱,这样,无辜的你就不用承受这些莫名的痛苦。

"对不起函君,我没办法遵守诺言了,如果有什么报应,就冲我一个人来吧。"

他起身,拎起行李箱,走到门口,又不舍地回头看着傅函君,红了眼眶,最终还是推门而出。

德贵没有察觉到自己被人跟梢了,他小心谨慎地开着车,往码头方向疾驰。

杜少乾和几名警察开车紧随其后。

沈其南按照约定,赶到码头。德贵老远就看到了沈其南,向他招手。沈其南要求等两分钟,想和德贵说几句话。突然,沈其东大喊:"警察来了,快跑!"

码头上顿时混乱起来,黑船上的乘客四处逃窜,场面一时间异常混乱。

"南瓜头,快上车!"

可是,沈其南却意识到了什么,他忽然放弃了上车,往相反的方向逃去。沈其东赶紧下车去追。

直到两个人跑进了装货区,沈其东急道:"南瓜头,你赶紧跟我走!"

"不行，大哥，你别管我。你赶紧走，不然你也会被抓的。"

"不行，我不会再丢下你一个人。"说着，沈其东就要拉住沈其南，沈其南却甩开，并主动攻击沈其东："大哥，要是我们俩都被抓了，谁来照顾妹妹？你之前做的一切就都白费了！谁去给爹报仇？"

沈其东含泪摇头，刚想说办不到，便被沈其南狠狠冲着脑门挥了一拳，沈其东倒地，被沈其南一顿狠揍，也不还手。

沈其南绝望地提醒他："大哥，求你了，为了爹和娘，为了西瓜头和老幺，你必须保住自己！"

沈其东无奈，只好咬牙挥拳，最终揍得沈其南嘴角渗血。沈其南悄然笑了。

沈其东拿出手铐，将两个人铐在了一起。

警察赶来，疑惑海关的人怎么会抓人。

徐小川赶紧解释："我们巡缉队收到风声，十六铺码头有开黑船的带着一批人去香港，所以我和厉队长赶紧跑来巡查，没想到竟然意外帮你们警察署抓到了一个逃犯。"

[34]

以死相逼伤彻底

随后赶来的傅函君高喊着冤枉，沈其南绝对不是杀人凶手！可是谁会听一个女子的呼声？警察需要立功，这是他们千载难逢的好机会。而沈其南的心哪怕再痛苦，却只能逼着自己撇过脸去，不看傅函君，任由警察把自己塞进了警车带走。

杜少乾害怕傅函君会冲动，他紧紧抱住她，把她带回了家中。路过傅家的时候，傅函君不想面对顾月芹和傅承龙，要求杜少乾给自己找个住处。

于是杜少乾把她安排在了自己的小公寓里。此时的杜少乾,对傅函君还是抱有奢望的,他眼神复杂地看着此时心里、嘴里只有沈其南的未婚妻傅函君,心中的醋意如奔腾的河流,强烈撞击着岩石。

"你不要去警察署了,如果真像你所说,杀人的是傅承龙,你就更不该去,傅承龙可是你的亲弟弟。"

傅函君冷哼:"你也知道真相,是不是?你知道杀人者不是其南而是傅承龙,那天在田宅你就和傅承龙打过照面了!你一直在骗我!"

杜少乾忽然声音沙哑:"那你呢,你何尝真心对待过我?从头到尾,你有考虑过我的感受吗?所有人都知道你是我杜少乾要娶的女人,结果你都干了些什么?你一声不吭地跑去找别的男人,而我还要装作若无其事的样子,在我爸爸面前隐瞒,生怕他知道后会迁怒于你爸,让你爸再受一次牢狱之苦。傅函君,为什么我做了这么多,你却一点感觉都没有?为什么?因为你在和别的男人双宿双栖,逍遥自在!"

傅函君无言以对,她感到自己确实是在做他说的这些事情。虽然他用词难听,但是她与其南私订终身,这是事实。

"我们解除婚约吧。"

杜少乾的眼眶瞬间就红了,他盯视着眼前坐在沙发上平静地说出退婚的女人。难道他做什么都是错的?他就那么不值得她爱吗?他就那么卑微吗?

他脱掉了外套,开始解开衬衣的纽扣,一步步逼近傅函君。傅函君往后躲着,她察觉出杜少乾的反常:"我错了,我和你之间原本是利益联姻,我想改正这个错误,你说得很对,订婚是契约的一种,在没有解约之前,不管是谁,如果做出不当举动,对任何一方都是不公平的。这件事,我错了。"

"你错了?和我在一起,对你来说,是一个需要改正的错误?傅函君,你说的话像刀子一样,那么锋利!"

"杜少乾，我和其南已经互盟誓约……"

然而，杜少乾一把钳制住傅函君的肩膀，倾身下来。傅函君情急之下，拿起桌边的水果刀，抵在了自己的胸口处。

"你若再敢碰我，我就死在你眼前！你不要逼我！"

杜少乾缓过劲来，他的眼神逐渐变得悲伤："为什么，为什么不是我呢？"

傅函君冷静道："因为我已经是沈其南的妻子，我爱的人是沈其南。"

杜少乾终于放开了手，他绝望地看着傅函君，重新穿上外套，颓败地转身，眼睛里满是对沈其南的恨意——沈其南，都是因为你！

杜万鹰对于此次抓到沈其南的行动，很是满意，对沈其东大加赞赏。当着沈其东的面，又痛揍了沈其南一番。要不是竭力控制着自己，沈其东早想冲过去了。

在杜万鹰的授意下，沈其南被带去了监牢，杜万鹰还要求必须"大刑伺候"。

沈其东心疼自己的弟弟，晚上回到家，他打开了暗室。暗室中供奉的是父母的牌位，他忏悔不已，觉得自己没用，害得沈其南受到折磨。

杜万鹰一脚踢开了傅建成办公室的门，现在的杜万鹰进出永晟营造厂，就像出入自己的卧室一般，嚣张跋扈。他得知傅建成竟然想要花重金聘请最好的律师为沈其南减轻刑罚。

"沈其南背后的靠山很可能就是吴力伟，一个叛徒，你那么上心干吗？"

"我说过，其南无论如何我都会救，他和吴力伟之间，没有一点关系。"

杜万鹰觉得可笑："冥顽不灵，一个凶手值得你这么费心？"

傅建成神色黯淡："他没有杀人。因为，那本账簿被我扔进了黄浦江。"

杜万鹰跳起来："原来这是你安排的？！"

"反正账簿没有了，再去追究已经没有意义了。"

"好你个傅建成啊，你真是翅膀硬了，之前装作完全不知情的样子，结果呢，哼！你明知道账簿对我的重要性，得到账簿我才能扳倒吴力伟……"

"杜部长，你忘了吗，那本账簿也有我的行贿记录啊，如果公开的话，我也吃不了兜着走。"

杜万鹰怒极，这么多年，虽然有很多次被傅建成气到，可这一次不一样，他分明是吃了一次大亏。傅建成是何许人，他当然知道这回杜万鹰的反应是反常的。他被这毒蛇缠了那么多年，也懂得知进退。

"杜部长，这次我情急之下，确实处理得有些鲁莽了。你放心，我们是姻亲，我对你的任何要求都不会再推辞，必定全力相助。我也希望你不要再因账簿的事情去为难其南了，错不在他。"

"哼！"杜万鹰极力控制自己的情绪，他恨道，"傅建成啊，你的城府够深的。"

审讯室里，满脸青紫伤痕的沈其南坐在被审讯的位置上，看着对面的沈其东。他现在很担心妹妹会知道自己的事情。沈其东告诉他，西瓜头并不知道，而且承诺一定会把他救出来。沈其南却似一夜之间成熟了，他要沈其东不必太焦虑，自己已经想好了如何和傅建成清算账目，他要和大哥一起背负这些包袱。他决定，第一步先搞垮永晟。

沈其东前脚刚走，傅建成后脚就来了。警察很不耐烦，看在傅建成塞了不少钱的分上，同意沈其南出来说几句话。

傅建成看到沈其南狼狈的样子，心下不忍："其南，你还好吗？"

沈其南却沉着脸不说话。傅建成不以为意，他介绍道："这是享誉上海的大律师胡律师，凡是他经手的官司都能有个最好的结果。"

胡律师谦虚道："过奖了，傅老板。"

胡律师在傅建成的要求下，分析情况给沈其南听："故意杀人罪最高会被判处死刑，我尽力让审判庭的人相信你当时是自卫倾向，但愿能争取到无期徒刑，运气好的话，可能是一等有期徒刑，也就是十五年以下，十年以上，不过你有过越狱行为，可能还会再加上一个四等有期徒刑——"

沈其南一个字也听不进去，他看着傅建成："我能跟你单独谈下吗？"

胡律师出门，傅建成坐下来。

沈其南第一句便问："函君回家了吗？"傅建成点点头。沈其南快速地告诉他："她什么都告诉我了。"

傅建成抱歉道："我猜到了，其南，其实我现在说再多抱歉的话也是于事无补，这些年来，我一直把你当成自己的亲生儿子，我希望能够尽全力补偿你。"

"补偿？我看更像是交易。傅老板，我想问你，你准备拿什么来换我的清白和自由？"

傅建成面露愧疚之色："只要你想要的，我都可以给你。"

"好，傅老板这么爽快，那我就不客气了，我知道永晟之前在虹口的江湾镇买了一块地，那就请你把那块地划到我的名下。"

傅建成只好同意："我知道承龙是个混账，这事委屈你了，可我……你能原谅我吗？"

"原谅你？难不成我原谅了你，你就心安理得，问心无愧了？收起你那虚伪的一套吧，跟您的亲生儿子比起来，我们这些人的命不过是草芥罢了！还有，告诉你的女儿，我不想和傅家人有任何牵连，包括她在内！"

傅建成心中痛苦不堪，他来到傅函君的卧室前，思虑好久，终于敲响了女儿的房门。

"函君，我是……我进来了。"在敲门无果的情况下，傅建成自己走了进来，看到傅函君正在看书。

"函君……"

"爸爸，什么事？说完就请出去吧，我还有事情要做。"傅函君的语调冰冷，令傅建成更加难过。

"函君，爸爸今天带胡律师去见过其南了，胡律师说可以帮其南逃脱死刑，尽量帮他做到轻判。"

傅函君感到悲哀："一个清白的人为逃脱死刑而感到庆幸，这是多么可悲的事情。爸爸，我一定会帮其南洗刷冤屈，让他干干净净走出牢房。"

"函君！"傅建成忽然跪了下来，傅函君赶紧扶住他。

"函君，就算爸爸求你们了，子不教父之过，承龙犯下这样的错误，都怪我！可他这么年轻，如果去坐牢，他这辈子就算全毁了。爸爸知道，当初你为了救我，和杜少乾订婚，牺牲了自己的终身幸福。你是个好女儿，而我不是一个好父亲。该死的是我这个老东西啊！"

傅函君泪流满面："爸爸——"

"你悔婚吧，爸爸支持你。爸爸以后还会想办法让他减刑，早点出来，爸爸会竭尽全力补偿他的，可是你要知道承龙是你的弟弟，他不能坐牢，不能坐牢啊——"

"函君，爸爸对不起你，对不起其南……"

傅函君看着眼前这个一夜之间苍老的父亲，忽然心软下来。

[35]

再次树倒猢狲散

案件编号1009，被告人沈其南，犯故意杀人罪，考虑到当时是自卫情况，故判处有期徒刑十五年，又犯脱逃罪，判处有期徒刑一年，数罪并罚，共判处……

沈其南被强制剃了平头，换上了囚服，背面的囚犯编号是179。

在看守的带领下，沈其南拖着沉重的镣铐，穿过长长的通道，缓缓走进了布满铁丝网的监舍。幽暗的光线打在两侧的牢房里，每间牢门上的窥视孔，像极了一只只阴森的眼睛刺在沈其南的身上。

沈其南被安排在了一间面积狭小的牢房里。地面都被木板通铺占据，仅留了个可供一个人慢慢走动的小道。在这样小的空间里，还挤着十几号人。他们个个虎视眈眈，准备等看守离开，就好好戏弄一下这个"新人"。

"喂，新来的，咱们来了解下啥叫规矩，这是峰哥，我们老大，你来问安吧。"

姚峰戏谑地看着他，旁边两个囚犯，正谄媚着脸，一个给他按肩，一个给他捶腿。

沈其南冷哼了一声，根本不理会这些。他径直走到了自己的铺位前，稳稳地坐下。

姚峰感到面子挂不住。他示意众人给沈其南点颜色瞧瞧。

沈其南抬起头来，眼神中的杀气顿时让围着他的众人倒吸一口凉气。

"我是因为杀人罪被抓进来的。"

姚峰有了点兴趣，他锋利的目光射向了沈其南。

"怎么，用这个威胁我，以为我没见过杀人犯？"

沈其南冷冷道："不要逼我动手，我从今天开始，再也不会忍了。"

姚峰嘲讽道："你他妈活腻了吧？给我上！"然而，沈其南以迅雷不及掩耳之势，迅速把姚峰按倒在地，他的铁拳无情地砸向地上这个男人。那种疯魔的状态，令所有人感到惊悚。

沈其南被关进了禁闭室，然而，他却挣扎着起身，眼睛在仅有的光线中熠熠生辉。

沈其西没想到自己在荣泰广告社里无意中顶替别人唱了一首歌，竟然就收到了录取通知书，要她签约。她兴奋地等待大哥到来，迫不及待想要把好消息分享给他。如今，二哥去了香港，也不记得写信给她，她唯一能做的事，就是等。

沈其东拎着很多吃的东西来到了其西的住处，这段时间经历的事情太多，他一直在试图调整好自己的状态。

沈其西开心地哼着那首《毛毛雨》，清脆的声音让人心旷神怡。见到大哥来了，她说道："大哥，好久没有二哥的消息了，他在香港安顿好了吗？能安排我和他通个电话吗？我有个好消息想要告诉他呢！"

"什么消息？为什么没告诉大哥我呢？"沈其东故作醋意。

"我应聘上荣泰广告社了，今天通知我录取了！"

"去那儿干什么？"

"嗯，就是摆摆姿势照些美美的照片啊，有时候也会有户外活动，在街上唱个歌跳个舞。"

"那不成！这像什么话？"

"哼，大哥你真无趣，要是二哥在的话，他肯定支持我，广告社只是我的第一步，我以后要当大明星。"

沈其东忽然明白过来："也是，我们西瓜头从小能歌善舞的，那就去做自己喜欢的事情吧，大哥二哥都支持你！"

沈其南在牢房里发呆，姚峰狠狠地盯着他，上次被这小子揍得不轻，平白躺在床上一个星期，这小子却只被关了禁闭。姚峰伺机要找沈其南的麻烦。看守隔着铁栏喊话，要沈其南同意见面，有个探监的小姐，已经来了很多趟了，但每次都被沈其南拒绝。

傅函君无奈，这一次她带了宋代李诫的《营造法式》和一封信，让看守捎进去。

可是沈其南并没有看信，他怕自己又动摇。

国民革命军攻进上海了！

179

沈其东接到消息露出了开心的笑容，总算是打进来了，这杜万鹰和北洋军阀的卢、孙二人都曾过从甚密，国民革命军一直号召要扫清军阀余孽，整垮杜万鹰的机会来了。

然而，吴力伟却在这个时候，要求和沈其东见面。果不其然，吴力伟也得到了这个消息，他提供了重要线索，要沈其东全力配合自己，拿到杜万鹰与军阀相互勾结的证据。

沈其东提出要吴力伟帮忙在狱中捞人，吴力伟觉得这是小事情，于是两人一拍即合。

沈其东按照吴力伟提供的地址，在镇上悄悄打听李鹏飞，突然他看见一个村民形迹可疑。他留意察看他的手，发现他一手的枪茧子，于是尾随他来到了李鹏飞的藏身之处，正瞧见受到惊吓的李鹏飞在烧信件，他翻窗进入，总算抢救出了一小部分。这果然是杜万鹰写给孙传芳的信，虽然烧去了大半，可是落款清晰可见，完全可以作为证据定下杜万鹰的罪名。沈其东松了一口气，并逼迫李鹏飞戴罪立功，举报杜万鹰。

吴力伟对沈其东的办事能力非常欣赏。

之后，拿到证据的他，很快就设计，成功地把杜万鹰送进了监狱。

可是当听说沈其东想要救的人是沈其南之后，他想起了当初被沈其南弄得很没面子的往事，不由得有些后悔，于是对沈其东敷衍了事。

沈其东和廖刚毅都被革职了，两个人上交了江海关制服，拿走了自己的私人物品。沈其东故意做出伤心的模样，哀叹自己时运不济。廖刚毅不疑有诈，反而安慰起了沈其东。

杜万鹰想即便要死也要拉个垫背的，他在看守所里大叫："我要举报！吴力伟，就是你们抓我的时候，站我旁边的那个，他也和孙传芳关系匪浅！"

警察凑过来，故意搭他的话："我知道，他是地产委员会的委员。"

杜万鹰感到有了希望："对对对，你们快把他抓起来！"

那个警察却嘲讽他："他是公共租界工部局的人，他跟谁有关系，国民政府都管不着，但是杜万鹰你就不同了，你是江海关的官员，国民政府一直想收回江海关的控制权，因此，你们正好就是我们国民政府清扫的对象。"

杜万鹰惊愕不已。他虽然感到自己落入了阴谋，可却没想到竟然被人如此张狂地撸了一遍，连根都给他拔了。

杜家一片慌乱，杜太太听说丈夫又被革职查办，突然晕倒在地，幸好杜少乾在她身边。杜太太醒来便拉着儿子的手，叫儿子赶紧去趟傅家，杜少乾却垂着头，不言语。

"少乾，这都什么时候了，你就别在傅家人跟前撑面子了。"

这时，用人领着沈其东走进来。

杜太太想抓住这根救命稻草："厉东，厉东，你要帮帮我们啊！"

沈其东点点头，他故作认真道："太太，你别太忧心了，我一定会想办法救出部长。少乾，你也是，安心工作，好好照顾家里，部长那边有我。我带了补品来，太太，你要补补身体。"

杜太太十分感动："到了这种时候，大家恨不能和军阀余孽撇清所有关系，只有你和刚毅还雪中送炭，你们真的是忠心，老爷没看错你们啊。"

杜少乾也说："厉东，有你在，我分外安心。"沈其东拍了拍少乾的肩膀，脸上浮现出一丝不易察觉的微笑。

他有意和廖刚毅两人约好去看望杜万鹰，表现出忠心耿耿的样子。徐小川很不能理解，这好不容易扳倒了杜万鹰，为什么还要表忠心？

沈其东冷笑："这人狡猾多端，现在虽然入狱了，难保他没有后招，若没有看到他彻底垮台，我还是要给自己留条后路。"

"哦，原来是这样。"

傅建成不安地等待管家房效良确定消息，这杜万鹰真的被抓了？！他忐忑不安，上次以为杜万鹰倒台，结果白欢喜一场，自己被他害得蹲了好久的牢房，还大病了一场，赔了女儿又搭上了自己。

"老爷，我刚刚已经去确认过了，不仅杜万鹰进了监狱，就连他那些心腹也被江海关革职了，这下他恐怕是在劫难逃了。"

傅建成长舒一口气："太好了，我傅某人总算可以摆脱这个吸血的蚂蟥了，也总算可以正大光明地寻找沈贵平家的孩子了。只是，不知道这么多年了，还能找到吗？"

顾月芹听后兴奋道："哎呀，杜万鹰被抓起来了啊？大好事啊！我们永晟再也不用给他们杜家供奉大笔银钱了，老爷，你索性把杜少乾也开除了，斩草除根！"

傅建成瞪着顾月芹："然后呢？"

顾月芹理所当然地说："当然是让他把经理的位置空出来，让我们的承龙升职当经理啊。"

傅建成冷笑，言语中满是对自己儿子的不屑："你搞清楚状况，打样部是什么地方，你以为谁都可以顶替少乾吗？要是现在让承龙去代替少乾，我看我们的建筑打样部可以马上关门了。"

"可那杜少乾再有本事也是杜万鹰的儿子，你把他留在厂里，迟早留成祸害。"

"那也好过现在就送个祸害过去强！"

傅家老爷和太太正吵得厉害，忽然，房效良进来通报，说是吴力伟来电。

[3 6]

小 人 得 势 惹 人 烦

吴力伟主动抛出了橄榄枝，提到要把工部局的地产大楼项目交给永晟做。他的钱袋子田石秋已经彻底瘪了，而傅建成的靠山也失势了，此时此刻，这两个人一拍即合。

吴力伟故意试探："我觉得我们应该加强合作，实现共赢。不如先从地产大楼这个项目开始？"

傅建成假装受宠若惊，实则内心冷笑，不过是想要钱罢了。可多年和杜万鹰打交道的经历让他表面上依然笑得很自然："那我就听吴委员的安排。"

吴力伟得意地大笑。他暗示傅建成，能够作为自己把柄的账簿还未找到。

沈其南每天认真地学习《营造法式》，以此来打发时光，逃避自己对傅函君的思念。他把傅函君写来的信全部塞在怀里，任何时候都不拿出来。既不看也不处理，只是放任它们在怀里。反而姚峰等人看不下去了，这沈其南是不是有病啊，把人家辛辛苦苦投递来的信，只是收着，难道有什么见不得人的内容？他暗示几个手下，突袭了沈其南，一把夺过信件，大声读出来："至爱的南，你在里面的居住环境大抵是艰苦的，日子也会变得比从前更难熬吧。你虽然很坚强，但也一定会孤独。只有书本是消磨时间最好的东西了，也能充实你的内心，我估摸着此时你已经看完《营造法式》，所以又送来一本。一个营造师光有技能是不够的，还需有理论的储备……没有爱的，愿你明天爱起来；在爱着的，愿明天仍然爱。我永远是你的沈太太。"

姚峰等人大失所望，沈其南趁机夺回了信件。

沈其南还是继续遭到众犯人的暴打，直到他再次奄奄一息时，被看守叫起来，拿起所有的行李，转移到了另一间牢房。看守无奈地摸摸自己鼓鼓的口袋，里面塞满了傅函君送来的钱，要他多多照看沈其南。

"都不知道你小子怎么了，那么好的姑娘你就是不见。"

沈其南不知道自己换牢房是因为傅函君的帮助，他没好气地道："我不见她，是为了她好。"

看守恍然大悟："哦，也对，你还得十六年才能出去。"

沈其南悄悄打开那封信，在"沈太太"三个字上反复摩挲着，眼眶渐渐红了，他哪是不愿意见她，不愿意看她写来的信，而是怕自己会心软，会奋不顾身……对不起啊，函君。

时间的脚步太快，不知不觉，几个月光景已过。

傅函君还是没能等来沈其南的见面，但让她欣慰的是，通过看守的汇报，她知道沈其南把她前前后后递进去的书都看完了。

她正在写信，忽然，办公室的门被下属敲开，原来是杜少乾做好的设计图，要求她复核签字。可是她却发现一处很明显的错误。不由得奇怪，杜少乾向来是绝不会有这样的错误的。她急匆匆地推门而入，质问杜少乾，为何连设计图上的绝对标高值都没写。

杜少乾很惭愧。

傅函君疑惑道："杜经理，这不像是你的工作作风啊，平时你一丝不苟，向来看不得这么低级的错误发生，最近你却频频出错。"

杜少乾苦笑："当初你为了沈其南魂不守舍的时候，我也这么说过你，没想到你把当初的原话奉还给我了。"

傅函君看到杜少乾的办公桌上有很多的烟头："我知道你为你爸入狱的事情苦闷，但请你不要放纵自己的不良情绪，稍微控制一下吧。"

"你是怎么做到的？沈其南被判十六年刑期的时候，你交来的图纸反而完美无缺，我本以为你那天会失态，会痛哭流涕。"

"因为我想明白了，负面情绪根本改变不了既定事实，发泄出来毫无意义，不如把自己的着眼点放在要做的事情上，让自己越来越强大，越来越有力量，直到有一天，让自己具备可以保护家人和爱人的能力，我认为只有这样，才是解决问题的最好方式。"

杜少乾难以置信傅函君会说出这番话。

"现今中国，大多数女人都在忍气吞声，逆来顺受，宁愿整日以泪洗面，怨天尤人，也不会去改变去努力去奋发向上，可你，为什么偏偏不这样？"

傅函君冷笑："为什么要随波逐流，我就是我，不是别人。"

杜少乾看痴了，傅函君脸上独立女性的光芒闪耀起来，像是浩瀚星辰中最闪亮的那颗。这样的傅函君，这样的女人，怎能不让人动心呢？然而，为什么你轻轻松松地拿走了我的心，却不肯将心还我？

"你不要这样看我。对了，你说你明天不去了？"傅函君指的是工部局地产大楼的项目。

杜少乾眼神复杂："反正你才是总设计师，你不缺席就好。"

"随你，但这不是公私分明的态度，我知道你对吴力伟有意见，但是身为经理的你，代表的是我们整个永晟建筑打样部的精气神。我们是靠实力承接了工部局的项目，而不是他吴力伟个人的恩惠。"

"可是你就没想过是你爸和吴力伟达成了某种合作协议吗？我爸爸失势了，傅叔叔还愿意把我留在这里，我很感激。"

"爸爸的事情，我管不了，也不想管，我只想做好自己的事情。"

"那你呢，你为什么不告诉傅叔叔，我同意和你解除婚约了？"

"这件事什么时候公开已经不那么重要了，我不想落井下石。"

她转身离开，留下杜少乾仔细地想着她的话。

奠基典礼如约进行，吴力伟作为地产委员会代表动了第一铲土。这时，乔立强匆匆来通报："委员，新成立的上海市临时政府工务局副局长突然说要来向咱们道贺，但是叫我们去车那边请他。"

吴力伟心中奇怪：现在租界和华界关系微妙，虽说我有华界的关系，但还是不要轻易惹事为好，先以退为进。于是，他说道："诸位，上海市临时政府工务局副局长来贺，我们一道去迎接一下。"

吴力伟为了谨慎起见，故作热络，老远就说道："局长大人，吴某有失远迎啊，有失远迎啊！"

车门推开，一个人从车内缓步踱出，竟然是杜万鹰！

众人大惊。

杜万鹰的脸上满是得意扬扬，他早就想看看大家的反应了。

傅建成心内暗骂："真是打不死的小强，太恶心！"

吴力伟更是觉得像吃了颗老鼠屎，为了发泄，他把自己办公室里的所有东西全都摔到地上。乔立强汇报："这个杜万鹰实在是狡猾，他虽然表面上和北洋军阀派系的卢永祥和孙传芳都关系密切，但背后真正的靠山其实是国民党的熊师长。"

吴力伟狠狠拍着桌子："这家伙为什么就弄不死？"

"委员，气大伤身，扳倒杜万鹰只是时间问题，别看他现在重新得势，但他身边有一颗定时炸弹啊。"

吴力伟眼前一亮："对，这个厉东不能丢了，还能派上用场。他上次说捞人来着，捞谁？"

傅建成心中暗自侥幸，还好没有把杜少乾撑出去，这女人的话就不能听，听了就坏事。他战战兢兢送上了一箱子的银圆，杜万鹰很满意。

"既然亲家这么有诚意，我也告诉你一个好消息吧，市政府正在制订大上海计划，江湾很有可能被定为新的市中心区域，进行开发建设。"

傅建成震惊："江湾？"

杜少乾见父亲摇身一变成了副局长，心情大好，又听说江湾那一片要建设起来，更兴奋："那一带地势平坦，是一片旷野，非常适合修建建筑，改造起来也比沪西、沪南和浦东要更容易一些，所以它被选中的可能性更大。"

杜万鹰点点头："据我所知，老傅啊，你在江湾翔殿路以北囤积了一块二百亩的逸林荒地，有眼光！等市政府正式公布计划，你就能大展拳脚了。"

"我把那块地给其南了。"

杜万鹰脸色大变："你花钱给一个下人请律师已经是不可思议，你还把那么一大块宝地送给了他？"

傅建成叹息："在我眼里，其南从来都不是下人，我一直把他当亲儿子一样对待。"

杜万鹰恼恨："你把他当成什么那是你的事，但是江湾那块地，必须给我拿回来。"

"不行，这块地是我对其南的承诺，我说了给他，就绝不反悔。"

"岂有此理！"杜万鹰气得差点要翻白眼。

杜少乾也看好那块地，觉得给了沈其南很可惜。他主动提出来，要去向沈其南要回那块土地，但遭到了傅建成的反对。

"没这个必要，等其南出狱了，我还是会让他回永晟，逸林那块地自然也就跟着回来了，你又何必这么着急呢？"

杜少乾惊愕，他感到不可思议："沈其南被判了十六年啊，等他出狱都四十多岁了，就算他回来了，和社会脱节了那么久，他还能为永晟做什么呢？你帮他请律师已经仁至义尽了，到那时还有必要重新接纳他吗？"在杜少乾的心中，他仍然坚定认为沈其南是傅家的下人，下人就是下人，怎么会有人总把他的身份忘记呢？

傅建成提醒他："我从来就没有想过放弃他，其南是我最信任的孩子，这一点永远都不会改变。"

杜少乾看着傅建成拂袖而去，满是失落和不甘："为什么你们一个个都那么喜欢沈其南呢？沈其南！"

沈其西不断催促大哥告诉她二哥在香港的联系方式，甚至已经到了恼怒的地步，她不知道二哥到底怎么了，为什么到了香港那么久，却一点音信都没有，她决定要去香港找他。被逼无奈，沈其东告诉了沈其西，沈其南在逃走的那天就被抓回去了，现在关押在上海地方监狱。

[3 7]

因 爱 生 恨 起 杀 心

杜少乾看到沈其南丝毫没有因为在监狱中而自暴自弃，和自己想象中的完全不一样。杜少乾尝试引他发怒："怎么样，在里面还习惯吗？"

沈其南冷笑："杜公子，废话少说，开门见山吧。"

"我知道傅叔叔把逸林那块地给你了，我要把它买回来，你开个价吧。"

沈其南惊讶，原来是为了那块地，看来杜少乾沉不住气了："哦，好啊，你以市场价的十倍来买下它，我就卖给你。"

"沈其南，你别敬酒不吃吃罚酒！"

"出不起啊，出不起就别那么大口气，实话告诉你，这块地是以我和傅函君分手作为条件换来的。"

杜少乾没想到沈其南真那么狠心："你对得起她吗？"

沈其南掩饰着自己内心的痛苦，说道："杜公子，你是自由之身，是大户人家的公子，感情这东西是给你们这些人玩的，你觉得一个囚犯会在乎这些儿女情长吗？经历了这么多事，我明白了一个道理，在上海滩这个名利场，讲感情只会伤害你，拖累你，有钱才能支配一切。"

杜少乾顺势说道："价格方面，我不会让你吃亏。"

沈其南吊儿郎当道："打住，杜公子，你说现在这世道，鹰洋、站洋、龙洋、袁大头、孙大头、杂洋、中交票、天津票、河南票、汉口票这么多种类，都在市面上流通，每天的兑换比例也都在变，我又要在牢里那么久，万一哪天我拿出的现钱贬值了呢？可换了块地在手上，就不一样了，这地皮的价格，只涨不跌，你说是不是呢，杜公子？"

杜少乾大骇，没料到昔日的小工沈其南，如今竟然这般现实。

"你倒是算得很精啊，像你这样唯利是图的人，根本不配拥有函君，也不知道她怎么就鬼迷心窍看上你了。"

沈其南直视着杜少乾，一副看好戏的神情："我还没说完，我猜，新政府正在打算怎么开发逸林地块，你那位新官上任的父亲听到风声，立马找到傅建成，打起了狠捞一笔的如意算盘。可惜啊，老傅把地送给我了。所以，你自己今天巴巴来找我了。对不对？"

"你怎知我爸上任的事？"

"你猜啊！"沈其南慵懒地靠回到座位上，"你可以回去了，告诉杜万鹰，不管你们出什么价格，我都不会卖。"

"你以为你不卖，我们就没办法了吗？"

沈其南丝毫不畏惧："杜公子，帮我向傅公子问个好，托他的福，我正在这里体验人生，感悟生活，有朝一日，我会好好报答他的。"

杜少乾在沈其南这里受了一肚子的闷气，钱包被小偷盯上也没有发觉，他的脑子一片混乱。和沈其南的对话一直在脑海中回荡着，如果沈其南真的不卖地，那永晟也是毫无办法的。他说得没有错，这年头有地在手里才是王者。如今自己不但碰了一鼻子灰，更关键的是傅函君竟然一片真心错付，这沈其南这般刁钻毒辣，不知道傅函君知道真相后会怎么办呢？那傅承龙也……对了，如果利用傅承龙之手，除掉狱中的沈其南……

就在入神之际，一个姑娘忽然拦住他："先生，小偷，小偷！"

杜少乾以为又是哪个主动搭讪的花痴，正不耐烦要推开，那个姑娘着急地叫道："你的钱包被偷了啊！"

杜少乾心里一惊，赶紧摸摸口袋，果然没了钱包。

顺着姑娘指的方向，杜少乾追了半天也没有追到，遂放弃。一回头，发现姑娘竟然也跟了过来，在后面气喘吁吁。

"你家离这儿远吗？啊，是你？"姑娘担心道，她抬起脸来，忽然发现竟然是杜少乾。

杜少乾正心烦意乱："什么你不你的，我不认识你，你该不会是和小偷一伙的吧？"

"喂！我好心想给你一个铜圆，让你坐电车回去。没想到你竟然不识好人心。真没礼貌！"

杜少乾看着这个女子拿出一个铜圆振振有词，忽然觉得有点意思，他陡然记起原先见过她。

"是你！"杜少乾想了起来。

沈其西打断他："什么都别说了，算我多管闲事，再见，对，再也不见！"

杜少乾对这个几次三番偶遇的姑娘有了印象，只是，现在已经没有时间去惦记萍水相逢的姑娘了，得赶紧找到傅承龙要紧。

沈其西还在为在监狱外面偶遇不讲理的男人而郁闷，等她见到了二哥沈其南时，眼泪终于控制不住地掉了下来。

"二哥，对不起，我傻乎乎地以为你这段时间去了香港，没想到你受罪了。"

沈其南安慰着沈其西，要沈其西一定要开开心心的。直到沈其西笑起来，沈其南才渐渐感到欣慰。

杜少乾回到了永晟建筑打样部，看到傅函君房间的灯还亮着，她还在伏案工作。想到沈其南在狱中奚落自己的情形，不由得气得推门走进，一把夺下了傅函君手中的笔。

"别傻了,你这么努力工作,无非是想变得强大起来,保护自己的爱人,可你知不知道,你那个所谓的爱人,已经背叛你了,沈其南答应傅叔叔永远离开你,交换的条件就是得到逸林那块地。"

"那又怎样?"

杜少乾不明白,傅函君竟然已经知道了,为什么还要爱着沈其南呢?傅函君坚定地认为沈其南这样说,这样做,就是为了故意让她离开他,说到底,还是为了她好。杜少乾感觉傅函君疯了,真是个傻子,无可救药的傻子。傅函君却根本不在乎杜少乾的看法,她提出要公开解除婚约。这一次,杜少乾感到再不抓紧实施除掉沈其南的计划,那么一切就都晚了。

傅承龙被杜少乾的提议吓得一哆嗦,杜少乾竟然要他杀人!可是,如果不杀掉那个沈其南,那么自己以后在永晟的位置难保,甚至更有可能,傅函君有一天会和沈其南联手拿下永晟,那么自己将永远失去继承人的资格。

"傅承龙,你只有让沈其南永远走不出监狱,他才无法向你报复,夺走属于你的一切。"

心事重重的傅承龙推开杜少乾,独自开车,想去郊外散心。他还真没有下定很大的决心去杀人,搞不好父亲到时候真会来一个大义灭亲。

然而,曹俊却好死不死,突然拦下他的车,要求傅承龙必须给钱,偿还自己欠赌场的两千银圆。否则,他就会被砍掉手脚。

傅承龙嘲笑他:"砍你的手脚,你拦我的车干什么?"

然而曹俊依然苦苦哀求,表示自己愿意做任何事情,只求傅少爷能帮他渡过这次的难关。傅承龙想起杜少乾的话,不由得说道:"我给你一箱子的钱,你替我干件事。"

曹俊感到人生充满了希望,他猛地点头,生怕傅承龙反悔。

傅承龙果然给了他一箱子的银圆,并告诉他,这只是定金,事情办完,还有大头。这简直是曹俊的梦想！

"少爷，是什么事情？"

"去监狱走一趟，做掉沈其南，你的老相识。"

杜少乾得知已有人领命去做掉沈其南，眼神阴狠起来。昔日的纯真公子哥，已经再也找寻不见。

曹俊顺利地来到了沈其南的身边，沈其南却对曹俊视而不见，他对曹俊的突然出现和突然的热情很防备。

可是，在沈其南面前挨了姚峰等人的胖揍之后的曹俊依旧兴致勃勃的，表示要和沈其南密谈关于傅函君的事情。沈其南不知道曹俊的用意，同意了曹俊的相约。

曹俊转而在看守的帮助下，拿到一把小刀，并得到消息，姚峰已被收买，同意帮他做掉沈其南，且越快越好。

沈其东这边也在积极想办法营救沈其南。吴力伟果然很快就找到了他，和他秘密商量如何救出沈其南。虽然沈其东明白吴力伟是因为杜万鹰重新复出的缘故才想到了利用自己，但是他并不说破，而是充分地讨好吴力伟，让吴力伟心花怒放。

曹俊约沈其南晚上在生产工厂见，其实，背地里已经安排好了姚峰的人，准备一举拿下沈其南，自己再补上一刀……不料沈其南命不该绝，他虽然被曹俊成功骗了出来，可是姚峰却忽然从探监的妹妹姚彩苹嘴里得知，当初救她的，竟然就是沈其南。

"哥哥，我也是近来看报纸，才知道大恩人杀了人，被抓进这里了。"

"他的名字叫什么？"

"沈其南。"

"糟了！"姚峰的脑子顿时一嗡，火速赶往生产工厂。就在曹俊的刀抵到沈其南心窝前时，被姚峰一脚踢飞。

大家一头雾水。姚峰恭恭敬敬地给沈其南鞠了一躬，真诚道歉。

"恩公，是我糊涂，一时失察，你们几个给我听好了，从今往后，沈其南就是我的生死兄弟，你们谁要是跟他过不去，我就让他活不下去。"

沈其南错愕，不明白这到底是怎么回事。

姚峰拍了拍沈其南的肩膀："还记得姚彩苹吗？那是我亲妹妹！"

沈其南这才恍然大悟。

没三两下，曹俊就哆哆嗦嗦供出了是傅承龙买通了自己。沈其南想不通，为什么和自己从小相识的伙伴，如今竟变得如此深不可测："曹俊，没想到，你为了钱可以丧心病狂，朋友是你可以拿来随便出卖的吗？你一次又一次地害我，我怎么留你？"

[38]

听过磨刀石队吗

杜少乾听说曹俊刺杀沈其南的事情失败了，对傅承龙找杀手的本事很怀疑。傅承龙也很窘迫："曹俊那个废物，成事不足败事有余，他已经惊动了沈其南，想在监狱里把他解决掉，估计是行不通了，我们该怎么办？"

杜少乾神色复杂，其实他已经知道父亲杜万鹰做好了安排。

"你听过磨刀石队吗？"

傅承龙一头雾水，表示不知道。他一个纨绔子弟，哪里知道这些。杜少乾卖弄玄虚："你知道蒋公为什么能进驻上海吗？因为他有两把刀，一把是军队，一把是特务。"

"特务？"

"有点像明朝的锦衣卫，专门监视人的一举一动，遇到思想行为跟他不对路的,就会秘密抓捕甚至偷偷处决。"

傅承龙一激灵,感到自己全身的毛孔都缩紧了。杜少乾也不知道哪儿来的胆子,平日里最忌讳这些的他,看出傅承龙的恐惧,又故意添油加醋:"据说蒋公刚进入上海的时候,就通过特务处决了几百名工人和知识分子,还有上千人至今都没有下落呢。"

"好吓人啊!可是和磨刀石队有什么关系?"

"好刀得经常磨啊,磨刀石队,那就给特务磨刀的,挑选进去的都是犯了重罪的人,听说只要是被送进去的人,皆九死一生,就算不死,也会被折磨得人不像人,鬼不像鬼。"

傅承龙总算缓过劲来,只要沈其南进了这个磨刀石队,那就是可以提前庆祝了!

他面露喜色:"沈其南要是没了,我姐注定就是你的了!杜公子。"

两人碰杯,仰头喝下了杯中酒。

曹俊本以为自己要看着沈其南和姚峰的脸色在监狱里待上好多年。那姚峰现在整天一口一个"南哥",他底下的小弟们更不用说了,动不动就胖揍曹俊一顿。曹俊的身心备受煎熬。

"179、193,跟我出来。"

曹俊还以为傅承龙遵守诺言来捞他,可兴奋了,总算能够逃离苦海了。沈其南却一言不发,把傅函君送的那几本书都收进包袱里,走到看守处接受物品检查。曹俊忽然感觉不对劲,这沈其南不是被判十几年吗?怎么也跟自己出去?

看守看这曹俊磨磨蹭蹭的,催促道:"赶紧的,发什么呆啊?"

曹俊发现地上还有一本手绘本,顺手就塞进了包袱里。沈其南到处找没找到,只好失望地走出来。

两个人被很迅速地塞进了一辆货车,车上坐满了各色人等,大家都缄默不语，心事重重。曹俊翻弄自己的包袱，拿出手绘本翻了翻，美滋滋地说："这小人画画得不错嘛。"

沈其南一把夺了过去："该死！"

曹俊也反应过来："该不会是傅家大小姐送的吧？"

沈其南瞪了曹俊一眼，曹俊缩了缩脖子，赶紧闭了嘴。沈其南拿着失而复得的手绘本，神情喜悦，一遍遍摩挲着，想到傅函君的身影，不由得面色渐渐死灰。

很快，货车就停了下来，几名手持棍子、身着统一制服的教官凶狠地催促车上的人下车。这是一片操练场，四面八方都站着教官，那些在操练场上列队操练的人，稍有不慎，就被教官们棍子伺候，叫苦声此起彼伏。

一个队长模样的人抡起棍子，冷峻地看着眼前的众人："都给我听好了，不管你以前是什么身份什么背景，只要进了我们磨刀石队，就是无可救药的渣滓，在这里你们不是人，是工具！是靶子！如果撑不过三个月，你们就是死路一条。运气好，能够撑过三个月，你们就能调去劳动服务队继续改造！我再奉劝各位一句，不听话，就是死，最后尸体会被当成垃圾一样丢出去。"

所有人都战战兢兢，曹俊吓得牙齿打战，沈其南冷哼："曹俊，你也听到了吧，我真为你感到悲哀，从头到尾你只是傅承龙借刀杀人的工具罢了，你知道他那么多腌臜事，他还会让你活着吗？"

曹俊这才如梦初醒："混蛋！傅承龙！"

沈其南发现四周戒备森严，到处都是铁丝网，什么人能随随便便把人送过来？一定是有政府背景的……最可能的，只能是那个杜万鹰。好，你想让我死？我偏要活下去！就在沈其南发呆之际，教官猛地攻击沈其南，沈其南拼死反抗，怀里的手绘本不慎掉落。沈其南不顾一切要把手

195

绘本拿回来，教官穷追不舍，一脚踢向沈其南，并用乱棍殴打他。即使沈其南头破血流，他依然死死护着怀里的手绘本。那是触摸到傅函君温暖的最后希望。

仇恨使沈其南面容狰狞，目眦尽裂："你们这帮畜生！"

一天，沈其南和所有囚犯又被分列成两排站着。队长拿着棍子，厉声训导："从今天开始，你们所有社会人的身份都不会被承认，你们在这儿只有一个身份，就是罪人！改造训练的第一步，就是要承认自己的罪名，反省自己的罪行，你，出列。"

一名瘦弱的男青年走出来："报告长官，我没有罪，我只是如实报道了国民党在北伐胜利之后过河拆桥的清党行为。"

沈其南觉得这个声音很熟悉，他偷偷打量那个回答问题的人，发现竟然是钟鑫，那个《阳明报》的记者。

队长嘲讽他："党内的决定，岂是你这种渣滓可以胡乱指责评论的？"

耿直的钟鑫继续和队长杠下去："国民党要不是做贼心虚，就应该光明正大地和我对质，而不是派人偷偷把我抓到这里。"

队长听完，二话不说就一棍挥了过去，钟鑫的头上立即血流如注。沈其南忍不住上前阻止，其他教官见状立刻要把沈其南拉开。

"你小子，我有让你出列吗？你怎么那么爱管闲事？你说说看，你犯了什么罪？"

沈其南沉默对抗，他根本不想回答这种问题。

队长揪着沈其南的囚服，愤怒道："说！"

"我没有杀人，我也没有罪，我只是爱上了不该爱的女人。"

队长怒不可遏，他认为沈其南在戏耍他，在他这里，即使无罪，也得说自己有罪，人人都有罪！无情的乱棍再一次打到沈其南的身上，沈其南咬牙忍着。钟鑫为他感到心痛，他也认出了沈其南，他打算找机会和沈其南聊一聊。

钟鑫把受了重伤的沈其南扶到了床边，喂他喝水。

"你没事吧？"

沈其南摇摇头："没事，这点伤不算什么。钟记者，没想到咱们会在这里见面，你刚刚说国民党在暗中屠杀共产党，是真的吗？"

钟鑫愤怒地点点头："我终于明白，无论是军阀统治还是国民党统治，他们都是一样黑暗的。这些被送进磨刀石队的人，其实很多只是得罪了党内某些权贵，表达出了对清党行为的不满，最后他们都被恶意冠上莫须有的罪名，在这里等待死亡。"

"难道就没有一个政党，可以全心全意为老百姓着想吗？"

钟鑫坚定地说："一定有，国民党只是一个为资产阶级服务的政党，如果到了为无产阶级服务的政党当权的那天，就能杜绝现在的黑暗。"

沈其南被钟鑫的话感染，他第一次希望这样的将来快点到来。

钟鑫转移话题，询问沈其南为什么被抓进来，沈其南轻描淡写地说是被冤枉的。他是一定会活着离开这里的，会去复仇，迟早有一天，把失去的一切统统拿回来。

无论是暴雨天还是烈日当空，所有人都在操练着。时不时就有人坚持不住，一头栽倒在地，就再没醒过来。其间，队长试图给每一个人洗脑。

"为了洗净全身罪恶，我会忍受一切锤炼。"这句话被强加给每一个人。如果念错或者忘词了，就会被毒打。然而，比毒打更可怕的是当活靶子，要去和特务们对抗，而那些特务往往身手敏捷，手持刀刃与手无寸铁的囚犯们格斗。很快，当着沈其南等人的面，一个囚犯就因为被刺伤了双眼，痛得惨叫。曹俊当即吓得双腿发抖。

轮到沈其南、钟鑫和曹俊了。三个特务上来对他们发动了攻击，很快，钟鑫和曹俊就被击倒在地，沈其南却想起了大哥教他的那几招，依葫芦画瓢夺下了三个特务的刀……可他还没来得及动手，就被人用枪顶住了脑袋。

"179，你很能打啊！你们要记住，你们只是一块磨刀石，要是有谁敢伤了教官，当场击毙！"

沈其南心跳很快，紧张万分。

教官想起近些日子以来，沈其南的倔强，眼神放出的求生欲望，忽然动了恻隐之心："你听明白没有？"

沈其南咬牙回答："明白。"

队长这才让沈其南归队，钟鑫长松一口气，沈其南也是心有戚戚。他暗暗发誓：总有一天，我要把加在自己身上的痛苦，十倍百倍地还给你们！

沈其东不肯相信吴力伟调查的结果，他不相信弟弟竟然会被拉进了磨刀石队。他忽然神色悲恸，请求吴力伟救救沈其南。吴力伟却不肯为了一个棋子浪费自己苦心经营的关系，并认为沈其东太过于感情用事，在上海这个地方，谁讲感情谁就输了。

沈其东换上劲装，准备单枪匹马去磨刀石队救人，幸好接到了杜万鹰的电话。杜万鹰对沈其东极其信任，他拿出大笔钱财，要沈其东去贿赂磨刀石队的教官，秘密处死沈其南。这样才能够拿到逸林那块地。

"杜局长，您请放心，属下一定会做得神不知鬼不觉。"沈其东多年练就的处变不惊的冷静，使他内心即使再起伏，也还是顺利瞒过了老奸巨滑的杜万鹰。

曹俊正积极接受记者的采访："感谢南京国民政府，能给我这次重生的机会，我曹俊，会永远怀着对政府、对磨刀石队的感恩之心活下去的，谢谢大家！"

台下众人鼓掌，沈其南知道今天不操练，只是为了接受这些特意赶来的记者的采访。而在此之前，教官们就三令五申，必须"会说话"。

记者们随机找寻采访对象，最后发现了钟鑫，记者问他："你好，我是

《申报》记者，能谈谈你对磨刀石队的看法吗？"

钟鑫和沈其南对望了一眼，沈其南摇摇头，示意他不要说，免受皮肉之苦，然而钟鑫绝望地看了一眼教官手中的棍子，顿了顿："磨刀石队，根本不是什么感化教育的地方，而是一个充满暴力的屠宰场，这里大部分人也并不是什么重刑犯，而只是一些与当今政府政见不同和敢说真话的人。"

记者发现了亮点，他紧紧追问："你还能说得再详细一点吗？"

钟鑫豁出去了，他说道："就在昨天晚上，还有三个人因为吃饭慢被活活打死。我们这些无辜的人，不仅要忍受非人的对待，还要被那些特务当成练习刺杀的活靶子。"

队长赶紧派人捂住了钟鑫的嘴巴。

然而钟鑫依旧高喊着："磨刀石队就是人间炼狱！"

记者还想再记录些什么，队长拿着棍子挥舞着："今天的采访到此结束，当然，如果记者朋友还不想回去的话，我们可以继续招待你们。"

记者们赶紧闭嘴，眼睁睁看到上去帮着钟鑫逃跑的沈其南，二人被乱棍殴打，直至奄奄一息。

钟鑫从昏迷中醒来："其南，我真的好累，我熬不下去了，也许死对我来说是种解脱。你何必呢，明知道我是求死，你还来救我，连累你一起挨打。"

"我们不能死，这么死掉太窝囊，也太不值了，就算为了以后能把这里的所见所闻都写下来，公之于众，你也要想办法活下来。"

钟鑫的希望之灯被点亮，他艰难地点点头。

[3 9]

逃 出 生 天 换 新 颜

沈其南看到大哥沈其东在探监室里等他，多少天来的痛苦煎熬，在这一刻都换成了喜悦之情。

"大哥！"

沈其东示意沈其南吃烧鸡，沈其南抓起前面的烧鸡吃得狼吞虎咽。

"好久没吃到这么热乎的肉了，真香！"

"不着急，慢慢吃。"沈其东心疼地看着眼前又黑又瘦、伤痕累累的弟弟，对自己这么晚才来，感到愧疚万分。

沈其南询问大哥怎么知道自己在这里，沈其东告诉他是杜万鹰派自己过来的，是为了他手里那块逸林的土地。沈其东让沈其南放弃那块地，不然的话，杜万鹰会整死他。沈其南却把心中的计划告诉大哥，那块地才是他们翻身的唯一机会，是报仇的唯一筹码。

"大哥，你听我说，你立刻拿着逸林地契转到第三方名下，或者是借用别人的名字。"

沈其东摇头："没用的，杜万鹰想要的是你死。"

"那就让他们认为我死了。"

"什么意思？"

沈其南把想法告诉沈其东："把沈其南的名字加进死亡名单里，这样杜万鹰就不会来找我了。"

兄弟二人密谋，沈其东大赞是个好计划。

水生的体力早已透支，因屡次落后被教官毒打，他若推开教官，只会招致更狠毒的虐打。沈其南几次要上前帮忙，都被钟鑫狠狠拉住。队长的厚重军靴踩住了水生的手掌："怎么着，想造反？"

水生不服，脾气倔的样子和沈其南几乎一样："大家都是人生父母养的，有老婆有孩子，可你们却做这么多伤天害理的事，就不怕遭报应吗？"

"可笑，你敢诅咒我？看来改造的力度不够大啊。跑完步以后，所有人都不准休息，继续站军姿三个小时，只要有一人出错，统统不准吃饭！"

众人应声。

然而，烈日骄阳之下，沈其南等人昏昏欲睡眼看水生摇摇欲坠，曹俊吓得叫住本就伤重的水生。

"你要死别连累我们啊！"

可此时，水生的嘴唇苍白，他的意识已经开始不清楚，但是仍然对大家深表歉意："对不……起……"

啪的一声，水生昏倒在地，队长立刻走过来，抡起棍子又是一顿毒打，沈其南上前阻拦，被人拉去了暗室。

两个人被吊了起来，水生气若游丝："谢谢你啊，我一天也撑不下去了。"

沈其南勉励他："你不是有老婆孩子吗？为了他们，你要忍一忍。"

"不了，我老婆已经死了，她在课堂上和学生们谈论了清党行为，提出了不同的看法，就被特务当街枪杀了，我也被抓起来送到了这里……可怜我的孩子……唉……不知道他在外面一个人怎么样了。"

"那你更应该活下去，让那些害死你夫人的人付出代价，还有你的孩子，你不出去，谁来照顾他？"

"是啊，我儿子还在等我，你呢，你也是因为太太在等你回家吗？"

沈其南猛然想到傅函君叫他"沈先生"，他叫她"沈太太"，傅函君从身后抱住他，说要做他一辈子的沈太太……

暗室漆黑一片，唯有天窗处透出的几缕光，轻轻落在了沈其南忧伤的眼眸中。

傅函君已经找过无数遍监狱了，直到最后一次重金贿赂了看守，才知道沈其南被送到了磨刀石队，那个恐怖的人间炼狱。她焦虑的心，在烈日的灼烧下，更急迫了。

死寂的监舍像是一个巨大的坟场，人们即使活着，也只是暂时能呼吸的行尸走肉。水生忽然呈现出回光返照般的力气。

他轻轻唱起来："起来，饥寒交迫的奴隶，起来，全世界受苦的人……"

所有人都支起了耳朵，仔细分辨着歌声。

"满腔的热血已经沸腾，要为真理而斗争——"

"旧世界打个落花流水，奴隶们起来，起来，不要说我们一无所有，我们要做天下的主人！"

终于，所有囚犯面容悲戚，有人潸然泪下，有人用枕头捂着脸，小声哭泣。水生的歌声停止了，却仿佛仍然飘荡在监舍的每个角落。

水生死了。临死前，他把碗里最后一根肉丝放到了沈其南的碗里。他望着高墙外的蓝天白云，绝望地笑了笑。

"儿子，爸爸好想你啊，但是爸爸要去陪妈妈了……"

沈其南问他："那天晚上你唱的歌，写得很好，叫什么？"

"《国际歌》，我教你唱吧。"

沈其南哭着笑："好啊！"

看完蓝天白云的水生那天晚上就死了，死在了监舍前的铁丝网下，是教官开枪打死的。死后的他面容安详，也许临死前他看到了皎洁的月亮，看到了美丽温柔的妻子，看到了可爱的孩子。原本，他们一家三口，是多么其乐融融……他用最后一丝力气去触碰月光，也许是想到再也不用疼痛，释然一笑，手慢慢地、慢慢地垂落。

水生的遗体被放在了操练场上，所有囚犯列队站在尸体前，队长本意是想杀鸡儆猴，警告他们。

"167号死了，这就是越狱的下场。现在，没有我的命令，谁也不准动一下！"

众人心中悲恸，然而还是老老实实应了"是"。

站了一夜的人们都困得打瞌睡，唯有沈其南还残存着半分清醒。

眼看曹俊就要栽倒，沈其南下意识地拉住了他，曹俊陡然惊醒，发现是沈其南，他内心五味杂陈。接着，钟鑫拉住了曹俊另一只手，其他人见状，深受鼓舞，统统拉起身边人的手，给对方力量。

沈其南望着水生的遗体，开口唱起了《国际歌》，一开始，大家还都在听沈其南一个人唱，接着有人低低附和，大家的眼里闪出了泪花，曹俊忽然加重了音调，于是众人的歌声也开始沸腾起来，沈其南泪流满面。

队长领着沈其南回到了暗室，冷漠地让沈其南和李水生换衣服。

"179，现在开始你就是167号了。"

沈其南明白是大哥在背后努力运作，实施自己和他商定的计划，但他没想到会是李水生，于是他恭敬地给李水生磕了三个头，才开始动手脱下李水生的衣服。

他发誓：水生，从今以后，我要替你活下去，你放心，我一定会好好地活下去，帮你找到儿子，照顾好他，完成你的遗愿。

队长叫道："167！"

沈其南立刻大声回应："到。"

"很好，179将会依照死亡处理，而你很快就会被送去漕泾河监狱劳动服务队。"

"是。"

沈其南穿着167号囚服走到了探监室，大哥早已等候多时。兄弟二人感慨万千，动情拥抱。沈其东告诉沈其南，杜万鹰为了霸占那块地，已经伪造了一份遗嘱，然而自己早已在此之前把地转到了别人名下。现在，傅家和杜家所有人都以为沈其南死了。

"谢谢大哥!"

"谢什么呀,都是大哥没用,没办法让他们立刻放了你,只能眼睁睁看你被送去漕泾河监狱接受劳动改造,那里并不比这里好多少。"

沈其南安慰大哥:"你就放心吧,连磨刀石队我都扛过来了,劳动服务队又算什么?我会好好保护自己的,我还要留着命找杜万鹰和傅建成算账呢。"

沈其东感到对不起弟弟:"过去这段日子,我一直想着报仇,杜万鹰是魔鬼,我就把自己也变成魔鬼,为达到目的,不择手段。如果不是跟你们重逢,我的心早就麻木了。其南,大哥真不想看到你步了我的后尘。"

"大哥,佛祖为了拯救世人都可以堕入地狱,我们为了保护家人,为了讨回公道,在那群恶人面前,只能选择露出獠牙。但我知道,我们的底线和良知不会改变。"

兄弟二人的手再次紧紧握住。

傅函君拒绝这份死亡通知书,然而上面清晰地告知,沈其南死了,她的沈先生,死了。

泪水大滴大滴往下掉,多日来多方奔走想要救援沈其南的傅函君,差点晕倒。残余的理智,使她终于还是来到了磨刀石队。

傅建成和傅函君紧张地等待着监狱长进来。门开了,监狱长进来了,随后德贵也出现了,抱着沈其南的骨灰盒,神情悲怆。

傅函君呆住,她还是不肯相信这是真的。

队长走过来,平静地解释:"因为联系不到他的直系亲属,所以我们按规定先火化了。"

傅函君摇头:"不是,绝对不是,其南不会死的。"

德贵却再也忍不住,抱着骨灰盒大哭起来:"小姐,小姐。"

这时,监狱长示意身边人拿出一个包袱:"这是他的生前遗物。"

傅函君颤抖着手打开了包袱，翻到了那个手绘本，终于……接受了沈其南已死的事实。她不发一言，任由眼泪往下掉，只是轻轻地接过德贵手里的骨灰盒，喃喃道："其南，我们回家了。"

沈其南从容应答长官的提问，表示自己还有一个儿子——李子安。

长官点点头，拿着资料递给沈其南。

"你在这里按个手印吧，出去等车来接。"

他不知道，自己和傅函君擦肩而过。傅函君回去后，便陷入了痴呆状态，任凭医生如何诊治，都只能确定是因为受到了强烈刺激，导致沟通障碍。

傅函君不但不能说话，听觉也出了问题，反应能力也迟钝于常人。

医生告诉傅家人，也许这一辈子，傅函君都是这个样子了。

[40]

好心不识驴肝肺

尘土漫天，囚犯们挖沙、背沙、拉纤，每个人的神色都很痛苦，如果不是还在艰难移动，他们也许已经和周边的场景混为一体了。在他们的面前，是一条即将成形的公路雏形，几名警察正在推搡新来的犯人。沈其南观察到近来被运来的犯人在增多，他偷听到警察们在谈论如何加快进度修好公路。原来，工务局的局座要来监狱参观，而眼下这条公路要确保在局座来之前铺好。

一个星期，务必修好公路。

这简直是根本不可能完成的任务。负责看工的几个警察急得团团转，一名外号"老鬼"的老头，却耍着滑头，他仗着自己有三十年管理工程的经验，故意糊弄警察，告诉他们，没有解决办法。

沈其南却打算接下这个任务。可他还缺少经验，老鬼不明白沈其南为什么要帮这些该死的警察。

他端着一碗豆腐，吃得很香。瞧见沈其南挨着自己坐下，冷声问道："你要干什么？"

"你以前在工地上干过？"沈其南仔细问询。

"那当然，我可不是跟你吹，我在工地上干了三十多年，什么项目没做过？前几天他们搅的那个混凝土，我一看就知道沙子里面泥巴太多，搅出来的混凝土强度肯定不够。怎么，你想接那个活？我告诉你，你去申请吧，也许能捞点什么好处呢！"老鬼故意说反话刺激沈其南。

可是沈其南却很认真："以前带我的老师傅知道紧急情况下如何能让水泥加速凝固，只可惜我还没学到这一招，如果你真的经验丰富的话，我想你一定有办法在水泥的凝固时间上再抢出两天来。"

老鬼发现这个年轻人还挺能干："什么都知道啊，小子。没错，我是知道如何能让水泥加速凝固，只是我为什么要说给你听？累死累活把这条路修好又能怎么样？我们现在是在劳动改造啊，后面还有更多的工作，永远改造不完。还有，我还有一个月就可以出狱了，我才不会说出方法让这群人去领功呢！"

"你不想让警察领功也该看看这些犯人，他们没日没夜地在工地上，都做成什么样子了？"

"关我什么事，又不是我逼着他们干活的。"老鬼回过头，发现沈其南的目光很冷，他无端生出几分惧怕，"这样吧，看在你人还不错的分上，我给你一个提示。"他敲了敲碗，看了一眼碗里的豆腐，"能让水泥凝固的东西这附近到处都是，要是你能想到，我就愿意站出来调配加入的比例，不过我敢打赌你绝对想不到！"

沈其南转头四顾，喃喃自语："我绝对想不到？这附近还到处都是……"

老鬼端着碗，得意地走了。

沈其南正在暗自思索，不远处开来一辆货车，又带来了一大群人，面黄肌瘦的曹俊一瘸一拐地从车上跳了下来。他和沈其南的目光对视之后，立刻尴尬地扭开了头。

曹俊被警察撵到了沈其南的身边，沈其南见他干活累得不行，脚一动就疼得吸气，撑着铲子大口大口喘气。

沈其南悄声说道："你的腿受伤很严重，最好告诉狱警。"

曹俊冷笑，继续干活。沈其南继续催他："让他们帮你找个医生看看，你这样下去撑不了多久。"

"沈其南，你是在讽刺我吗？"

沈其南作罢。好心当成驴肝肺，虽然和曹俊之间有嫌隙，可是他也真是出于好心提醒他。既然曹俊感到难堪，那就随他吧。

可是想归想，沈其南见到曹俊拖着受伤的腿扛着水泥实在是干不动，忍不住又拉住他。

"你去休息一下吧。"

曹俊推开沈其南的手继续扛起水泥，却踉跄几下要倒地，沈其南连忙扶住他："先坐下。"

警察发现了他们两人，正欲走过来，曹俊咬牙推开沈其南，继续拖着一条腿干活。

老鬼扛着水泥走到沈其南身边，沈其南低声质问他："你看看，大家都快不行了，再这么下去迟早有人撑不下去，你真的忍心袖手旁观？"

老鬼冷笑："什么叫袖手旁观，你没看到我也在干活？"

警察早就看不惯沈其南，狠命一脚踢到了沈其南的背上："看什么看，干活！"

沈其南在中午吃饭的时候，硬要察看曹俊的伤腿，只见曹俊腿上长着好几个已经溃烂的大脓疮，令人恶心欲呕，旁边的犯人们都看不下去了。

"你这腿得赶紧治！"

曹俊端起碗冷笑："你觉得他们会治我的腿？"他端起饭碗扒了几口，发现又是青菜豆腐，"顿顿都是青菜豆腐，看来早晚都得死在这里。"

另一个犯人忍不住搭腔，他原先就住在这儿附近："邻村家家都是做豆腐的，我们当然顿顿都是吃豆腐。"

沈其南忽然想到了老鬼的话，灵光一闪，想到曾经做看工先生时，拉着一个泥工师傅问过水泥为什么那么久还没干，师傅告诉他，要想水泥那么快干，就去找卖豆腐的。

他确定自己发现了什么："哎，豆腐是怎么做的？"

那个犯人正好会做豆腐："做豆腐有什么难的，黄豆泡涨磨成浆，豆渣给滤掉，豆浆熬开，点了浆不就成豆腐了吗？"

沈其南好奇道："什么是点浆？"

"就是把石膏放进去，豆浆变成豆腐啊。"

沈其南终于恍悟："石膏？你是说做豆腐用石膏点浆？一般情况下，石膏只会让水泥延缓凝固，而不会加速凝固，所以这就是我绝对想不到的东西……"

沈其南找到了警察，要求警察答应自己三个条件，第一，就是把老鬼请来。果然，在他提出加入做豆腐用的石膏后，老鬼无话可说。警察立刻去邻村收集石膏。

石膏找来了，警察要求沈其南指挥犯人们铺路，曹俊和几个病犯则被警察拉走，老鬼一头雾水，不明白沈其南和警察交涉了什么。

"你小子，这路如果明天过不了车的话，你就死定了。"警察头头走过来威胁道。

沈其南看着已经修好的公路："一定能过的。"

警察头头再次看了一眼沈其南,不知道这个年轻人怎么如此大的口气。

老鬼冷笑:"你啊,别把话说那么满,你看看这天气。"

果然,天边飘来一片乌云,看起来要下雨了。

这雨说下就下,犯人们紧急冒雨将遮雨布盖在刚修好的公路上,可还是有一段没遮上,这时候遮雨布已经没有了。

警察头头一脚踢在了沈其南的身上:"明天要是干不了,我被革职之前一定先弄死你。"

沈其南豁出去了:"那就用被子挡一挡。"

于是,犯人们每两人一组,一人一头拉着被子排排站着,给新修的路遮雨。每个人都被淋成了落汤鸡,但是大家都咬牙硬撑着。

老鬼偷偷问沈其南:"你那么拼,还搭上自己的一条命,你到底跟警察提了什么条件啊?"

"过了眼下这关,你不就知道了?"

老鬼讨了个没趣。

将近凌晨,总算雨停了。人们期待第二天的阳光灿烂。果然,如众人所盼,太阳出来了。

警察头头焦急地等待着工务局的局座到来,沈其南不由得也看着脚下的公路忐忑不安,听天由命吧。

很快,三辆吉普车缓缓开近,警察头头愈发紧张,他的职位就压在这条路上了。眼瞅着车辆驶过,公路上没有留下任何痕迹。

老鬼兴奋道:"你小子,命真大。"

警察头头也松了一口气,走到沈其南旁边:"你小子,命总算保住了。"

沈其南追问:"那你答应我的事呢?"

警察头头并不多说一句话。

很快,他身边的随从就高喊了一句:"现在你们都去洗澡,今天休息一天，大家尽情地吃，尽情地玩吧！"

所有人都欢呼起来。

大浴池里，大家大呼小叫，集体狂欢。犯人们都围在了沈其南的身边，有人甚至跪下感谢沈其南的大恩大德。

沈其南扶起每一个人："咱们都是一根藤上的苦瓜，就别说这些了，都快去洗澡吧，洗完澡医务队的人就会来给你们瞧伤治病的。"

"谢谢恩人！"

曹俊躲在后面不敢说话，他却没逃过沈其南的眼睛。沈其南撕开了曹俊的裤腿，露出脓疮溃烂的地方。曹俊吓得要死："别别别，我不洗，我不洗。"

"大家快来帮我按住他。"可是大家发现曹俊的裤腿又脏又臭，纷纷掩鼻不愿。

直到沈其南提高音量，这时才有人不情愿地过来帮忙。沈其南脱下了曹俊所有的衣服，发现他身上也有大颗大颗的脓疮。

"来，给我把他抬过去。"

在放下曹俊之后，大家都捂住口鼻嫌弃地离开。

沈其南却蹲下身子，用瓢舀水给曹俊洗澡。把他腿上的溃烂处用遮雨布包扎好，并给曹俊细致搓背。他告诉曹俊，待会儿洗完之后，就会把他送到医务队去。这就是他和警察头头约好的第三个条件——让医生救治曹俊。

曹俊恼羞成怒："滚开！我让你帮我了吗？是我让你背上了杀人的罪名，我还因为钱去杀你，你全都忘了吗？我就是这么个人渣，你杀了我，我才能好受点，你干脆一刀杀了我吧。"

沈其南置若罔闻："你想死我不拦你，不过别死在这里，出了狱去外面死吧，干干净净，堂堂正正地死，不然我都不好意思给你烧纸！"

曹俊感动得一塌糊涂，他痛哭流涕："是我错了，其南，是我错了，我对不起你，对不起……"

[41]

神思恍惚受欺凌

傅函君一动不动地躺在病床上。傅建成毫无办法，他已经找了最好的医生，医生却告诉他，傅函君这种沟通障碍症，很难痊愈。

顾月芹很开心，这对她来说，是最好的消息。只要傅函君永远躺在床上，那永晟就是自己儿子的。从此以后，她和儿子两个人的幸福生活就开始了。

章梅偷偷来看傅函君。她拉着傅函君的手痛哭，自责没有保护好她。却不巧，正好被傅建成撞见，傅建成始终认为自己没有错，他一直都没有放弃寻找苏梅。在这个年代，三妻四妾很正常，难道她为了和自己赌气，连女儿都可以不要？

如今是章梅的苏梅也饱含怨恨："这到底是怎么回事，为什么函君会变成这样？"

"一言难尽。"

"一言难尽？我把女儿交给你，你一句一言难尽就把我打发了？"

傅建成眼神复杂地看着眼前这个容颜依旧的女人："我一句一言难尽不够，你呢？你明知道你的女儿函君有多想你，可是你却宁愿让她认为你死了，就算近在咫尺，你也能狠心装作不认识，你从来就没有关心过女儿，现在凭什么来质问我？"

章梅竟然语塞，半晌才威胁道："好好照顾函君，否则我跟你没完。"

傅建成看到章梅再一次转身就走，失望透顶。

章梅回到办公室，终于大哭了一场，很快又止住哭声，她给香港的赵医生打电话，要他帮忙找最好的脑科医生。章炳坤劝她冷静点。可是章梅已经控制不了自己了，多年累积的对女儿的歉疚之情，差点要摧毁她。

"你冷静点,少安毋躁,你忘了景星凤凰了吗?傅小姐这样的女子绝不会让自己浑浑噩噩一辈子的,你要为她长远考虑。"

"长远?"

"对,永晟两年前就改成了股份制,听说投资股份眼光好的话,比高利贷还赚钱。"

章梅明白了章炳坤的意图。

傅函君目光呆滞地被父亲傅建成扶坐到了床上。还没有来得及叮嘱顾月芹几句,傅建成就被老房叫了出去,要处理一下厂里的事情。

顾月芹心花怒放,她故意表现得很关心傅函君,实际上,确定了傅建成离开之后,她便计上心头。顾月芹故意拿起桌子上的茶壶把茶水浇到了傅函君的头上,傅函君没有丝毫反应。

傅承龙看见这一幕,开心大笑:"妈,你看啊,她淋得跟落汤鸡似的都没反应,看样子是真傻了啊!"

顾月芹也觉得有趣:"你啊,也不知道是真傻还是假傻,反正呢,我要继续试一试。"

吴妈恰好经过房门,不忍心看见小姐受辱。吴妈被顾月芹叫住:"吴妈啊,去,到厨房找些馊饭来,给咱们的小姐尝尝。"

吴妈隐忍着,转身去了厨房。

顾月芹嬉笑着,把一勺馊饭喂到了傅函君的嘴里,见傅函君呆呆吃下,二人又是一场哄笑。

"这丫头是真傻了,连馊饭都吃了,这下她可威胁不到你了,你一定要好好干,永晟迟早都是你的。"

傅承龙心情特别好:"放心吧,我肯定好好干,我现在就去盯着那个广告拍摄,保管做得漂亮。"

顾月芹嘲笑傻掉的傅函君:"你没这个命还要争,现在只有吃馊饭的下场。"

杜少乾来给傅函君送花,恰好撞见顾月芹给傅函君喂馊饭,气得不轻,立刻以自己还是傅函君未婚夫的身份,给傅函君请了一个看护。傅承龙担心杜少乾要找自己的麻烦,赶紧趁机悄悄溜掉。

他还惦记着之前见到的那个清纯小美女呢。

沈其西正穿着旗袍,在舞台上做出各种姿势拍照,可是她就是学不会经理教的那些魅感的动作,生硬无比,没有丝毫风情。

经理无奈:"露西,那你唱歌吧,就那首《毛毛雨》。"

露西给自己打气,她也觉得很抱歉,因为总是感觉自己做那些动作有点呆呆的。

"毛毛雨,下个不停,微微风,吹个不停。微风细雨柳青青,哎哟哟,柳青青。小亲亲不要你的金,小亲亲不要你的银……"

沈其西唱得娇俏可爱,却还是惹得经理一阵埋怨。

"唉,唱成这样,要媚啊,媚啊!"

傅承龙却看着沈其西的美貌出神,欢喜得很。身边的美女们和沈其西的清纯可爱相比,立刻逊色了好多。

"露西,来,过来,坐过来!"

沈其西无奈,只好坐到了傅承龙的身边,傅承龙就势搂住沈其西,不管沈其西的尴尬和不自在,他偏要紧紧搂住。

"露西,你的《毛毛雨》唱得太好听了,味道不一样,来来来,再给我唱一遍。"

沈其西赶紧说:"那你放开我,我就唱。"

"行,等你唱完了我再抱。"

沈其西干巴巴地唱了起来,恰好杜少乾来找傅承龙,他冷冷地打量着这一屋子的莺莺燕燕,目光落在了沈其西的身上。

"又是你，你在这里唱淫词艳曲赚钱应该很容易吧？"

沈其西恼怒羞愧，想跟杜少乾说清楚，杜少乾却拉出了傅承龙，没空搭理眼前这个他认定的虚荣姑娘。

傅承龙很介意杜少乾和自己拉拉扯扯的，很难看。

"你放手啊！"

杜少乾抓着傅承龙的领口，警告道："我刚从你家出来，哪有什么心情和你好好说话！你给我记住，我已经请了一个看护去你家，如果再让我发现你们欺负函君，别怪我不顾咱们的同窗情谊。"

"喂，杜少乾，她都和你分手了，你这么做值吗？"

"你记住我的话！"

傅承龙感到这一切很可笑，自己家的事情什么时候轮到杜少乾来插手了？

沈其西瞧见杜少乾准备开车走，她心一横，拦在了车子的前面，要解释自己刚刚的行为。杜少乾烦不胜烦："我跟你很熟吗，小姐？"

"熟不熟，你都不能那么说我。"沈其西恼恨。

杜少乾的心情坏到了极点，他不顾沈其西拼命拍窗户，迅速踩下油门，狂飙而去，心中满是对傅函君的愧疚，是的，傅函君之所以变成今天这样，正是自己一手造成的。如果她不知道沈其南已死，她不还是自己心中那个明媚的傅函君吗？！杜少乾，你这个该死的！

杜万鹰催着杜少乾去报馆登个退婚启事，杜少乾拒绝，不愿意在这个时候和傅函君解除婚约。

"杜少乾你别又犯傻，只要律师把过户办好，江湾的地就会到你的手里。傅函君已经没什么用了，一个又痴又傻的儿媳妇只会让我们杜家沦为笑柄！"

"不管怎么样，我不能在这个时候丢下她。如果真要退婚，那也要等她清醒过来再说。"

杜万鹰气得站起来，又一次猛打杜少乾："你非要跟我硬来是吧，让你当初去提亲不乐意，现在让你退婚又不乐意，跟你说过多少次了，不要被感情冲昏头，你和她只是利益联姻，现在利益快到手了，还管那个傻子干什么？"

杜太太着急："别打了，局长，少乾只是意气用事，你一说他就会明白的。"

杜万鹰忽然想到廖刚毅："刚毅，他不愿意，你就替我去登启事，我就不信了，这小子能犟过我！"

此时的傅函君备受顾月芹的欺凌，处在水深火热中，动辄被顾月芹狠掐，辱骂。

"你怎么不去死，留在这里浪费粮食，老娘要伺候你，还要因为你被别人指指点点，你个赔钱货，真想掐死你！现在杜少乾也退婚了，看谁还能帮你……"

顾月芹一刻也没停下确定傅承龙成为永晟继承人的计划。她打电话给文科长，安排文科长务必和每个股东说清楚，三天后举行临时股东大会，趁傅函君生病，把傅承龙的地位确定下来。

傅承龙大喜，当着傅函君的面告诉顾月芹，其实傅函君之所以成了这样，都是托自己和杜少乾的福，一起谋划把沈其南送到磨刀石队，并买通了杀手把他杀死……

顾月芹大赞儿子这回干得漂亮，一石二鸟，不仅除了沈其南，还搭上了傅函君。

傅函君忽然全身剧烈发抖，神色痛苦至极。她不敢相信自己刚刚听到的那番话，竟然是……竟然是自己的弟弟和未婚夫的计谋……

其南，其南，我对不起你……

215

终于，傅函君又一次晕了过去。

经过医生的抢救，傅函君总算被从死亡线上拉了回来。医生认为傅函君这个状态可能会是一辈子。顾月芹当着傅建成的面演戏："你放心，只要你躺一辈子，我就一定会照顾你一辈子。"

没有人留意到傅函君被子底下的手死死攥成了一团。她的脑海里满是沈其南的音容笑貌，和沈其南在一起的点点滴滴。恨意，使她充满了斗志。

[4 2]

夺回永晟继承权

顾月芹的计划是说服所有的股东，一举拿下儿子的永晟继承权。但是不巧，她发现最大的股东竟然是梅丽莎歌舞厅的老板娘章梅。她特意和儿子去了一趟梅丽莎，虽然是初次见面，但总感觉这个章老板不太和善。

章梅表情冷淡地道："傅太太，你说吧，什么事？"

顾月芹一咬牙："既然章老板这么说，那我就言归正传了，章老板现在是我们永晟最大的股东，所以这次的临时股东大会还请一定要投承龙一票啊。若承龙能够顺利当选，我们一定不会忘记章老板的好处的。"

章梅冷笑："我向来独来独往惯了，至于好处不好处，我有这么大的歌舞厅，还需要什么好处呢？"

顾月芹听出了章梅的傲气，心里嘀咕着，这章梅不过是个歌舞厅老板罢了，牛什么牛。

"你也应该知道傅函君已经傻了的消息吧？我现在就可以告诉你，这是真的。"

章梅淡淡道："傅小姐惊才绝艳，可惜了。"

顾月芹却欲落井下石："说可惜也的确是可惜，不过章老板你不知道，她落到这个地步都是自找的。俗话说，家丑不可外扬……"

"那就请你不要外扬了。"章梅这么一说，顾月芹顿感难堪。

"那……章老板的意思？"

"傅太太的来意我知道了，请容我考虑考虑，你们先请回吧！"

顾月芹走出梅丽莎的大门就开始冲着傅承龙抱怨："你瞧她那张狂的样儿，有什么了不起的。"

傅承龙安慰她："妈，人家现在不还是最大的股东嘛，我们还是不要得罪的好。"

顾月芹不知道的是，傅函君已经清醒过来，并在顾月芹来找章梅之前，已经偷偷约见了章梅，并提前请章梅出手帮自己。顾月芹回到家中，发现傅函君竟然不在屋内，德贵推着坐在轮椅上的傅函君回来，傅函君就被心情不好的顾月芹一顿猛扇耳光。责备傅函君到处乱跑，傻子还不让人省心。

市场上的红砖又掀起了一轮涨价潮。建设工部局地产大楼的项目资金已经用掉了百分之三十，而进度才完成了百分之二十。傅建成才接到消息，说是永晟要召开临时股东大会，难道是因为也听说了这件事情？

房效良告诉他，临时股东大会是太太要召开的，要确定永晟继承人。傅建成认为是胡闹，但是碍于顾月芹也是营造厂的股东之一，再加上顾月芹此刻伶牙俐齿的，只好忍了下来。

"据我所知，股东们都已经知道了函君的身体状况了。现在一片风言风语，我们不能总留着继承人的位置等她一辈子吧？这段时间的营造厂人心惶惶，所以，我认为尽快将傅承龙的继承人位置确定下来才能够安人心啊！"

傅建成想到女儿的身体状况，沉默了。

临时股东大会如约召开。顾月芹打扮得珠光宝气，儿子傅承龙也是西装笔挺。傅函君也被吴妈收拾得很利索,她呆呆地被推到了现场。杜少乾作为永晟的经理也受邀参加,见到此情此景,很是不忍。然而,此时的傅函君只想快点离开这个男人。

会议室坐满了人,章梅也走了进来。杜少乾主持会议:"各位股东,我们的大会现在开始,这次大会由股东顾月芹发起,议题是确定永晟营造厂的未来继承人,各位股东现在可以用手里股权的百分比来行使各自的权利。按照规定,在正式投票之前,各位股东可以向傅函君和傅承龙两位候选人提问。"

顾月芹喜不自胜,她最盼望的就是这个环节了,一个傻子能回答什么呢?只能是自取其辱罢了。

章梅淡笑:"我想问候选人傅承龙,现在永晟营造厂的财务情况,还有今年发给股东们的分红能有多少?"

傅承龙没料到一上来就是这样的难题,他平日里只管吃喝玩乐,哪里知道厂里是什么情况。他结结巴巴地说了一些文不对题的话,徒增看客们的笑话。

"还是让我来回答吧!"傅函君忽然出声。

在场所有人陡然呆住,讶然地看向傅函君。

"永晟营造厂现在的总资产是一千三百万,负债一百零七万,本年度计划投入金额是四百八十万,纯利润应该可以达到九十五万,宋先生,你在永晟持有三万股吧?"

宋先生点点头。傅函君轻笑:"那你今年可以拿到分红两万八千五百元,比去年增长了三千元。"

"黄先生,你有一万五千股吧?"

黄先生点点头。

"那和去年比起来,你今年会多分一千五百元。恭喜你了!"

傅函君忽然盯视着傅承龙："同样作为候选人，傅承龙，我想问你一个问题。"

傅承龙吓得结巴："什么……什么问题？"

"请问永晟现在正在施工的工部局地产大楼项目存在的问题和解决方法分别是什么？"

傅承龙眼一翻，站起来嚷嚷："工部局地产大楼是永晟十分重要的项目，不是一直都运行良好吗？能有什么问题。"

傅建成忍不住摇头叹息，为自己这个废物儿子感到丢脸。傅函君冷冷道："项目进行到百分之二十却已经用去了快百分之四十的预算，你认为这也叫运行良好没问题吗？"

会场一片哗然，大家开始悄声交谈。顾月芹暗呼完了。

杜少乾拿出一张写着结果的纸宣布："经过众位股东的投票，我宣布，永晟营造厂的继承人是傅函君小姐。"

傅建成带头鼓掌，所有股东也立刻跟着鼓掌。

傅函君却没有一丝喜悦之色，反而心情更为沉重，如果今天这样的场合，沈其南也能在该多好……

顾月芹气得在卧室里喝酒，她什么人都不肯见。傅建成拿自己这个娘们儿一点办法都没有，当初自己的确是贪图她顾家的钱才娶的她。也承诺过，这一辈子随便顾月芹怎么折腾，与其说他们是夫妻，不如说更像是合作伙伴吧。

傅函君推开了顾月芹房间的门，被顾月芹无情地撵出去："你给我滚出去！"

"大妈，喝酒伤身，我是来劝你保重身体的。"

"少来这一套，傅函君你真能忍啊，关键时刻才站出来让我栽那么大的跟头！你这小蹄子真有手段。"

"这只是多谢大妈这段时间对我的照顾而已。"

顾月芹郁闷到极点,还想要扬手打傅函君,被傅函君抓住了手臂。傅承龙赶紧冲进来,要拉开傅函君。

"傅函君,你想干什么,快放开我妈!"

傅函君冷笑:"我想干什么,你自己的眼睛不能看吗?今日不同往日,你们再敢动我一根手指头试试。"

顾月芹被傅函君的气势惊住,半晌才道:"傅函君你也别太得意,我到底还是永晟的老板娘,你信不信我……"

傅函君作势要打顾月芹,顾月芹惊叫捂脸,傅函君的手却停在了顾月芹的脸上方,没有落下。顾月芹就知道这小蹄子哪里敢真动手。然而,不等她得意,傅函君反手一巴掌猛地扇在了傅承龙的脸上,傅承龙惊叫:"你,你打我!"

傅函君不待顾月芹动作,又是一巴掌狠狠地打在了傅承龙另一边的脸上。

她抓住顾月芹的手臂,一个字一个字地吐出:"我打的就是你儿子,要不是看在你是长辈的分上,我连你一起打!咱们走着瞧吧,你们这些人加诸我身上的痛苦,我一定会百倍千倍地奉还!"

说完,傅函君头也不回地离开了顾月芹的房间。顾月芹气到极点,把酒瓶摔碎一地。

傅函君仰望月亮,在院子里待了许久,怀里抱着沈其南的一件衣服,此时的她,孤单至极。从此,傅函君孑然一身,去哪里寻一个沈其南?

其南,这么多年一直都是你在身边保护我,现在你不在了,我会学着好好保护我自己的,你在天之灵也一定要保护我,让我一个一个地惩罚这些害你的人,为你讨回公道!

傅函君对着镜子涂着口红,那微微翘起的嘴角,平添了几分犀利,她对自己这身职业打扮很满意。现在的她已经是永晟营造厂的总经理。杜少乾的办公室已经搬到了杂物间。

而沈其南以新的身份出狱了。出狱那天,兄妹三人终于团聚在一起。他来到大哥的住处,在父亲沈贵平和母亲陶馥云的牌位前恭敬磕头。

他在心中暗自发誓:爹娘,是儿子不孝,一直到跟大哥相认后才知道你们的冤屈。你们放心吧,我一定会出人头地,给你们报仇的。当年害得我们家破人亡的人一个都跑不掉!

[4 3]

研 制 红 砖 获 成 功

沈其西的广告宣传照拍得很成功,她期盼着能登上广告招牌。再加上二哥出狱,兄妹三人很开心。沈其西回忆起童年,家里为了凑钱买第一高楼的房子,父母省吃俭用……而现在上海的房价一年高过一年,凭自己的收入能租个亭子间就已经不错了。

沈其南扑哧乐了:"西瓜头,你以为咱们家现在很穷吗?"

吃完晚饭,沈家三兄妹站在了逸林地块上,看着这一望无垠的土地,沈其西喜悦得像个小孩子。

沈其南却忽然想起了和傅函君在一起的往事,满脸忧伤。

沈其东安慰弟弟,沈其南逼着自己走出回忆。他对妹妹说:"现在政府已经正式把江湾列为重点开发地区,有这块地做资本,我们应该可以和永晟斗上一斗。"

沈其东拿出存折递给沈其南,支持他作为创业的启动资金。并约定好,沈其南对付傅建成,自己则对付杜万鹰,兄弟同心,要为爹洗清冤屈,为娘报仇。

曹俊随后出狱，被沈其南接走纳入麾下。沈其南又找到了正在捡垃圾的老鬼。此时，他还差一笔雄厚的资金入股，就可以实现创立营造厂的目标。

曹俊认为沈其南在说梦话，一没有钱，二没有建筑队伍，三没有人脉资源，接不到活儿，开什么营造厂。沈其南却坚定地认为，项目工程最看重三个方面：造价、工期和质量，如果营造厂能够掌握这三样东西，何愁没有建筑队伍找上门？

杜万鹰接到噩耗，确定逸林地块早已转卖到了一个叫丹尼尔的外国人名下。他顿感之前所做的一切都是白忙活了。

而沈其南这边的动作在快速推进，他以丹尼尔的名义拜见了章炳坤，并递交了一份计划书。一开口，就要章炳坤提供八十万，这个毛头小子竟然狮子大开口，凭什么认为他会同意？章炳坤有了几分兴趣。

"你的计划书很好，如果能实现的话，的确利润惊人，不过都是些纸上谈兵的东西，一旦失败就血本无归，风险太大。"章炳坤丢回了计划书。

"世人都笑赵括纸上谈兵，却不知赵括曾助其父赵奢在一月之内攻下了麦丘，即便在他一败涂地的长平之战中，赵军弹尽粮绝被困四十多日，却在赵括的带领下无一投降，赵括更是身先士卒，多次亲率兵马突围，为保家卫国战死沙场。长平之战虽败，赵括却也打得秦军伤亡过半，以致秦国国库空虚，在不久之后的邯郸之战中大败，所以我以为，赵括有满腹经纶才能在纸上谈兵，有卓绝勇气才敢身先士卒，至于想取得成功，却是天时地利人和，缺一不可。"

章炳坤惊讶眼前的年轻人竟然有这般口才："哦，你丹尼尔的这番话的确让我耳目一新，那你认为你天时地利人和占了什么呢？"

沈其南重新拿起计划书："占尽天时地利，只等慧眼独具者。"

沈其南终于获得了上海商会会长章炳坤的帮助，拿到了启动资金。章炳坤同意成为营造厂的合伙人。

章梅提醒章炳坤，这没谱的事情，怎么能随随便便大笔一挥就出手了八十万？

章炳坤高深莫测地笑："我投资的是他这个人，别看他当初是傅建成身边的小跟班，如今摇身一变成为丹尼尔，我认为他是个有胆识、有气魄、有想法的人，这个人值得我冒险。还有啊，我不管他以前是谁，在上海滩这个冒险家的乐园，别说一个小跟班变成假洋人，就是乞丐一夜变富豪的传奇也是有的，就凭个人本事了。这个人，你且往后看吧！"

沈其南获得章炳坤的资金扶持，立刻就带着曹俊和老鬼他们去看一下"下金蛋的项目"。众人来到一个破败许久的砖厂，大失所望，这就是沈其南说的可以下金蛋的项目？老鬼却明白了沈其南的意图，原来沈其南想要制砖。

"咱们国家传统建筑多为木制，即便用砖也只用青砖，手工制坯，土窑烧制，烧成后还需要淋水冷却，耗时费力，产量低下，根本无法满足现在各种工程项目的需求。所以现在的新式建筑多用红砖，用制砖机制坯，轮窑烧制，出产量大大提升，自然受到各大营造厂的青睐。现在上海市面上的红砖一般有两种，外国造和汉阳造。"

老鬼忍不住替沈其南说道："汉阳造价格便宜，但是砖的质量不如外国造。一般租界或者政府的项目业主都不会同意施工方用汉阳造，因此，营造厂不得不花高价在外国人的砖厂里买红砖。如果我们能够研制出一种质量可以媲美外国造，但价钱却和汉阳造差不多的砖，那我们的营造厂就一定会获得很大利润，你说这是不是下金蛋的好项目呢？"

曹俊听得呆住，对老鬼描绘出的美好愿景充满了向往。

"那还等什么呢，干啊！"

等到几个人终于把砖厂打扫好，老鬼四处打听，又高价请了一个自称是制砖第一人的老师傅——黄师傅。黄师傅还是挺有信心的，然而他把砖头烧出来之后，却死活不肯让沈其南拿大锤子去砸。曹俊趁黄师傅不注意，抡起锤子对着砖头就砸了下去，红砖四分五裂。

曹俊喝骂："好你个骗子，你不是说你烧制的砖头和外国造一样吗？就这脆的？"

黄师傅为了保住自己刚拿到手的钱狡辩道："你那么大力气锤下来，就是外国造也得裂啊。"

沈其南默不作声，拿出一块外国造的红砖，猛地砸下去，结果，外国造的红砖只裂了一条缝。

曹俊气得一脚踢飞了黄师傅："睁开你的狗眼看看，裂了吗？裂了吗？"

黄师傅一阵窘迫不安："我没有吹牛，我确实在外国砖厂干过，只是我负责烧窑，那制坯的原料和配比那些外国人捂得跟宫廷秘方似的，根本不让别人靠近。我用的确实是汉阳造的制坯配方，这烧出来的砖不是跟外国造的差不了多少嘛。"

"差不了多少？"

沈其南蹲下查看两块砖的碎渣，老鬼也跟着蹲下来拈起碎渣放到手心查看。

"从碎渣上看，确实看不出区别。"

黄师傅叹道："别说外行了，我们内行都看不出来外国人在里面加了什么，所以啊，我没有骗你们，你们找谁都一样，我还是手艺最好的那个。"

沈其南冷静分析："据你所知，外国造和汉阳造在烧制上有什么区别？"

黄师傅认真想了下："对了，外国造的红砖省煤，比汉阳造省多了。"

沈其南想了个办法，故意扮成工人，想要混进威尔森开的红砖厂里。结果到了门口就遇到了一个正用小车推着砖的老头。老头遇到一个小土坡，无论如何都推不上去。沈其南看不下去，本就热心肠的他，立刻上前帮忙。老头的小车上堆满了红砖，沈其南疑惑。

"大爷，你为什么买这么贵的红砖啊？"沈其南指了指不远处的威尔森砖厂。

"不贵啊，这些砖都很便宜，价格比汉阳造还要低呢。"

沈其南诧异："怎么可能？"

黄师傅恰好赶来，他瞟了一眼："都是黑心砖，送人都嫌没地方放，当然便宜。"

"工地上用的红砖也混有不少黑心砖，比红砖还要硬，怎么可能没人要呢？"

黄师傅解释："黑心砖有两种，你说的那是缺氧烧出来的，就跟土窑烧出来的青砖差不多，比红砖硬，一砖下去能砸烂一块大石头，而这种就是欠火砖，中间没烧透，很容易就碎了。"

沈其南突然兴奋起来："没烧透，那我们就可以看出里面是些什么东西了。"

把砖砸碎，沈其南抓起红砖里的黑色物质仔细观看，竟然没煤渣。

沈其南想到黄师傅之前说的话，外国造的砖用的煤少……他终于乐了，原来如此啊！

沈其南的红砖厂坝子上晾晒着一块块砖坯。大家紧张地等待着结果。沈其南分析：除了用黏土、粉煤灰这些传统材料之外，外国造的砖比起汉阳造还多加了一样东西，那就是煤渣。当砖窑里的煤炭烧到一定温度，砖坯里面的煤渣也会跟着燃烧起来，等到里面的煤渣烧尽，砖也就成型了，经过内部燃烧的砖硬度就会更高，也因为砖里自带燃料，烧窑的时候才格外省煤，这就是外国造比汉阳造的砖省煤但却更坚硬的秘密。

终于……在黄师傅和老鬼的帮助下，红砖出来了，经过试验，成功！

虽然成功研制出了红砖，但是依靠这个小砖厂，几个工人，效率还是很低。沈其南又想到了办法，那就是去购买英国产的制砖机。机器做砖坯

225

又快又好，哪是工人手工能比的？

顾月芹越想越不甘心，她教唆儿子傅承龙去把傅函君的工作搞砸，第一件事就可以从宝佳公寓的广告策划下手，看她新官上任，这个总经理怎么当下去。

傅函君这边也正为红砖的价格涨得那么厉害而发愁。她已经和父亲傅建成商量好，如果必须追加预算，那么这个损失，就只能永晟自己扛下来了。

[4 4]

露 西 爱 上 杜 少 乾

沈其西可怜地站在永晟营造厂的门口，她已经站了好几天了。每天都迎上那个臭脸的男人，求着他，放过广告公司。其实事情可以说和她有关系，也可以说和她没有关系。说来很简单，原先永晟公司旗下的一个叫宝佳公寓的项目做广告营销，选中她作为模特，她很兴奋，以为离自己成为大明星的梦想又近了一步。能够实现在上万观众面前唱歌跳舞，是自己此生最大的目标。然而，万万没想到，这个策划方案竟然提前被泄露了，和自己相似的照片挂满了各个正在销售的楼盘。

永晟怀疑是广告公司泄露的，要起诉他们。广告公司老板哭着求她去找永晟的人求情，不要起诉公司，公司是他一生的心血。

所以，沈其西在已经被傅承龙拒绝无果的情况下，站在这里，再来求杜少乾放过他们。杜少乾心情本来就差，他心中对傅函君的愧疚，再加上父亲前段时间逼着他登报退婚，使他更无颜面对傅函君。

杜少乾还是很喜欢傅函君的，他看到傅函君利用股东会，成功获得永晟继承人的资格，对傅函君更增添了几分欣赏。但是，他再怎么欣赏也不能忍受原本是自己未婚妻的女人，现在却拿领导对下属的态度来对待他，这真是糟糕透顶。

"你怎么又在这里？"杜少乾从门口走出来。

被同事打扮得妖里妖气的沈其西拘谨地端着茶食拦在了他的面前。

"请你吃点心，我亲手做的。"

杜少乾无法控制自己的火气，不知道为什么，见到这个女人，就有一种无法言明的郁闷："你走开！我要开车了！"

可是沈其西根本不肯轻易放弃，她的脸上依旧是那种楚楚可怜的表情。那样的表情是杜少乾从没有在别的女人脸上看到过的，让他更有一种说不上来的别扭。沈其西不顾及他已经启动了汽车，还在用小手拍着车窗。

"你把点心吃了吧。"沈其西发现杜少乾的车窗没关上，赶紧把点心放到了他的座椅上。

杜少乾火了，他越来越讨厌这种无法控制的无力感，猛然刹住了车子。

"你上来！"

沈其西疑惑："为什么？"

"你不是想要我帮你吗？你们的广告公司不是不想惹官司吗？那你就上来。"

沈其西没有多想，战战兢兢爬上了杜少乾的车。

杜少乾忽然阴险一笑，他趁着沈其西还没有坐稳，一脚狠狠踩下了油门，在沈其西的惊呼声中，车子飞驰而去。

黄昏下的小树林，很幽暗，再往前走走，就能看到一片洒满金辉的湖水。沈其西没工夫去欣赏大自然赐予人间的美景，她扶着一棵树，早已吐得快不省人事。

杜少乾靠在车上戏谑地看着沈其西："怎么样，以后还敢再黏着我吗？"

"我知道你心情不好才故意这样的。杜经理，你现在心情好点了没有?"沈其西眨着她单纯清澈的眼睛,又是那样的眼神,令杜少乾心动神驰,可他拒绝这样的美好感受。

"你少自以为是。"

"虽然你有时候看起来很讨厌,可是杜经理你愿意体谅我们广告公司的难处,撤销诉讼,说明你其实是个好人。"

杜少乾悲哀地想:他算是个好人吗?沈其西又劝说他,让他别去管别人的眼光,做人无愧于心就好。

唉,算啦,杜少乾决定听眼前这个姑娘的话,他在草地上坐了下来,看着波光粼粼的水面。

"听说你很会唱歌,如果你要谢我的话,你就唱首歌吧。"

沈其西点点头:"春去秋来,岁月如流,游子伤漂泊……"

美丽的湖光山色,美丽的素衣仙子,杜少乾的心渐渐平静下来。

西餐厅里的音乐如水般流淌,客人们低声交谈,唯恐打扰了旁人。衣着整齐的侍者们往来其中。在这般高雅的氛围中,曹俊和老鬼都忍不住噤声,时不时别扭地扯一下身上的西装和领带。这些都还是沈其南带他们量身定制的,怎么穿身上就是不舒服呢。但是曹俊还是忍了忍,暗骂自己没出息。

一个西装革履、风度翩翩的青年企业家正在翻译的帮助下和威廉谈笑,威廉几次微笑,并尝试用蹩脚的中文告诉沈其南,自己和他是老朋友,这个忙是一定会帮的。

曹俊和老鬼忍不住互对了欣喜的眼色。

沈其南也很开心,拿起红酒杯和威廉碰杯:"太感谢威廉先生了,谢谢!"

翻译告诉沈其南,威廉说很欣赏他作为中国人抢外国红砖的生意。

沈其南表示:"总要有第一个吃螃蟹的人。"

威廉露出苦恼之色："螃蟹？我们英国人不吃螃蟹。不过沈先生要是喜欢的话，我也不介意！服务员！"

沈其南哈哈笑了起来，明白威廉没有靠翻译理解中国人的语义。威廉明白后也是感慨，他很怀念那位翻译小姐。沈其南愣住，他也想起了傅函君。

但是为了合作，他强迫自己收回思念，再次举起红酒杯："为了我们的再次合作，干杯！"

"cheers！"

杜少乾看见沈其西在认真地给他的车擦洗，他悄悄走近，吓了沈其西一跳。

"躲什么，我都看到了！我们不是已经撤诉了吗？你还过来干什么呢？"

沈其西像个委屈的小娘子："我是想感谢你。"

"用不着，你以后别来了，点心也别送了。"

杜少乾说完就坚定地走开了。沈其西可怜兮兮地看着他的背影。杜少乾忽然不落忍，又走了回来，拎走了沈其西身旁放着的点心盒子。

打样部众人分食得很开心，大赞好吃。杜少乾不由得也拿起来尝了一下，感到丝丝的甜意。他走近窗户，看见沈其西依旧在帮他洗车。杜少乾想着自己的心事，因为丹尼尔的背景没有人能打探清楚，父亲杜万鹰大发雷霆，甚至撕毁了那伪造好的沈其南遗书。杜少乾认为，现在只有把永晟彻底控制在手里才是最佳的办法，如何夺权呢？只有从傅函君身上下手。他好烦闷，好厌倦。

杜少乾不想回家。下班之后的他，走在大街上，孤独落寞的身影和热闹繁华的大街格格不入。直到一辆有轨电车停了下来，叮当叮当的声音，使他鬼使神差般走了上去。

"南京路到了，请小心上下。"清脆又熟悉的声音，令他抬起头，看到了沈其西。

沈其西一边忙碌一边招呼，慢慢挤到杜少乾的身边："你怎么会在电车上？"

她记得今天把他的车洗得特别干净啊，他不应该开车吗？

杜少乾装作很随意："我去办点事。"并掏出一个铜圆，告诉沈其西不用找了，就当是买票了。

沈其西硬是把零钱找出来和车票一起塞回到杜少乾的手里："不行，这不符合规定。"

杜少乾搞不懂沈其西到底在忙什么："你这又是广告公司的模特，又是电车售票员，到底哪个才是你的主业？"

沈其西小声道："当售票员是我的工作。去广告公司当模特儿是为了能唱歌，当歌星是我的梦想。我真的很感谢你，杜经理，要不是你，我的梦想就泡汤了。"

"所以你每天给我继续送点心，擦车吗？那我也太好打发了。"

"呃……"沈其西顿住。

"这样吧，你请我吃顿西餐，正好我现在饿了。"

沈其西为难："路边摊……可以吗？"

"好吧，我勉强吃一下。"

沈其西笑着点点头，开心的样子，让杜少乾为之发呆。

沈其西要去电车站里的换衣室换下工作服，要杜少乾稍微等下。杜少乾虽然嘴上说着真麻烦，然而还是站在了不远处。沈其西把收到的货款箱送给了一直等着查账的胖队长。

胖队长早就对沈其西动了心思，这回瞧见沈其西晚班结束回来，四下无人，便贴着沈其西，钻进了更衣室，对沈其西动手动脚，吓得沈其西拼命喊叫，并撞倒了一排更衣柜。

杜少乾听见动静，赶紧奔过来，看见沈其西衣衫不整的样子，恨不能把那个死胖子打死，最终被沈其西抱住，劝他为了这种人惹上人命官司不值得。

瑟瑟发抖的沈其西被杜少乾拥入怀中。两个人依偎着走在夜晚的梧桐夹道上，沈其西惊吓不已，早就浑身无力。她像只小猫似的，睁着一双泪眼偷看杜少乾，哽咽道："谢谢你，杜经理，这次又麻烦你了。"

杜少乾心跳加快，头一次发现怀里的姑娘是那么值得自己用力呵护。

可还是嘴硬得厉害："你知道就好！刚才多危险，要不是我在……"

沈其西感到难堪，再一次眼泪落下。

"因为我还在学唱歌，所以广告公司那边没有薪水，我只能来做售票员，增加自己的收入。"

杜少乾感到这姑娘傻得厉害："你没有薪水还为广告公司奔走？还穿成那样去勾搭傅承龙？"

"勾搭？我才没有！是公司里的姐姐给我打扮的。"

"你听她们的？这是害你，你知不知道？"

沈其西纠结起来，她没觉得自己被害啊，她们不是对自己一直很好吗？杜少乾猜到沈其西的心思，被她的单纯模样逗笑。沈其西突然看向杜少乾，然而杜少乾立刻端起了面孔。可是那种甜甜蜜蜜的情感已经在彼此心中生根发芽，谁也阻挡不了。

[4 5]

独辟蹊径解困境

傅函君尽力了，这些天她跑遍全城，不管去哪里，那些有利的路段都竖满了露西的广告图。永晟再想做同样的路招，一定是没有半分优势。所以，只能另辟蹊径。她已经想到了利用小贩来宣传的方式，现在只等营造厂主要人员开会表决通过。

傅承龙甚是得意，当初的策划文案就是他偷出去泄密的，他才不管会不会害了永晟，只要能够打击到傅函君，影响到傅函君的心情就好。可他还是没想到，傅函君比他想象中的还要聪明，竟然提出把广告印到各种包装上去，免费将这些包装纸给商贩使用，这样就给小商贩节省了成本，他们自然乐意为永晟打广告。

果然，这样独特的宣传方式，既让人耳目一新，也可以有一击即中的实效性。傅建成当场表示同意，大赞傅函君的工作能力。

傅承龙不死心，在母亲顾月芹的鼓动下，决定继续给傅函君使绊子。他们想到利用文科长——顾月芹的娘家人，如果联合文科长，给永晟旗下那些看工先生和工头吹吹风，让他们不服女人领导，那傅函君的位置就会坐不稳。

沈其南这边浦江营造厂成立了。沈其南相信不久的将来，浦江营造的招牌一定会挂在自己建造的大楼上，一定会名扬上海滩！然而，他们的红砖没有很顺利地推入市场，被几个工地统统拒绝了，他们只认外国造。

哪怕当场试验砖头的质量，那些工地的负责人也还是不认可。一连串的拒绝，让老鬼有些泄气："这么好的东西，这些人怎么回事？怎么就不愿意给咱们中国人自己的东西一个机会？"

沈其南却看得很透："建一栋楼上百万的投资，建筑安全更是关乎人命，如果一旦出了纰漏，谁都担待不起，要让营造厂用我们这毫无知名度的红砖，恐怕确实有些困难。"

"那我们的砖不是白做了吗？"

沈其南陷入了思考中，他走在大学的校园里，见到一个女生的背影很像傅函君，忍不住想要上前搭话，忽然克制了，摇头苦笑："函君，如果现在你是我,你会怎么办呢?"

他不知道自己一个转身,便与同样走在大学校园里的傅函君擦肩而过。

傅函君下意识以为自己也看见了沈其南,然而很快就想到沈其南已经不在这个世间,她嘲笑自己,为什么看谁都像他……

如今的傅函君已经懂得穿裤子,着平底鞋,每天奔波在工地上。那个整天爱穿着小白裙的娇小姐一去不复返。在她心里,自己早就嫁过人,而那个男人称她为沈太太。只是,沈先生当年的苦心,她到如今才能够明白,傅函君心中感慨万千。

现在的她还要独自面对工地上那些臭男人的羞辱。她发现这些大老爷们是故意刁难她,于是一次两次,她不停地和这些人交涉。工人们讥讽她:"这都一个多礼拜了,你天天来咱们工地上报到,我们最见不得女人到工地上指手画脚。"

傅函君当作没听见,她发现了问题:"老潘,你过来看看,你刚刚说支撑架不够用了,可我明明看到一楼二楼搭了很多支撑架,现在底下几层都修好了,你们把支撑架拆了用到上面去。"

工人老潘鄙视道:"总经理,五楼就是转换层了,转换层那么大的梁,楼板哪里承受得住,还不得用架子把下面的楼板撑住吗?"

傅函君陡然想到自己的设计图,如果把飘窗板改成由建筑外侧稍微向下倾斜的形式,以此减小宽度,这样就方便施工了。

第二天再来,傅函君拿来了一夜改好的设计图,果然,几个老头无话可说。

"实在是很对不起,我们没注意到以前设计的有宽飘窗板的建筑都在两层以下,很容易从地上搭支撑,但是我们整个工部局地产大楼却是七层建筑,你们不好施工,工人也会很危险。我们打样部以后在画图的时候一定会多注意设计的可行性。"

老潘冷哼："希望你说到做到，不然总是我们这些干活的遭罪！"

"其实这只是一个很小的问题，一层一层搭支架虽然麻烦，但也完全不影响施工，你们却都故意推诿，只是为了故意找我的麻烦罢了。我们打样部有问题我会改，但也请你们下次不要再用这种方式来挑战我的忍耐度。"

大家只好低头不说话，各自干活去了。

沈其南暗示曹俊和老鬼打晕了工地上的守门人。他们迅速把一辆拉满红砖的卡车开进工地。钟鑫和吴记者躲在不远处时不时拍照片，记录着。

那天，沈其南他们在路上遇到了钟鑫，当即几个人就去小酒馆喝酒。沈其南想起钟鑫是记者，如果他能够帮忙联系到《中国建筑》的记者，写一篇有关中国造出结实靠谱的红砖报道的话，那自己现在遇到的问题不就迎刃而解了吗？

两个人一拍即合，钟鑫很快就约出了自己的好友老吴。老吴也感觉沈其南出的法子很刺激。

曹俊的砌墙速度很慢，老鬼不愧为行家里手，很快就砌出了高度。沈其南担心动静太大，导致被发现，自己的计划就前功尽弃，于是，推开曹俊，自己亲自上手。从小在工地长大的沈其南，砌墙的速度并不比老鬼慢多少，很快就砌出了半米高。就在这个时候，工头带了一大票人过来，要沈其南赶紧住手，曹俊把自己身上倒满汽油，拿出火柴，叫嚣着，谁要过来，就同归于尽。大家惧怕，不敢上前。

沈其南解释，自己只是为了向众人展示浦江营造的红砖质量并不比外国造差。

工头很气愤："你们一声招呼都不打就跑到我的工地上砌墙，这算什么？"

沈其南严肃地道："如果我事先跟你商量，罗工你绝对不会让我们来砌墙，我只是想让你亲眼看看我们浦江营造的砖砌墙后会不会跟砂浆黏结不好，墙会不会一推就倒。你看，我还专门请了《中国建筑》杂志的吴记者来见证报道，既然我无法说服你，那就让事实说话吧！"

罗工有一丝动容："可这墙上的水泥干透，起码还有七八天的时间。我们的工期很赶，没有空和你在这儿做试验。"

"等等，罗工！那天你说你们老板只认外国造，我知道这不是他一个人的想法，这上海滩上稍好一点的营造厂用砖都只认外国造，可这是在我们中国。偌大一个中国竟然找不出一种可以和外国造媲美的红砖吗？我不甘心，我想每个中国人都不会甘心的。这就是为什么我们浦江营造要去研制红砖！罗工，你也是中国人，请给我们一个机会，给中国一个打败外国造的机会！"

"对不起，你说的大道理很好，但是该砸还得砸！兄弟们，给我砸！"

姚峰吊儿郎当地带着众小弟出现："我看谁敢砸，我兄弟都说了，不能砸，来来来，谁动一下试试。"

接着，一个小弟抽出了一把雪亮的砍刀。

工人们害怕起来，纷纷往后退，罗工更是胆战心惊。

沈其南拍了拍罗工的肩膀，吓了罗工一哆嗦："罗工，我知道我强人所难了，但是我沈其南一定会给你赔罪的，我们现在就请求你，保留这堵墙七天，七天之后，再试试它的抗冲击力。若你觉得还是无法和我合作，那你把墙砸了；若你觉得我的砖质量和外国造有的一比，那我在浦江营造随时恭候大驾。"

傅函君正在埋头办公，忽然接到工地上打来的电话——塌方！

她立刻放下手头所有的工作，第一时间来到了塌方现场。此时的塌方现场一片混乱，泥沙里埋了一些钢筋，老潘正在指挥工人想办法抢救钢筋。

傅函君却制止老潘的行为，叫他赶紧带着工人们撤出来。老潘火道："如果不清理这些淤泥，这些建材就全都毁了。"

傅函君坚定地道："建材重要，还是人命重要？我告诉你们，马上就要二次塌方，把人都给我喊上来！"

老潘冷笑："危险个屁！"

傅函君气得脱掉鞋子，光脚向塌方处走去，德贵大惊："小姐！"

傅函君踩着泥深一脚浅一脚走到老潘身边，拽住老潘的衣领，狠狠威胁："我叫你上去你听见没有！"

老潘吼道："老子说了，在工地上就不服女人管，你给我撒开！我告诉你，要是有二次塌方，老子就给你跪下来！"

"行啊，不服女人管是吧，你现在就可以给我滚！"

老潘二话不说，脱下工服扔到了地上："我呸，我现在就走。"

那些工人也纷纷脱下了工服，就要跟着老潘一起走。

在这节骨眼上，刚刚所站的地方，果然再次塌方。

警戒区域内，刚刚还露出一截的钢筋被淹没。

老潘呆住。众人后怕。

德贵欣喜："小姐，你怎么知道那里还会塌方，你可真是料事如神。"

"你多看看建筑方面的书就好了。"

德贵得意："刚刚是谁说再次塌方，就跪下来着？一个大老爷们整天说看不起女人，我看啊，等事情真出了，还不如一个女人。"

老潘豁出去就要下跪，被傅函君拦住。她希望老潘能正视自己的能力，能够和她一起努力，把理论和实践结合到最好。经此一事，老潘终于在犹豫片刻后，握住了傅函君主动伸出的手。

"惭愧啊，惭愧啊，傅小姐，不，总经理，你这样的女人我是第一次见，真真……唉……"

"互相学习。"傅函君淡淡地笑。

德贵开着车，看见傅函君疲惫地靠在车窗上，外面再一次下起了大雨。他的心情还是很好，觉得小姐真是太厉害了，还收服了那刺头。

"小姐，那些工地上的工头最不服管教，现在你居然把他们治得服服帖帖。你可真是厉害啊！那个老潘分明就是文科长在背后鼓捣的，你这回把文科长也收拾了，这回太太肯定一句话也说不出来。"

"没办法，想要坐稳这个位置，只有多下功夫。我也得感谢大妈和傅承龙对我这个位置虎视眈眈，正因为有他们，我才会变得更坚强。"

"唉！要是其南知道你这么拼命，肯定会心疼的……"德贵自知失言。

然而，傅函君却一副置若罔闻的样子，实际上，她在心里默念只有自己变得更强大，才能为他报仇的信念。

[4 6]

游 鱼 曾 把 闲 情 托

荣泰广告社的楼顶上，一个姑娘正拿着扫帚当话筒自说自话，把自己想象成一位正在台上演唱的明星。楼梯上，杜少乾听到沈其西的声音感到好笑，没想到几天不见，这姑娘还是这样可爱。

沈其西并不知道杜少乾在偷看自己，她自顾自跳着舞，唱着《忆儿时》。

杜少乾不由得被歌声深深吸引，不慎在楼梯上踩空，顺着楼梯摔了下去。沈其西赶紧去救他，被杜少乾拉着去了医院。

此时此刻，右手上打着好笑的白色石膏的杜少乾正板着脸坐在西餐厅里。

沈其西一直没弄明白，自己好好地在楼顶上练习唱歌，这个杜公子怎么就会在楼梯上摔倒呢？可是杜少乾却咬死了，就是沈其西害得自己摔倒。

"怪我？"沈其西扑闪着自己的大眼睛。

"是啊，怪你，你说请我吃西餐，迟迟没有动静，我这才去找你，结果我走到楼梯上听到你鬼哭狼嚎的声音，吓得摔下了楼。"

沈其西完全没听出来杜少乾的话中之意，反而噘着嘴，暗自腹诽，那小模样更招人喜爱。

侍者把牛排放在了两人面前，杜少乾冷着脸命令道："喂，露西，你有点眼力见儿好不？过来帮我切好牛排。"

沈其西赶紧帮忙，杜少乾忽然又说："哎呀，我的左手也有点痛。"

他一本正经的样子，好像真的拿不了刀叉。沈其西带着羞涩，用叉子把牛排喂进了杜少乾的嘴里。杜少乾这才露出满意的笑容。

"很好吃！"

沈其西娇羞微笑，窗外的小雨滴还在滴滴答答，仿若也在见证着两颗心的靠拢。

浦江营造的大门都快要被罗工拍烂了，他满脸激动。

"你们说得没错，无论是墙的抗冲击力还是和砂浆的黏结效果，和外国造比起来一点都不逊色！我们老板说了，如果价格低于外国造的三分之一，我们就要货。签合同吧，签合同吧！"

紧接着，《中国建筑》的报道也出炉了，浦江营造厂的大门差点要被那些营造厂的买砖人员踏平。

沈其南开心地抱着一个小孩举起来，曹俊惊讶："这是哪里来的毛孩子啊？"

沈其南着重介绍："是李水生的，水生的儿子，李子安。"

曹俊更惊讶："啥时候找到的？"

"我刚出狱就找到了。之前在学堂念书，以后就是我的儿子。"

曹俊感慨，凑近李子安："子安，我是你曹叔叔，以后我也会养你的。"

李子安鬼机灵，他故意道："我才不要你养，我有沈叔叔就够了。"

"嘿，你小子！"

一阵哄堂大笑。

如今，姚峰要出来了，他主动提出加入沈其南的队伍，沈其南求之不得。浦江营造的班子越来越团结稳固。沈其南举起酒碗，大声道："以后我们就一起干活，一起发财，咱们定个小目标，先挣它一个亿！"

曹俊惊愕，下巴差点吓得掉下来："哟嗬，霸气，虽说这个数字听着吧，有那么点不切实际。但是，管他呢，咱们就挣它一个亿！"

沈其西关心杜少乾的伤势，又准备了点心拎到了永晟的楼下。

傅承龙正抓着杜少乾暧昧道："我听说你现在正跟一个乡下妞儿打得火热。"

杜少乾听着这话很刺耳："什么乡下妞。"

傅承龙哈哈大笑，仿佛发现了什么可笑的事情："就是那个取个洋名儿，叫什么露西，其实土得不得了的乡下妞啊！听说你经常带她去吃饭，两个人还一起去逛街。不是我说你，哥们儿你这事情做得不地道啊，虽说她衣服穿得土，但是脸蛋看起来很不错，你现在半路截和，我说，你不是真看上她了吧？"

杜少乾尴尬极了："你胡说什么啊，我怎么看得上那种女人？我只是看她可怜，偶尔才跟她一起吃吃饭。"

楼梯间突然传来"砰"的一声响，杜少乾意识到不对劲，他立刻察看，结果看见了沈其西的背影和地上摔落的食盒。

沈其西一路都在痛哭，她的小脸上都是泪水。脑海中时不时回荡着杜少乾让自己给他喂饭的场景。那些画面深深刺痛了她的心。

杜少乾也并不好过，他违心地说了那些话，没想到会被沈其西听见……

杜少乾，难道对一个女人动了真心就那么羞于启口吗？

他站在路口等待着露西，他知道这个路口是露西回家的必经之路。

沈其西老远就看到杜少乾站在那里，她赶紧转身准备逃走。她感到自己很难堪，已经无法再面对杜少乾，或许傅承龙说得没错，自己又土又笨，是个傻丫头。

"露西，你别走！等等我！"杜少乾见到沈其西，魂儿已经飞了一半。

可是沈其西根本不肯放慢自己的脚步。

杜少乾抓住她细弱的胳膊："露西，我等了你很多天了。我不知道你住在哪里，所以，我每天就在这个路口等你。"

沈其西强作冷静："杜经理，有什么事吗？"她想要自己体面一些。

"对不起，对不起，我知道我说了很多不该说的话，我向你道歉。"

"不，不用了，以后我们都不用再见面了。"

沈其西说完就坚定地转身走去，杜少乾呆呆地看着沈其西渐行渐远，那种不愿失去的情感忽然汹涌而至，再也压抑不住，他不顾一切地奔上去，牢牢地抱住了沈其西，在沈其西惊慌失措中，深深地吻住了她，吻住了永远属于杜少乾的露西。

青莲阁茶馆的大堂里，老鬼坐在一张桌子前，旁边的柱子上贴着"浦江营造招工"，阅人无数的老鬼正在挨个检查那些报名工人的手掌。从他们手掌老茧的位置，轻而易举就可以分辨出他们是什么工种，干了几年。

几年不见，大成已经老了很多，他也想挤进来报名，被别人认了出来："成叔，你是不是又输光了啊，该不会来这里找事情做吧？"

"啊呸！狗嘴里吐不出象牙！你才输光了！"他硬是挤了进来，伸出了自己的手，洪亮道，"来看看，十年的砖瓦工，看看这手上的茧子！"

老鬼看了看，没问题，点点头。

沈其南没有认出大成，微笑认可。

傅函君拿到报道，也很惊喜，觉得这个消息简直是及时雨，急忙拨通了浦江营造的电话。沈其南下意识接听，忽然听到了电话那头熟悉的声音，他猛地挂了电话，一把拔下了电话线。傅函君疑惑，不明白电话怎么会打不通，安排德贵去跑一趟浦江营造，务必买到红砖。她正愁着工部局地产大楼的项目预算严重超支呢。

然而，这边的沈其南却严厉交代所有人，可以卖给其他任何一家营造厂红砖，唯独永晟营造厂，绝对不可以。

曹俊当即表示支持，他恨傅承龙恨到了骨子里。

德贵到了浦江营造厂，自是被奚落了一通，直到沈其南出现。德贵死也不会忘记再见到沈其南时的那种感受。

"你没死！其南？！"

沈其南微笑："德贵，好久不见，我现在的名字叫丹尼尔。"

……

德贵没法一下子消化刚刚沈其南和他讲的那些"故事"，可不嘛，听天书一样，这得什么样的缘分才能造就这样的巧合。傅老爷竟然是其南的杀父仇人，而其南化名丹尼尔，就是为了回来向他复仇的。

沈其南也没法一下子消化德贵带来的消息，傅函君已经成为永晟的继承人，刁难永晟就是刁难傅小姐，在他"去世"的这段时间里，傅小姐不仅病了，痴呆了，还遭受非人的折磨，康复后的她又玩命工作，和太太少爷这些人斗，这一切的信念都是因为要替他报仇！

沈其南夜夜难眠。

德贵无功而返，傅函君很不满意，打算亲自去会一会这个浦江营造厂的老板。顾月芹抓住傅承龙，告诉了他这个好消息，提醒他，只要先傅函君一步拿下红砖合同，就能够扳回一局。傅承龙碍于母亲的唠叨，只好心不甘情不愿地去浦江营造厂走一趟。

结果刚下车，就看到傅函君站在门外不死心地敲门。看起来已经来了很久的样子,但是那边就是不开门。

"请问有人在吗?丹尼尔先生你在里面吗?"

德贵无奈,他劝道:"小姐你看吧,我没骗你呢,丹尼尔先生刚刚出差去了。"

傅函君很失望。门内的沈其南更是心痛万分,他呆呆地看着傅函君离去的身影,虚脱地坐到了椅子上。

傅承龙一眼就瞄到了老熟人曹俊,原来这个曹俊还没死呢,他才不像傅函君那么笨,横冲直撞。他打算先摸清情况,趁曹俊出门买吃食的时候,一下子拦住了曹俊。

曹俊早就对这个傅承龙恨得牙痒痒,但是表面上却不动声色,他故意收下了傅承龙给的钱,说要约见丹尼尔先生这件事完全可以包在他身上。傅承龙不知有诈,面露喜色。

他一直盼着曹俊通知他,曹俊不负所托,告诉了他好消息,丹尼尔先生愿意见他。结果,傅承龙被骗到了树林的小黑屋里,遭到了绑架。

曹俊很想就地埋了这个王八蛋,一泄心头之恨,可是他牢记着沈其南的叮嘱,只好把绑起来的傅承龙一脚踢到了大坑里,并警告傅承龙,再敢动歪脑筋,见一次打一次。

沈其南在梅丽莎舞场的包间里见到了章炳坤,并把一张巨额的支票推到了章炳坤的面前。章炳坤点点头,笑了起来,夸赞沈其南有能力,自己没有看错人。并询问沈其南,为什么独独不把红砖卖给永晟呢,那可是他原来的老东家。

沈其南只说自己是浦江营造负责人,他觉得没必要事无巨细地把运营情况告知章炳坤和章梅。章梅有些不悦,想要出手,章炳坤按住她,叫她静观其变。

章梅却通知傅建成,准备告诉傅建成沈其南的事情。然而,她绝没有想到,傅建成已经和沈其南碰了面。沈其南的死而复生，给了傅建成一个强烈的刺激。他以为自己老眼昏花，然而沈其南却告诉他，自己就是那个浦江营造的老板丹尼尔。

"那你为什么要置我们于死地呢？你从十几岁开始就在我家生活，难道我们之间有那么大的仇恨吗？你给所有的营造厂提供便宜的红砖，唯独不卖给我们永晟。你这是真狠。难道你还在怨我让你为承龙顶罪的事吗？"

沈其南靠近傅建成，冷冷道："一码归一码，你拿逸林地块换了你儿子的自由，而我是拿钱做事，生死两不追究，我没什么好怨的。"

"那你为什么还……"

"你自己做过什么事情，你忘了吗？宁波，码头，鸦片。"

傅建成如遭电击，他惊愣："难道你是……"

"对，我是沈贵平的儿子，沈其南。"

[47]

造化弄人还罪过

傅建成还是打通了沈其南的电话，约沈其南务必在第二天下午六点，十六码头会面。在此之前，他已经找到周律师修改了遗嘱，把所有的资产全部留给沈其南。这一生，他终于可以还清自己的罪孽。房管家见到老爷失魂落魄的样子于心不忍，劝他想清楚。他是看着老爷这些年如何奋斗的，又是在心里如何责备着自己，甚至多少趟去寻找沈家的孩子，还有老爷的爱人苏梅，可以说，老爷这一辈子用情至深，却一无所获。

码头上的天空飘起了雨，房管家在傅建成的催促下，同意先回去。傅建成准备等一下，等沈其南来了之后，就带他回宁波，去父母的墓地上看一看。

可他没想到，死神已经盯上了他。杜万鹰在百般向他索要钱财而不得的情况下，很不满，又得知傅建成已经找到了沈家后人，要把所有的钱财留给那个人，更是起了杀心。他秘密安排廖刚毅，伺机杀死傅建成。

伞撑开的一瞬间，傅建成的脖子被一根绳子死死勒住，眼看就要断气。沈其南正好赶来，发现情况不对，他赶紧奔过去："什么人？"

廖刚毅赶紧放手，却在瞬间又把傅建成推向了码头上的台阶处，傅建成连滚了几下，终于停了下来。

沈其南发现傅建成的后脑勺满是鲜血，赶紧把他抱到了车上，往医院开去。傅建成迷迷糊糊中见到了沈其南，才略感欣慰，不料随后伤情陡然恶化，昏死过去。

廖刚毅一直跟着沈其南到了医院，他怀疑沈其南的身份，总觉得很眼熟，可又不能确定。为了确定沈其南的身份，他一直跟在沈其南身后，直到被沈其东发现。在沈其东的帮助下，沈其南顺利逃脱。在沈其东的遮掩下，廖刚毅的怀疑才打消。

杜万鹰心情非常好，他以其人之道还治其人之身，举报了吴力伟私吞地产大楼项目的工程款，果然导致吴力伟被停职查办。吴力伟从沈其东那里得知是杜万鹰搞的鬼，心中异常恼恨！

傅建成在去见沈其南之前，叮嘱傅函君不要再想办法对付浦江营造，让傅函君心生疑窦。而父亲的重伤，更是让她下定决心，在这个时候，必须撑起永晟这片天，自己绝不能垮。她秘密找人盯着浦江营造的动静，很快就得知浦江营造的丹尼尔在约见另一个营造厂的老板。她愤怒地拦住了沈其南的车。

傅函君不顾德贵的拉拽，她有一肚子想不通的疑问，想要质问这个一定要置永晟于死地的浦江营造老板。

曹俊与沈其南坐在同一辆车上,也认出了拦车的人是傅函君,准备替沈其南下去。沈其南却制止,他深吸一口气,走下了车。摘下墨镜的一瞬间,傅函君惊喜地发现竟然是沈其南!

她的眼泪根本就不受控制,吧嗒吧嗒往下掉:"你没死啊,其南,你没死啊!太好了,其南!"

沈其南却冷着脸掰开了傅函君的手,将她用力推开。

傅函君不明白:"其南?"

沈其南强作镇定,伸出手:"你好,傅小姐,我是丹尼尔。"

"什么?你就是想要整垮永晟的丹尼尔?"

沈其南逼着自己扯出一张无情的笑脸:"没错,傅小姐既然知道我的目的是整垮永晟,那请你一定要变得强大起来,至少要比你父亲强,你才有资格做我的对手。"

傅函君根本就听不进去,她刚准备揪住沈其南的耳朵,想要质询他是不是脑子坏掉了。

姚峰及时出手制止,并警告她,离自己老板远一点。

沈其南不忍傅函君还在梦里,他恨恨道:"你想要知道到底怎么回事,回去问问你爸。"

可是,上车后的沈其南,眼眶早已湿润一片。对不起,函君,我也不想这样,但是……造化弄人。

德贵小心翼翼地告诉傅函君,沈其南的父亲是被傅老爷杀死的,傅老爷就是沈其南的杀父仇人。其南变成这样,只是想替爸爸报仇。

傅函君陷入了无限的悲伤中。

顾月芹偷听到律师和房管家的电话内容,原来老爷已经把遗嘱改了,所有的财产都给一个外人,什么都没有留给她和承龙。心中的怒火使她跑到了傅建成的病房，大闹一场。

"傅建成，你现在一定要撑住，一定不能死，你宁可把股份给一个外人也不留给我和承龙，我不知道你到底怎么想的，我只知道我这辈子都没有得到过你的爱，那我至少要拿到你的钱，我跟了你这么多年，这些是我应得的，所以你一定要等我改完你的遗嘱，那时候你再死，我绝不会拦你！"

杜少乾惦记着沈其西说过想要考夜校，于是硬拉着沈其西来到了同济大学的图书馆。

沈其西不好意思："我不是这里的学生啊，也能进去看书吗？"

杜少乾理所当然地告诉她可以。

沈其西激动极了，她打量着大学的图书馆，大力夸赞。忽然她看到墙上贴着的电影海报《The Jazz Singer》，结结巴巴读了出来，被杜少乾纠正了过来。杜少乾没想到沈其西的英文竟然这么烂，简直对不起自己露西这个名字。

沈其西告诉他，自己从小在教会孤儿院长大，露西这个名字是神父给她取的，她只跟修女们学过几句简单的口语，其实连二十六个字母都认不全。

杜少乾没想到眼前这个每天都能够绽放最明媚笑容的姑娘是个孤儿，他怔怔地看着沈其西。沈其西有点胆怯："少乾，你是觉得我是个孤儿，不想跟我交往了吗？"

杜少乾佯怒："我当然不想跟你交往了啊，认识你这么久，你连真名都没有告诉我。"

沈其西开心地笑了起来，这回她听懂了，杜少乾是刀子嘴豆腐心。

"我家人都叫我西瓜头。"

"这么土啊！"

沈其西却忽然落下眼泪，她很喜欢这个名字啊，她好想念爹娘的怀抱啊。

杜少乾感觉自己可能伤害了沈其西，再也不去追问她的全名，真心环抱住她："我不该问你名字，不该让你想起那些伤心的往事，从今以后，你就是我的露西，我最最珍爱的女人。"

沈其西点点头。

"如果你真的想要考夜校，那我建议你报考上海商会设立的商业夜校，那里有专门的英文课。"

沈其西不明白为什么要学英文，杜少乾告诉她，如果要当歌星，就必须学会外语，因为上海是一个国际化大都市，若懂得英语，比起其他歌手就会更有优势，更能呈现出多元的文化，就更容易脱颖而出。而歌曲也不是简单地模仿唱腔，言为心声，只有理解了一门语言所表达的情感，才能唱出打动人心的歌曲。

两个人悄悄坐在了图书馆里。杜少乾打开了一本《罗密欧与朱丽叶》，里面有一段，他忍不住为沈其西读出来："Love is the smoke of a sigh. In the lover's eyes is the purified Mars. Their tears are the aroused waves. It is the maddest wisdom, choking bitterness, as well as the missed honey."

沈其西超级崇拜："少乾，你念得真好听啊！什么意思呢？"

"爱情是叹息吹起的一阵烟；恋人的眼中有它净化了的火星；恋人的眼泪是它激起的波涛。它又是最智慧的疯狂，哽喉的苦味，吃不到嘴的蜜糖。"

不过，他才不会轻易告诉这个傻丫头，这句话的意思呢！

"还是等你考上夜校再告诉你吧。这段时间你好好用功，有不懂的就问我。"

沈其西高兴地笑了。

杜少乾的心也暖暖的，他越来越喜欢这个小女子了。但他当下有更重要的事情要做。他知道傅叔叔还在昏迷中，傅函君在孤军奋战，他必须帮着傅家渡过这一次的难关。父亲是父亲，他是他，他绝不能做一个彻底没有良知的人。

沈其东见到了杜少乾，还开起了他和沈其西的玩笑，同时也为杜少乾遇到自己真正喜欢的女孩子感到由衷高兴。可是杜少乾却说要帮着永晟会一会浦江营造的老板，他不由得留了个心眼，提前和弟弟沈其南通了气。

杜少乾拉着沈其东来到了范家祠堂的工地上，亮出了沈其东是市政府工务局保卫处厅处长的身份，要求找一下浦江营造厂的老板谈话。

结果却被告知，老板不在家，可否代为转达指示。

就在这个时候，大成扛着一捆钢筋走来，恰巧脚滑，眼看钢筋就要撞到杜少乾，被沈其东一脚踢开。

大成哈着腰跟众人道歉，他抬起头的一瞬间，沈其东认出了他。

沈其东盯着大成唯唯诺诺的背影，眼神凌厉。

大成，原来你躲在这里！知道什么叫报应吗？你的报应来了！

[4 8]

冤 有 头 债 亦 有 主

大成被蒙面人突然从后捂住口鼻，拖到了一处墙下。大成还以为遇到了抢劫的，生逢乱世，到处都是为了钱财不要命的匪盗。

他惊慌下跪，将身上所有的钱全部掏了出来，暗叫倒霉，本想去赌场大杀四方的……

蒙面人却轻蔑一笑，踢走了他身边的铜圆。

"你还记得沈贵平吗？成福寿！"

大成猛然一抖，一时没想起来，但是这回的抖是真抖，他意识到对方是来寻仇的。蒙面人见大成一副绝望的惨样，追问道："你多年前曾入青帮，因为勾结外人暗中对付青帮老头子筱鹤鸣，在筱鹤鸣被杀前失踪，我说得对吗？"

大成体如筛糠："不关我的事啊，那都是杜万鹰命令我做的，你是什么人？"

"我就是那沈贵平的儿子！如今我可以饶你一命，你把这些话拿到法庭上去说吧！"

大成忽然意识到危险解除，他一下子不害怕了，多年的蛮横，使他自信起来。

"我知道了，你不是来杀我的。那件事之后你爹被诬陷成了走私犯，你是要我为你爹做证洗清冤屈的。"

蒙面人把刀子又递进一分，却被大成推开，他拍了拍自己腿上的灰尘，竟然站了起来。狡猾的他反而向蒙面人索要做证费，只要给足钱，他就一切都好说。蒙面人不疑有诈，和大成约定好后天拿出五百大洋，换取大成当庭做证。

大成晃晃悠悠离开了蒙面人的视线，却很快警觉地甩掉了跟踪之人，心想，哼！指望我做证，来为一个死人翻案？那也太小看我了吧！

徐小川从阴影中走出来，看到取下蒙面巾的沈其东，担忧道："那个大成非常奸诈，把我们安排跟踪的人都甩了，你确定他会愿意去做证？要不，咱们还是和你弟弟商量一下？"

沈其东摇摇头："他现在铆足劲对付永晟，就不打扰他了。"

杜万鹰宴请同事，还邀请了新上任的财政局副局长，他也没有见过，正好趁着吴力伟下台革职的当儿，心情高兴，请大家一起乐和乐和，顺带增进下友谊。

席间大家议论纷纷，有人说这人是陈委员的亲信，之前一直安插在租界暗中为党国做事，前不久才调回政府任职。杜万鹰提醒大家，这样的人才是党国的栋梁，等会儿这位大领导过来，大家一定要多多敬酒。

正讨论着呢，一个西装革履戴着礼帽的男人带着随从走进了包间。他人未到，声音已洪亮道："不好意思各位，让大家久等了！我今天和大家第一次见面，又是杜副局请客，我先自罚三杯赔罪。"

杜万鹰呆住，他有些没转过弯来，怎么是吴力伟？

吴力伟却一脸得意："诸位同僚，鄙人姓吴，名力伟，是市政府财政局新上任的副局长，以后还请大家多多关照。"

看到这个怎么甩都甩不掉的狗皮膏药，杜万鹰恨得直咬牙。

好不容易忍完这场饭局，杜万鹰狠狠地一脚踢到了车上："仗着陈委员又怎样，我背后也有熊先生，就算他来市政府我也照样能收拾他！"

"请问是杜队长吗？"一个中年男子的声音小心传来，仔细听充满了谄媚之感。

"你是？"杜万鹰疑惑地打量他，这个时候竟然还敢近身向自己打招呼？

大成抬起头来："杜队长，您不记得我了吗？"

廖刚毅想起来宁波的往事："大成？！"

大成竹筒倒豆子似的，把遇到沈贵平儿子的事和他要求自己后天收钱做证的事情都倒了出来。杜万鹰惊讶，这沈贵平的儿子真的没死？不仅没死，还想着要扳倒自己？真是可笑，是不是活腻了？这么多年偷生，还以为是老天的眷顾？哼，碰到我杜某人，可就没那么容易了。

他示意廖刚毅拿出一沓钱递给了大成，并承诺他，这只是定金，等事成之后再给两条"大黄鱼"。大成简直欣喜若狂，他就知道自己的脑袋瓜子最好使，两面通吃！

大发一笔的大成，回到工地上收拾行李。小人得志，便很容易得意忘形，他四处吹牛，说自己认识什么工务局的大官，人家给了他多少钱来着，还特意给自己置办了一身崭新的行头，弄得人模狗样的。

沈其南听老鬼絮叨，不由得皱眉，又是工务局？大成？

他迅速给沈其东的办公室打电话，可是沈其东已经去往约定的地点了。徐小川大惊失色，他立即告诉沈其南沈其东的计划。沈其南顾不上再说什么，立刻开车冲了出去。

约定的地点，此时已经布下了天罗地网。沈其东刚准备走进巷子，就被沈其南拖住，两人赶紧换了衣服。杜万鹰急切地盼望着那个"沈贵平的儿子"，他到底是谁？

果然，一个男人和大成接头了，杜万鹰一声令下，立刻抓住了沈其南。

"你没死？原来你就是沈贵平的儿子！"杜万鹰看到沈其南的脸非常惊愕，最近怎么总是发生这些绝对想不到的事情？

沈其南微笑，毫无惧怕之色："杜万鹰，好久不见了！"

"你不是死在磨刀石队了吗？"

"父亲大仇未报，我怎么能轻易就死了？我会把你们这些人送进监狱，我也会让我的浦江营造取代永晟，我要你们统统都为当年的事情得到惩罚！"

杜万鹰恍然大悟，乐起来："怪不得你处处为难永晟。可惜啊，你再也没有机会实现你的伟大抱负了。我今天就会杀了你。"

沈其南闭上眼睛，该来的总会来，他现在手脚被捆，挣扎不出……

吴力伟忽然出现："哟，这石库门一带是要拆掉重建吗，杜副局？"

杜万鹰心中暗骂：真是哪儿都有这只死虫子。

可他还是换上了一张虚伪的笑脸："吴副局长怎么有空来这里啦？"

251

吴力伟看了看沈其南："有点事情要找浦江营造的丹尼尔先生聊一聊，听营造厂的人说他在这里，专门过来找他，你俩这是演的哪一出啊？"

杜万鹰打哈哈："我们工务局也找他有点事，闹了点小误会。"

"杜副局，谈完了吗？谈完了我就把人请走了哦！"

吴力伟顺利带走了沈其南，留下杜万鹰冰冷的眼神。

毫无悬念，吴力伟正是沈其东搬来的救兵。沈其东主动投靠吴力伟，希望吴力伟能成为沈其南的靠山，吴力伟当然求之不得。自从田石秋这个钱袋子没用了之后，正愁没有新的钱袋子可用。可是沈其南却从心底里抵触，但是……算了，还是等大哥有空了，再和他好好谈谈。

杜万鹰在吴力伟那里再次吃瘪，气愤的他质问当初沈其南为什么没死在磨刀石队。沈其东小心解释，仍然让杜万鹰起了疑心。他又追问沈其东，为什么今天没有露面。沈其东拿出了跟踪吴力伟的照片。也许是照片上的吴力伟笑得太得意，这张他和土地局荀局长握手的照片，把杜万鹰的注意力转移走了。

"这吴力伟刚上任，就拉关系拉到了土地局。动作真够快的，我倒要看看他要整出什么幺蛾子来。"

廖刚毅走进来汇报，已经把大成绑着大石头沉进了黄浦江。沈其东暗叫倒霉，这回真是出师不利，不仅没有保护好人证，让杜万鹰起疑，还暴露了自己弟弟的身份……总之，以后一定要谨慎再谨慎了。

恒泰营造厂的张老板是最开心的，他不仅以低于所有人百分之十的价格买到了浦江营造厂的红砖，还顺利截下了本属于永晟营造厂的地产大楼的项目。他跑来浦江营造厂，找到沈其南，拍胸脯保证一定会支持他们进入水木营造同业公会。

这才是沈其南目前最大的心病，如果进入不了同业公会，自己即使拥有逸林地块，也无法拥有开发这个地块的资质，而且营造厂的规模也无法扩大，只能接一些祠堂类的小项目。

老鬼送走张老板，面带喜色，如果张老板同意的话，就拥有了很大的胜算。可是，那永晟的傅建成是理事长，万一他从中作梗，那就为难了。老鬼担忧："听说那个傅老板受伤入院了，还不知道能不能醒。"

沈其南点点头。老鬼从沈其南这里误以为傅建成会醒不了，他惊喜万分："但愿他永远不要醒过来，不要妨碍我们进同业公会。"

可是沈其南却想到傅建成吃力地叫着自己的名字，那样的眼神绝不是坏人会有的。这么多年相处，沈其南知道傅建成也绝没有干过伤天害理的事情。

鬼使神差般，沈其南又来到了医院，走到了傅建成的病床前，他纠结地看着这个虚弱的男人：你现在躺在床上算什么？我是要向你复仇的，可你让我觉得你像个临阵退缩的逃兵，这样我不仅恨你，还会看不起你，你不能死，一定要醒过来，我们好好算账。

忽然，傅建成剧烈抽搐起来，沈其南大惊，慌张叫起来："医生，医生。"

正巧，拎着保温壶的傅函君推门而入，见到了沈其南，又看到痛苦的傅建成……沈其南趁乱走了出去。

傅函君本想追出去，可是医护人员立刻赶到，使她意识到父亲需要急救，她肝肠寸断。

"爸爸，你一定要挺住啊！"

很快，傅建成就被抢救过来，医生松了口气："还好抢救及时，不然后果不堪设想。"

[49]

梦碎梅丽莎舞场

沈其南接到傅函君的电话，很是意外。傅函君简单说了几句，提到在梅丽莎舞场相会。沈其南本想拒绝，傅函君威胁他，如果不肯见面，她就去浦江营造厂找他。沈其南说服了自己，就去看一眼傅函君吧，就看一眼……

傅承龙吓了一跳，他不敢相信这人竟然真没死。而且还摇身一变，成了威震一时的浦江营造厂的老板丹尼尔。杜少乾却如释重负，他感觉自己本来就对不起沈其南，如果真是自己害死了他，那他一定一辈子都会活在阴影之中。傅承龙却觉得杜少乾的脑子坏了，那个沈其南活着，只会想着报仇。而杜少乾认为，即使沈其南来报仇，他也认了。

他已经越来越深爱那个单纯美丽的姑娘了。有了她，他才感觉这个世界充满了幸福。他庆幸她来到了自己的生命里，给他的生活带来新的希望，使他的好运开始降临。

顾月芹猛然摔碎了喝茶的杯子："傻儿子，你说的是真的？那个丹尼尔就是沈其南？果然，怪不得你爸爸要把股份都留给那小子。我们绝不能让他得逞，属于你的东西，谁都不能抢走！"

傅函君很想扑进他的怀抱里，可她现在却只能克制。她必须把该说的话今天全部讲清楚。沈其南没料到，傅函君刚见面，就道歉，很诚恳地道歉，请他原谅傅家的所作所为。笑话，难道父亲的一条命，沈家的所有灾难，就因为今天的道歉，一切都可以抵消吗？

他强硬地表示，一定会让傅家尝尝一无所有、家破人亡的滋味。

傅函君的心都在颤抖，现在还有比她更痛苦的人吗？心爱的男人就在眼前，他却说要毁掉她生命中最重视的一切。

"好，我问你，我爸爸受伤住院，是不是你害的？"

"是。"

"那今天医院里，我爸爸伤势突然恶化，也是你做的手脚？"

"是。"

"沈其南，你知道你的演技有多差吗？你根本是因为担心他才去医院的！"

"傅函君，你不要太自以为是。"

"是，我的确太自以为是，因为我甚至想过，如果我求你，你会不会为了我们的感情放弃复仇，你会吗，其南？"

沈其南忽然沉默了。

傅函君感到有一丝希望："我们已经算是夫妻了啊，其南我求你了，你放弃复仇，我放弃永晟，我们去香港……"

沈其南抬起头来，冷静地看着傅函君，打断了她的幻想："比起父母大仇来，傅函君，你根本不值一提。"

傅函君如被刀扎，如凌迟处决前般绝望，她抓起酒瓶，给自己倒满一杯酒。沈其南忍耐着，他害怕自己所有的克制都会功亏一篑。

"你知道这段感情对我有多重要吗？为了这段感情我曾经放弃了一切，事业、荣誉、尊严，甚至是作为女儿的责任。以为你离世的时候，我甚至封闭了自己，被顾月芹折磨，过着猪狗不如的生活；知道你是被杜少乾和傅承龙害死的时候，我又逼着自己站起来和他们所有人为敌，再苦再难我都跟自己说一定要坚持下去，要代替你坚持下去！从我们在土地公公土地婆婆面前许下誓言的那一刻起，我就一直以沈太太自居，我将这段感情视为全部……"

每一句，都如同利箭刺穿沈其南的心，他死死攥着自己的手，以致手背上青筋暴起，但他依旧冷漠着一张脸。

"你说这些毫无意义的话，有用吗？"

"是，没用了，都过去了。"

"傅小姐，我时间很宝贵，你要说的话就这些吗？那我走了。"

傅函君立时叫起来："沈其南！"

沈其南看着傅函君从手袋中拿出两人定情的手绘本，用那双已是红肿的眼睛逼视着自己，她的表情已经不是悲痛就可以形容的，而是一种恨，一种决绝，一种天地毁灭，也再不会回头的坚定。

"谢谢你今天能来，咱们把话说清楚了！你说得对，我们从此再无半点感情上的瓜葛，你有你要掠夺的，我有我要守护的，对永晟我竭尽所能，你尽管放马过来，我傅函君绝不会后退一步！"手绘本被她撕碎抛入空中，那些甜蜜的过往，伴随着碎片飞舞，傅函君头也不回地走出了梅丽莎舞场。

沈其南终于装不下去了，他蹲下身子，痛哭了出来，手里是一张已被撕去一半的牵手小人⋯⋯

那一场哭泣，让沈其南的心变得脆弱不堪。他本就不是一个心肠坚硬的人，你让这样的人如何变得锋利？可以说，他简直是伤敌一千，自损八百，不，是伤敌一千，自损两千、三千、四千、甚至更多⋯⋯

傅函君给自己吃了顿饱饭，然后拧开水龙头，洗脸，刷牙，看似和常人无异，除了那双红肿的眼睛。她躺上床，然后熄灯，睡下。好似一切都没有发生过。就当二十年来的生活里，从没有一个叫沈其南的人出现过。

然而傅家外，一棵可以看到傅函君窗户的树底下，有个高大的身影站立着，他一动不动，仿若已与夜色融为一体。谁也不知道他站了多久了。他就那样仰头看着那扇窗户，好似能看见里面的人，好似能摸到那张流泪的脸，好似能抱着她的身体，好似⋯⋯她能听到他心里的声音。

这张脸也是惨兮兮的，眼睛肿得厉害。其间，老天爷下雨了，浇在他的头上、身上、脚上，直到把他坚硬的躯壳荡涤。

沈其南终于坐到了水里,直到大雨停下,直到晨光初现,他最后看了傅函君的窗户一眼,才缓缓起身,慢慢地离开。

傅函君解雇了德贵,她无法原谅一个隐瞒了自己那么久的下属,况且还是沈其南的好兄弟。一大早就来到办公室听房效良汇报的她,正在思考浦江营造厂下一步的计划。果不其然,她在听说浦江营造厂是以低于百分之十的价格给了恒泰红砖之后,立刻猜到沈其南下一步想要进入水木营造同业公会。这怎么可能?傅函君露出冷笑,她是不会给沈其南任何机会的。只要永晟还是这个公会的理事长,就绝没有浦江的位置。

可是房效良却支支吾吾拿出了一份同意书。傅函君惊讶地发现,竟然是傅建成在没出事之前,写下的同意书,同意浦江进入水木营造同业公会。

傅函君想起沈其南冷漠的态度,悲伤蔓延,再次抬起头来时,她的目光已变得凶狠:"我们永晟没有退路了,我和我爸爸不一样,我已经不再对他有任何幻想。"她决定毁掉浦江营造唯一的优势——红砖,吩咐房效良去联系威尔森,她准备和威尔森等其他外国造的老板好好谈谈。带着必胜把握的傅函君成功地说服了威尔森,毕竟近来因为浦江营造的红砖出现,已经严重影响到了他们的收益。他们同意以更低的价格为水木营造同业公会的其他老板提供红砖,但是必须给沈其南投上反对票。

这些果然给了浦江营造沉重的打击。沈其南冷冷地看着傅函君,他确实没想到傅函君的动作会这么快。不能进入公会,那么下一步就更难施展。

老鬼和曹俊等人瞧着沈其南一个人切着牛排,似乎吃得津津有味。那一桌的丰盛佳肴,在他们两个人的眼里却如同蜡像,毫无吸引力。

"你们坐着干吗,快吃啊,牛排凉了不好吃。"沈其南招呼着,就好像在家里吃饭一样自然。

曹俊泄气道:"现在吃不下去,本以为马上就能进入水木营造同业公会,没想到现在全泡汤了,之前去谈的几个老板,明明说好了,也都临阵倒戈了。损失如此惨重，我实在是没有心情。"

老鬼也道："那些外国红砖厂也联手开始降价，咱们要是拿不到承接洋房和高层公寓的资格，光靠红砖也支撑不了多久了。"

沈其南却胸有成竹："吃吧，吃吧，吃饱了我们才能有好办法啊。"

傅函君带着杜万鹰从门外走进来，恰好看到沈其南在吃牛排，一副丝毫看不出挫败的样子。杜万鹰冷笑，他故意走到沈其南身边，停下了脚步。

"哟，这不是浦江营造厂的丹尼尔吗？"

沈其南摆出商人的姿态，换上职业化的微笑："杜副局。"

"没想到在这里遇到丹尼尔先生，可真巧啊，这里的氛围适合你吗？哦，对了，我见你吃得挺高兴。我再跟你报个喜，江湾那边的发展政府已经做好规划，逸林那一带全都规划成高层住宅，现在政府发行市政公债，又呼吁所有的市民积极响应上海大开发，我看逸林周边的地全都起好了地基，好像只有丹尼尔先生名下的那块地还没有动静啊。丹尼尔先生，你自己就是开营造厂的，可得赶紧动起来，不要拖了政府大上海计划的后腿哦！"

傅函君煽风点火，顺着杜万鹰的话继续接："杜副局，您还不知道吗，浦江营造厂不是水木营造同业公会的成员，还没有承接洋楼和高层公寓的资格。"

杜万鹰故作惊讶，眼睛却像是要吃人："哦，这样啊，丹尼尔先生要赶紧想办法，不然到了政府规定的最后期限还没有动工，那为了整个大开发的顺利进行，你的逸林地块恐怕就要被政府强制拍卖了。"

"多谢杜副局提醒。"沈其南波澜不惊，似乎在听不相干的事。其实内心里似火一般在燃烧，可他绝不能表现出一丝一毫。

傅函君瞥了一眼身边这个现在被她恨透的男人："我说过我们永晟和浦江势不两立，你们休想进入同业公会，这只是个开始，接下来我要拿回本就属于永晟的一切,例如,逸林地块。"

沈其南却不由自主地想要关心她:"你离杜万鹰远一点,你选择与狼共舞,考虑过后果吗?"

傅函君听出了沈其南话语里的暖意,却还是坚定地看着他:"两害相权取其轻,他不过是贪钱,比起他来,你更可怕!"

今日的沈其南,陷入了难题中。如果地块再不用来开发,政府就有权力出手干预,可是要找其他有资质的营造厂合作,那就是砸了自己浦江营造的招牌。总之,左右两难。

他回到厂里,立刻把自己封闭起来,商场如战场,他已经到了孤立无援的时候。他太了解她了,她一定会像他一样了解他,所以,向章炳坤求助的计划也一定是行不通的。那章炳坤在永晟和浦江都有股份,你叫他如何做决定?所以,吃饱了牛排的沈其南,此时此刻,坐在了《市中心区域分区计划图》的面前。

漫长的一天过去,沈其南拿着笔,在住宅区二的位置画了一个圈。那正是逸林地块。与此同时,和他心意相通的傅函君,也踌躇满志地在同样的位置画了一个圈。

沈其南打开了房门,他扬起嘴角,听说命运总是光顾那些爱笑的人,他现在就要笑起来。

[5 0]

两败俱伤又何必

沈其南的方法算是兵行险着,置之死地而后生。既然没有承接高楼的资质,也没有强硬的政府关系,更不愿意砸了浦江营造的招牌,那就只能从解决土质上下功夫。

沈其南请大哥沈其东约出了吴力伟，沈其东还以为沈其南想通了，愿意主动去拉拢吴力伟，成为吴力伟的"人"，沈其南却笑而不语，只说让大哥转告吴力伟，他要还上次救他们的人情。

吴力伟当然求之不得，对于这种主动上门求着自己的商人，他早就压榨惯了。见到沈其南的时候，还是客客气气的。直到听明白沈其南的来意后，他的脸色变了变。

"丹尼尔先生，你在异想天开吗？政府的规划图早就定好了，甚至有些项目已经动工，你现在却说应该把某些高层公寓变成平民区住宅，或许，你应该去找市长。"

沈其南给吴力伟倒了一杯酒："吴副局，市政府为什么要大力推行大上海计划呢？"

"当然是为了发展华界，能与租界抗衡。"

"的确，上海十里洋场，可是真正繁华的地方都集中在租界，市政府为了与租界抗衡，这才决定开展大上海计划发展华界，所以那份规划图上处处高楼华府，每一个区域的设计都想与租界比肩，可就算是租界也有专门为平民修建的石库门，而我们华界的规划图里却根本没有这些平民的一席之地。"

"开什么玩笑，平民区怎么可能建在这里？你听清楚没有，这里要成为上海新的市中心，是最繁华的区域，当然要建最豪华的建筑。"吴力伟已经想结束这个可笑的话题。

沈其南却问他："好，这里最繁华，住的是全上海最有钱的人，那么我请问，这些人要不要买菜，要不要吃饭，要不要买衣服，要不要坐黄包车？"

吴力伟沉默了。

沈其南再接再厉："好，如果都要的话，那么这些干活的人又住在哪里？我们的政府可以不规划平民区，但老百姓可以自己想办法。我们都知道什么叫滚地龙，那其实是无数个窝棚区，吃喝拉撒全在里面，如果现在不考虑这个问题，将来市中心再繁华，也全都长着毒瘤。"

吴力伟听得内心有些松动，不过，他忽然又想到自己是新上任的财政局要员，难道沈其南是想让自己向上面说说情，看看能不能把原先的高层公寓的规划改成平民住宅？沈其南却皮笑肉不笑地盯着吴力伟这只贪得无厌，习惯了别人溜须拍马的官场蛀虫。

"吴副局要是这么理解，也算差不多，不过有一点不太准确。"

吴力伟被沈其南的眼神看得发毛，他抿了一口酒："丹尼尔先生，这个事儿不归我财政管，你应该去找工务局……当然，如果你不方便，我可以代劳，但是你知道的，方方面面的人都要打点……"

沈其南轻笑："不，我说得不太准确，就是指这里。这次不是吴副局帮我，而是我为了报答吴副局上次出手相助。我和杜万鹰有仇，怎么会给他出主意让他领功呢？"

"领功？丹尼尔先生这话我不太理解。"吴力伟有点迷糊。

"财政局是肥差，吴副局新官上任，虽然表面风光，其实最近，您应该焦头烂额了吧？"

吴力伟果然摆正了脸色，他有些期待沈其南下面的话。

"政府实施大上海计划，可是这项计划所费不赀，资金困顿，甚至发行了三百万的市政公债，可是，效果并不是很明显。如果吴副局能从财政入手向上面建议，把其中的两个高层公寓重新规划成平民区，不仅可以弥补整个规划的缺陷，还可以节省一大笔银钱，不是一举两得吗？你看，你这初来乍到，就为大上海计划做了这么大的贡献，算不算立功呢？"

吴力伟内心狂喜，这简直是白捡的大便宜，比收受贿赂还要有价值。虽然他表面上波澜不惊，实际上，他眼角正在弯曲的纹路出卖了他。沈其南拿出文件,告诉吴力伟,这是规划区域内的土地勘察报告,上面很明确地指出,逸林地块虽然位置优越,但是因为是靠江的洼地,泥土松软潮湿,不利于修建高层公寓,且花费投入更加巨大,所以从节省开支考虑,这是最合适的选择。

吴力伟佩服不已,对沈其南刮目相看。他喜滋滋地收下了这份"礼物"。果然,政府很快就公布了新的项目工程招标,租用浦江营造厂的逸林地块作为第一平民住宅区建筑用地。由工务局作为项目的监办部门。

傅函君得到消息,暗自苦恼自己这次太轻敌,对沈其南"另辟蹊径"的思维方式,不得不佩服。不过,这只是千方百计得到了一个竞标的资格,浦江营造厂没有打样部,那可未必能夺标。她是绝不会再让沈其南赢过自己的。

沈其南对这次的成功并没有自我陶醉,他明白永晟目前比自己的营造厂更有实力,那杜少乾和傅函君都是非常优秀的设计师,可是……这不会难倒他,他随即重金聘请了知名华人设计师劳伦斯周。

双方人马在逸林地块上同时出现,沈其南和傅函君装作不认识。各自带着自己的人忙活着,又迅速回到了各自的办公室,讨论如何做出最好的设计方案。

杜少乾主动出手帮忙,他想要和傅函君冰释前嫌。傅函君采纳了杜少乾提出的"抛填法",她觉得这确实是个可以解决土质松软导致的地基问题的办法。况且,国外就有类似的案例。如果采用的方式是在淤泥上挖很多深孔,向孔内抛填碎石,那么在抛填的过程中分阶段再将碎石向孔底和孔四周挤压,直至填平到基础底面标高,整个过程完全不采用钢筋水泥。只要计算得当,这种地基承受三层的房屋是足够牢固了。关键的一点是,用碎石代替钢筋混凝土,整个房屋的造价就会降低很多。

傅函君很高兴,她大方承认了自己之前的行为过激,愿意接受杜少乾重回永晟的怀抱。杜少乾有苦难言，他虽然真心想要帮着永晟不假，毕竟永晟的打样部有今天的成就，他也倾注了大量的心血。可是他现在已经是有爱人的人了，有了一个致命的软肋。他没办法做到在父亲拿她的命来威胁他时，无动于衷。父亲的条件是，努力接近傅函君，重新获得傅函君的信任，总有一天代替傅函君，掌握永晟。

可是傅函君是什么样的女人？如今的她杀伐果断，是个很有自己想法的人。即使杜少乾的出手相助，让她愿意道歉，愿意恢复杜少乾的打样部经理一职，可是绝不代表，她会从心底扯下对杜少乾的防备。果然，杜少乾接着就以打样部经理的职务联系到了一家出价很低的材料商，可傅函君却在权衡之后，决定拒绝。

傅函君的成长，所有人都看在眼里的，杜万鹰的阴谋被迫以更快的速度推进。

沈其南的想法原本与傅函君几乎一致，首要之急是解决居民住宅的稳固性和节省地块多建房……可人算不如天算，窝棚区突遭大火，沈其南听说竟然是闸北那边。他抛下手里一切活计冲了过去，帮助大家伙一起把火扑灭了，然而姚彩苹和姚峰的母亲还是不幸死在了这场大火里，其余人家也是纷纷受难，死伤无数。沈其南在废墟中发现这场大火完全可以不用烧成这么惨重。他的耳边回荡着因为失去亲人，饱受人间惨痛的哭号声，忽然在心中有了主意。他回到浦江营造厂，要求劳伦斯周必须按照自己的意图修改原先的定稿。劳伦斯周尽了全力。

公开招标如期举行。傅函君胜算很大，因为杜万鹰曾在此前承诺她，一定会让永晟中标。这回他表现出了一个长辈的姿态，竟然没有要求傅函君满足任何条件，只要她和浦江营造厂继续竞争就好。

傅函君的设计陈述，尤其是关于杜少乾推荐的用碎石代替钢筋混凝土的方法，得到了副市长和其他几位评委的认可。就在主持人邀请最后一位竞标者展示设计方案的时候，却发现浦江营造厂的位置空空如也。眼看主持人要宣布取消这家营造厂的名额时，沈其南带着曹俊和老鬼匆匆赶到。他顾不得多做解释，直接展开了自己的设计方案图。

他晓之以理，动之以情，以亲自参与窝棚区救火的感受来阐述自己的设计想法。他主张在新民居里要有大会堂、自流井、阅览室、民众学校、公厕等公共设施，以解决居民的各项需要。

"所以我们的设计严格按照防火要求设置了弄堂宽度和房屋间距，并在每栋房屋之间设防火墙隔断，如有火灾发生，力求将人员伤亡减到最小，保障住宅区居民的生命安全。作为一个建筑从业人员，我觉得这才是房屋价值的体现，才是我们真正应该修建的住宅。"

这一番"以人为本"为核心的论断，在所有听众的心里卷起了滔天巨浪。就连傅函君也被沈其南打动了。

她主动鼓掌，并提出问题："我很赞成丹尼尔先生的设计方案，不过我有两个疑问：第一，这个设计的公共功能用房及设施太多，会不会导致成本太大？第二，逸林地块的地基问题，浦江营造厂又会怎么解决？"

沈其南对傅函君的举动并不觉得奇怪，虽然他们是对手，但也是心灵相通的爱人。

"我先回答傅小姐的第二个问题，逸林地块的土质松软，我们向下挖到一定深度后，新增一个地下室，做一个地下室的大板基础，大板基础的坚固性和可靠性会比一般的条形基础好得多。"傅函君明了，她点点头，示意沈其南继续回答。

"多出来的地下室就可以当作夜校、阅览室或者是储藏室。这样的话，比起永晟的抛填法，虽然地下室的成本有所增加，但是增大了建筑面积，所有公共设施根本不用另外划地重建，地下室做好的话，公共设施的雏形也就出来了。"

副市长非常满意沈其南的设计，包括沈其南的出发点。他率先鼓掌，其他几位评委无奈地看了杜万鹰一眼，也跟着鼓起掌来。

傅函君在会后，遇到了沈其南，她真心夸奖他们这一次的设计非常出彩。沈其南却故意激怒傅函君，要傅函君继续更强，这样才配得上做自己的对手。

傅函君高傲地板起脸："胜败乃兵家常事，我希望丹尼尔先生在下一次还能有这么精彩的表现。"

[5 1]

不 忘 初 心 再 出 发

沈其东也得知了弟弟竞标成功的消息，他很快又带回了另一则好消息，副市长对沈其南很欣赏，因为他自己就是从"滚地龙"走出来的，他太理解沈其南的心情，因此，他不仅要祝贺浦江营造厂拿到标的，还专门给水木营造同业公会打电话，等这个平民区住宅修建好了之后，他愿意亲自作保，让浦江进入公会。

沈其南没想到会有这样的意外之喜。

沈其东大赞沈其南"棋行险着"。沈其南却摇头，明确地告诉大哥，这是他内心无法违背的唯一选择。

"从沈其南到丹尼尔，这一路走来我好像忘记了当初想做一个营造师的初心，脑子里只想着复仇，只想着追名逐利，只是这个世上有太多比仇恨和名利更重要的事情。当我看到被火烧过的棚户区的时候，我才猛然醒悟过来，我想为这些人做些事情，而不是利用修建这个住宅区让我自己功成名就。"

沈其东看到弟弟义正词严的样子，突然笑起来。

"我想起我们的爹，那时候他跟我说，咱们虽然是小老百姓，但该做的事情还是要去做，不能当缩头乌龟！你现在这个样子可真像他！"

沈其东知道弟弟是善良的，他从内心里希望弟弟可以活在光明里，然而自己和弟弟比起来，身上背负了那么多见不得光的事情，如果可以的话，以后那些肮脏的事情，就让他来承受吧。

顾月芹紧紧护住自己手里的针剂，她知道将针剂戳进丈夫傅建成的身体后会有什么样的后果。她也不想的，她真的不想的，可是……杜万鹰承诺她，只要她杀了傅建成，就可以造假遗嘱，把钱夺回来。就在她决定为了儿子和自己赌一把时，她的后脑勺被人砸了一下，顾月芹眼前一黑晕了过去。等到她再醒来时，傅建成消失了。

"来人啊，来人啊——"

傅函君得知父亲失踪，心里着急万分，在第一时间示意房效良封锁消息，她不能够让股东恐慌。此时的她，已经被繁重的突发事件缠身。

当初没有夺下逸林地块，也没能够夺得设计权，后来，她敏感察觉到逸林旁边的民安地块也不错，退而求其次，即使没有逸林那么火爆，但是民安建成公寓，一样可以给永晟带来巨大利益。

她的决策却遭到了众位股东的反对，大家强烈不满，认为此举太冒险。其实这些不满还是傅函君在此之前的两次行动失败导致的。傅函君以此事不成功就引咎辞职的承诺稳定了股东的心。

人算不如天算，民安地块的工地上突然挖出了古墓，父亲又在这个节骨眼上失踪，屋漏偏逢连夜雨。连番不顺的事情发生却没有人体谅她，工程被彻底停工，自己也被公会免去了代理理事的职务。

沈其南虽然顺利进入了公会，但是他暗地里一直在关注着傅函君的消息。听说傅函君正遭到那些预付款项的客户威胁，众人要求她赶紧把那些钱退出来。

恰好沈其南经过永晟，见到别人欺负傅函君，他想也不想就冲了过去，把那些人打了一顿。傅函君转身，给了沈其南一个大耳光："你是来看我笑话的吗？你有什么资格跑到永晟来打我的业主？"

沈其南震惊地看着傅函君："他们刚刚那么对你，已经要侮辱你了，我不可能……"

傅函君在此之前便听闻他们浦江营造厂进入公会的事情，自己在同时被撤掉了职务，这些事情难道不是沈其南所为？

她狠狠地盯着沈其南："你就别再惺惺作态了！卑鄙！"

立刻又有人冲上来，推了一把傅函君："你们永晟就这态度吗？不赔我们的钱还打人？"

众人附和，傅函君踉跄几步才站稳，沈其南心生不忍，想要扶她，但想到她误会了自己，犹豫地缩回了手，呆呆地站在一边。

傅函君向众人深深鞠躬："抱歉，这一连串的事情发生，给大家带来了麻烦，请你们给我一点时间，我一定会给各位满意的答复。"

沈其南的心简直要碎了，此时此刻，他才明白自己对傅函君的感情，根本做不到视而不见。杜少乾躲在人群后面，他复杂的表情隐藏在阴影中。

直到所有人离开，傅函君才站直身子，回到自己的办公室，开始写陈情书，如今市政府的力量才是她的最后一根稻草，最后的希望。然而从小到大都是娇小姐的傅函君哪想过有一天会被那么多凶狠的人围着，还要像对牲口似的抓住自己。

她终于忍不住趴在桌子上痛哭起来。

沈其南从门缝中看到这一切，终于按捺不住自己。其实他来永晟找傅函君，是想归还她不小心掉落在市政府大楼台阶上的耳环。他今天和她在市政府大楼擦肩而过，傅函君心事重重，根本没有留意到任何人的存在。

傅函君察觉到有人进来，立刻擦干净眼泪，调整好情绪。结果发现竟然是沈其南。她板着脸，叫他赶紧走，她一点都不想看见他这个卑鄙小人。此时在她的心里，比父亲失踪、自己被撤掉公会代理理事之职更痛苦的是，曾经的爱人，亲手用利刃摧毁了她的一切武装，要看着她零落成泥。

沈其南明白傅函君一定是误会了。其实他根本不知道自己的浦江营造厂如何在短时间内就加入了公会。副市长虽然承诺一定会让他加入公会，但绝不是现在这种时候，毕竟逸林地块的开发建设才刚刚开始。

"之前你一直跟我说，你要让我爸爸也尝尝一无所有、家破人亡的滋味，我一直不肯相信，因为我认识的那个沈其南是绝对不会做出这种狠毒的事情的，可是现在爸爸下落不明，生死未卜，永晟面临巨大危机，而我也被迫辞去理事职务，很快，我就有可能被赶出永晟，这些事情加起来，真是由不得我不信，其南，你永远都是这么聪明能干，你想做的事情很快就要全部做到了。"

字字诛心。沈其南拼命克制着自己，然而，他知道自己无论如何解释都没用了。他突然起身，走到了傅函君的面前，抱住了她，并用力吻了下去。傅函君却感到恶心、惧怕、愤怒，她挣扎，她反抗，然而沈其南却越抱越紧，越吻越深，恨不能把怀里这个强作坚强的女子的所有伪装全部撕裂，揉碎，吃进自己的身体，化为自己的骨血，从此再不分开。

傅函君的眼泪像决堤的江河，似乎要把所有的高山讨伐一遍。她终于用尽全力推开了沈其南，羞愤之下，扬起手要打他，却被沈其南攥住了手。

他知道只有给傅函君下更狠的药，她才能够坚强起来："你不是说你会为永晟竭尽全力吗？这才到哪儿，你还是太弱了，你要是真想斗赢我的话，现在还不是泄气的时候，你要是能让民安公寓在这种情况下起死回生，或许你还能有一点机会,永晟是死是活,我要等着看!"他强迫自己甩开了傅函君的手,转身离开,心里却已经有了帮助傅函君的方法。他已经猜出是杜少乾在搞鬼,不然永晟的民安公寓项目底下发现古墓的事情,为什么会这么快被传出去?

沈其西怀孕了,她和杜少乾的恋情被发现之后,已经被杜家接回了家。但并不是好生伺候着她,而是为了看管她,以她来威胁杜少乾,要求杜少乾做事。杜少乾还不知道沈其西怀孕,杜万鹰打算利用完沈其西之后,就秘密处死她。

傅函君找到副市长递交了陈情书,要求政府务必帮助永晟,毕竟当初拿下民安地块的时候,他们永晟的手续完备,现在底下有古墓,不给开发,要求永晟永久停工,她绝对不服,必须由政府给个说法。副市长却拒绝了傅函君的请求,傅函君的牙尖嘴利的确给副市长留下了深刻的印象,甚至出于对女企业家中少见的气魄的尊敬,他并不怪罪傅函君的顶撞,但是他并不想帮助傅函君。毕竟,此事关系重大。

沈其南也找到了副市长,动情地说,政府如果此次见死不救,那么会让所有的开发商兔死狐悲。最终副市长提出给永晟一个月的时间想出解决方案。傅函君并不知道是沈其南的努力劝说,自己才有了一个喘息的机会。

杜少乾被逼着偷走了永晟旗下的天通庵等地块的地契,他按照父亲的要求,卖掉之后,把钱存入了银行。他的这些举动其实都落入了事先就怀疑他在搞鬼的沈其南眼睛里。沈其南和大哥沈其东商量,决定取出杜少乾的那些不义之财。

沈其东灌醉了杜少乾,顺利伪造了委托书按上了杜少乾的手印,并用钥匙顺利取走了钱款。杜少乾去银行的时候,发现钱已经被一个叫作步义财的人取走了。对方竟然也有委托书和钥匙!发生这样的事情,杜万鹰又气又恨,他怀疑是儿子自编自导。冷静之后,他断定这件事肯定是熟人作案,而最有可能的就是身边的厉东和廖刚毅。

他把儿子秘密叫到了书房里，打算做一个局。杜少乾装作把自己灌醉，告诉别人他要去存钱。沈其南跃跃欲试，他想直接去抢劫，这些都是不义之财，难道杜家敢报案不成？

可是聪明的沈其东行事沉稳周密，他太了解狡猾的杜万鹰，这些年来，他贴身跟随，杜万鹰有任何风吹草动，他都能够捕捉到哪里不寻常。他按住了沈其南，让沈其南少安毋躁，有可能是杜家设的计谋，想试探出谁是内奸。

[52]

函君被赶出永晟

果不其然，杜万鹰让儿子杜少乾故意带着装满杜太太首饰珠宝的箱子开车去往银行方向。又控制了廖刚毅和厉东两个人在自己的眼皮底下，他想知道是不是有人和这两个"忠心"的手下里应外合。然而，杜少乾完成了所有步骤，都没有出现一个可疑的人。

"爸爸，风平浪静。"

杜万鹰诧异，这个结果出乎他的意料。

廖刚毅伸了个大懒腰，从早晨被叫到办公室到现在，简直无聊透顶："大哥啊，我就说嘛，我们两个是你的左膀右臂，怎么可能会出卖你？"

沈其东也表现出无奈："局长，你设这个局，万一我和毅哥两人有一个是叛徒，那岂不是便宜了步义财，让他最终渔翁得利？"

杜万鹰得意道："我怎么可能会拿卖地皮的钱出来冒险啊！这是个局，那自然就是个局了，那箱子里装的是少乾妈妈的珠宝首饰。"

沈其东假装恍然大悟："原来是这样，如果那个步义财真的动手抢了箱子，局长就可以名正言顺地告他抢劫了。"

廖刚毅拍马屁道："大哥，高明！"

杜万鹰遗憾道："可惜，步义财竟然没上当，那上次到底是谁跟他里应外合呢？"

廖刚毅顺口道："或许只是个巧合。"

傅函君现在想到的解决方案就是把永晟旗下的几块地皮卖了，偿还贷款的利息。可是，那些地块竟然全都被卖掉了？！拿去卖的人，竟然是杜少乾！她真后悔，不该对这种人丧失了警惕心。

傅函君气势汹汹地走进了打样部，质问杜少乾，为什么要卖地。

杜少乾说是傅叔叔让他去做的。

傅函君追问爸爸在哪儿。杜少乾的眼神闪烁，他急中生智，继续撒谎，告诉傅函君，是傅建成给他打电话安排的这些事情，还让他把卖地的钱交给他。

傅函君悲愤欲绝，用这么蹩脚的谎言来糊弄她？真当她是个傻子？

"房叔，你立刻去报警，就说我这里有人利用职务之便，私自买卖厂里的土地，侵吞公有资产！杜少乾，警察来之后，自然会查清楚你说的是真话还是假话。"

顾月芹早就站在门口听得明明白白，她已经和杜万鹰穿一条裤子，看到杜少乾被欺负，她理所应当认为该帮他，于是嚷嚷道："报什么警啊，这文件上盖的不就是老爷的私章吗？这你都认不出来？"

分明是顾月芹故意给杜少乾用的。

傅函君认出是父亲的私章，她隐忍道："我不报警，但是杜少乾不能够在永晟待了，现在立刻马上，给我收拾东西滚蛋。"

顾月芹笑得嘴巴都歪了："哎哎哎，你别急着要你的总经理官威了。当初是谁说过，民安公寓要是出现问题，有人就要引咎辞职的？"

傅函君怔住，她意图撵走顾月芹，却发现顾月芹有备而来，她的身后站着几个大股东。那些股东听到顾月芹的话，纷纷指责傅函君之前的步子跨得太大了，导致永晟现在面临严重的经济危机，逼着傅函君赶紧辞职。

傅函君冷静地告诉这几位股东："利息我已经还上了，贷款延期的事情也已经解决了。我之所以还没有和各位股东说贷款的事情，是因为窝工费、材料损失费，只要民安公寓能复工，这些都不值得一提，而政府已经给我们一个月的时间，几位何必太着急，受别人的蛊惑呢？"

这番话，令几位大股东重新生出了希望。

傅函君说得没错，已经有人帮着还了利息，她第一个想到的，就是他。

可是沈其南并不承认，他说得也没错，他用的钱正是杜少乾之前卖地的钱。

"傅函君，你别自作多情了，我恨不得永晟早点垮，怎么可能会帮你？"

傅函君很失落："这次不管是不是你，我知道错怪你了，你之前警告我杜少乾不是好人，我却还是相信了他，结果被他摆了一道。"

沈其南还装模作样，故意放狠话："无所谓啊，就算他不做，我也会去做啊，反正我和他目标一致，就是搞垮永晟。"

傅函君气得牙痒痒，真想跳到沈其南的身上，狠狠拽住他的耳朵。

牛德贵也看不下去了，这两个人真够磨磨叽叽的，干脆给你们一点机会得了。牛德贵偷偷退了出去，哐当关上了工地办公室的门。拿起铁棍横着一插，并要求任何人不准去开门，于是，心情愉悦的他哼着小曲，打算今晚去泡个澡，喝点红酒，美滋滋地休息休息。

沈其南和傅函君本来吵得正热闹，忽然发现门被从外面关起来了，呼喊了半天，都没有人来给他们开门。沈其南看了看时间，完了，这个点，工人们早下班回家了。

傅函君气呼呼地在离沈其南最远的地方坐下，心里却有点高兴，门永远打不开才好呢。沈其南也不想吵架了，他安静地坐了下来。两个人一下子陷入了无言的对峙中。沈其南很想靠近傅函君，却又不敢，他瞧着日头迅速落下，黑暗渐渐笼罩上了这个狭小的空间。

突然，一只大老鼠出现了，傅函君尖叫起来，她下意识冲向了沈其南，挂在了沈其南的身上。两个人四目相对，鼻息可闻，傅函君和沈其南同时想到那天的吻，彼此都红透了脸颊。沈其南真想再一亲芳泽，于是，他照做了。只是，在接下来的行动中，他又把傅函君放到了平整的地方，整理好衣衫。他始终无法迈过去，即使知道，在自己的心里，傅函君是唯一的女人，是自己今生唯一的沈太太。

傅函君却抓着沈其南的手，表现得那么软弱："其南，我怕黑……"

沈其南激将道："你说你还能干什么呢？从小到大都这样，又怕黑又怕老鼠又怕蟑螂又怕鬼，你这样怎么跟我拼呢？"

"我就算什么都怕，我也不怕你。"

两个人相对无言。傅函君渐渐熬不下去，靠在沈其南的怀里睡着了。夜色如水，沈其南看到傅函君因为清冷蜷缩着，脱下了自己的外套，给她盖上，感慨万千。毕竟两个人是一起长大的，无论如何，那些美好的记忆是自己这一生都不想放弃的……宝贝。

第二天，傅函君回到永晟，就接到了股东大会召开的消息。原来又是顾月芹在搞鬼，她公布傅建成多日生死未卜的消息，并且公开了假遗书，上面写明了财产和营造厂的股份全都由她和傅承龙继承。傅函君竟然没能够在文书上找到任何破绽，做得真是天衣无缝。

顾月芹再次当着股东的面提到傅函君承诺过民安工程如果有问题就引咎辞职的事儿，股东们动摇了，在他们的投票之下，傅函君的职务被解除，人被赶出了永晟。短短半天的时间里，傅函君还没有消化完和沈其南前一夜的温存，就沦落成一无所有的人。

沈其南把这一切，都告诉了病床上的傅建成。是的，傅建成是他安排姚峰带出来的，他知道杜万鹰一定会安排人杀死没有任何价值的傅建成的。可笑的是，沈其南却没有料到杜万鹰的阴谋竟然那么顺利——杜万鹰知道顾月芹和傅承龙赶走了傅函君之后，又在文科长和律师的帮助下，同样做了一份天衣无缝的法律文书，甩到了还在狂喜中的顾月芹和傅承龙的脸上。

"你俩，还不给我滚出去！"

顾月芹颤抖着手打开文件，上面赫然写着，当初顾月芹许诺给杜万鹰股份的百分之二十变成了百分之四十五，杜少乾才是永晟最大的股东。而顾月芹和傅承龙也变得一无所有，被扔到了大马路上。

杜万鹰担心夜长梦多，傅建成不是失踪了吗，那就让所有人都知道他永远失踪了吧！于是，他伪造了一具傅建成的尸体，那具尸体看不出来容貌，腐烂很久。看到衣饰，顾月芹和傅函君都以为是傅建成……

廖刚毅向杜万鹰汇报："昨晚我在傅家偷了个傅建成的扳指，这尸体烂成那样，她们只能靠扳指来辨认。"

杜万鹰直夸廖刚毅机敏。

傅函君料理好父亲的后事，合上行李箱，环视着这住了二十多年的院落，这一次，再也没有值得牵挂的人和事了。

傅函君也失踪了。

章梅找寻傅函君无果，又听说傅建成的尸体已经火化，她着急起来，陷入了自责，认为自己这么多年来对女儿不闻不问，在她一肩扛起永晟担子的时候，在旁边冷眼旁观，就连傅函君被小人设计失去永晟，也无能为力。如今，女儿被撵出，又默默料理父亲的丧事，那可恨的顾月芹母子一定不会给她什么好脸色……唉，章梅越想越恨自己。

章炳坤心疼章梅的状态："小梅，你别太自责了，你固然没有像普通母亲那样对女儿关怀备至,但这几天你为了帮她东山再起,东奔西走,到处筹措资金,今天你本也是打算约她见面,把钱给她,怎么能说自己什么都没为她做呢?"

"可她这个时候失踪,我真的很担心。"

章炳坤却很淡定:"你放心,傅小姐绝非寻常女子,她不会做什么傻事的,况且,没有人能代替她去经历自己人生中的坎儿,只能靠她自己跨过去。"

[5 3]

回宁波祭拜爹娘

章梅按捺不住,找到了沈其南,她希望沈其南能够找到傅函君。沈其南发觉章梅过度关心傅函君,多了几分心思。

他拿着那天捡到的傅函君的耳环,思念着傅函君,浦江营造厂的人几乎都出动了,把上海滩都翻了个遍,也找不到傅函君的身影。沈其南忽然想到万婆婆那里,不知道为什么,他就是知道,傅函君一定在那儿。

在去菜场的路上他遇到了万婆婆,确认傅函君就在她家里,他兴奋极了,赶紧跑起来,不料推开房门,发现屋内浓烟滚滚。

"函君!函君!"

他抓住傅函君就往外走,不等傅函君解释,就吼起来:"傅函君,你脑子进水了吗?有什么让你就那么活不下去了?"

傅函君睁着大眼睛,反应过来,原来沈其南以为自己想不开。她放开沈其南的手,端出了火盆,里面都是她的设计图。

沈其南皱起眉头,虽然他很想安慰她,可是说出的话还是冷冰冰的:"民安复不了工,和你的能力没多大关系,你何必和自己过不去,烧掉这些设计图。现在根本不是你逃避的时候。"

傅函君的话更冷："我现在就是想找死又怎么样，要你管？"

可是一个"死"字让沈其南心惊肉跳，他用力扳住傅函君的肩膀："不要给我轻易说死这个字，你要对你的生命负责。"

"我现在活着跟死了没两样。"

沈其南脱口而出："你现在就算为了你爸爸，也要好好活着。"

傅函君面如死灰："我爸爸已经死了。"

沈其南拉着傅函君就往外走，不管身后的傅函君有多么不情愿。直到走到一处疗养院，沈其南才松开了傅函君的手。傅函君其实在看到疗养院的大门时就猜到了什么，当她推开门，看到已经醒了，并坐在轮椅上的父亲时，多日来所受的所有委屈全部冒了出来，化成了眼泪。

她冲到傅建成的面前，半跪下来，哽咽着叫了一声："爸爸……"

原来父亲没死，没死啊！此时的她和沈其南之间已经分不清是敌人，还是爱人，还是亲人……

沈其南对傅函君吐露心扉："我夺走一个又一个项目，却根本没有对永晟造成毁灭性的打击，更别说能够让杜万鹰有切肤之痛了，最后让他渔翁得利。傅建成这条命我实在不忍心白白被别人祸害掉。"

傅建成要傅函君拿笔来，却一个字也写不全，也许是太着急，他终于从喉咙里喊出了"房——"，傅函君明白父亲是想叫房叔。沈其南赶紧秘密安排人带来了房叔。房效良也没有想到还能再见到傅建成，不禁老泪纵横。

傅建成竭尽全力喊出："墓——"

房效良顿时明白，他看着沈其南，认真道："其南，老爷是想让我告诉你，你爹娘的墓地在哪里，其实老爷被人打伤的那天，特地约你就是为了告诉你这件事的。"

沈其南心惊，傅建成则欣慰极了，他点点头。

房效良实在不忍心老爷被沈其南再这么恨下去："其南，我不是让你不要恨老爷，但是我跟了老爷这么多年，我知道老爷绝不是奸恶之徒，当年一出事，老爷就收殓了你爹的尸体，将他下葬，后来到处去找你们，也没能找到，说来也巧，小姐刚好离家出走，老爷和我一路找到慈溪，竟意外发现了你娘的遗体，老爷就派我把她送回了宁波，跟你爹合葬在了一起。"

沈其南想到了那年的火灾，想到了后来自己给傅家擦皮鞋时听到傅老爷的那句吩咐："不过几个孩子孤身在上海那么久，肯定有迹可循，老房你多找些人去打听打听，就是把整个上海滩翻过来也要把他们找出来！"

他感慨："原来当年你们要找的人，就是我。"

房效良点点头："是啊，其南，老爷是真心悔过，你就原谅他……"

沈其南约出了大哥和妹妹："有件很重要的事情，我们三兄妹必须到场。"

沈其东疑惑："神神秘秘的，去哪儿？"

"宁波。"

沈其西坐在车上一直感到不太舒服，可是她隐忍着，直到沈其南带着他们找到了坟墓。墓地修得很气派，而且明显看出来有人经常来清理，非常干净。即使是夜晚，依旧能看到墓碑上写着"沈贵平、陶馥云之墓"的字样。

沈其东和沈其西惊呆了，随即明白过来，跟着沈其南跪在了墓碑前。

沈其南流泪："爹、娘，我和大哥、小妹来看你们了。"

沈其东更是发誓："爹娘，我一定会把老幺找到，让我们一家四兄妹团圆，让你们安息。"

三兄妹郑重地磕了三个响头，泪流不止。

沈其南为傅建成求情，沈其东表示即使傅建成这么做，他也绝不会原谅他！如果复仇的事情，沈其南为难，就由他一个人承担。沈其南不肯。沈其东告诉他，必须韬光养晦，等到足够强大的时候，才能够找出杜万鹰的破绽直捣黄龙。

　　章梅提出要把傅建成带到美国，由那边的医生治疗，毕竟那边有成功的案例。沈其南其实早就怀疑章梅和傅建成之间有什么隐情，否则章梅为什么对傅家总是这么上心？但是他没有戳破，他想知道章梅以后打算怎么做。

　　杜万鹰最近是春风得意，他心情很好，之前本想做掉这个碍眼的小女人沈其西，现在也改变了想法。他破天荒地拿出了一个存折，告诉沈其西，这是一笔足够她开始新生活的钱。但是她必须像死人一样消失，做不到，那他就让她做个真正的死人。

　　沈其东受命来接走杜少乾的女人，带她去堕胎。他没想到这个女人竟然是自己的亲妹妹沈其西。更可气的是，沈其西还不知道自己怀孕了，知道后她竟然执着地要生下孩子。

　　沈其东无奈，只好告诉她真相，杜万鹰是沈家的仇人，杜少乾的种更不能留。

　　沈其西惊呆了，她当年才五岁，根本不记得这些事情。没想到哥哥们为她承担了那么多，自己还懵懂地活着，甚至和仇人之子相爱……

　　沈其东劝她："妹妹，你要是生下这个孩子，你的下半辈子就全毁了。你现在觉得他很重要，可等到以后，你一定会后悔的。人这辈子很长，你还会遇到另一个值得你爱的男人，到时候你还可以恋爱结婚生子的。"

　　沈其南不忍心看到妹妹痛苦："大哥……"

　　沈其东真的愤怒了，他头一次感到自己的无力："你们都闭嘴！你们没有亲眼看到爹是怎么死的，所以你们心中没有我这样翻江倒海的仇恨，这我都能理解。我每天被仇恨苦苦折磨着，我这个做大哥的，也不希望把你们拉进来，但是你们一个两个和仇人们搅和在一起，断都断不了，其西甚至要毁掉自己的人生，生下仇人的骨血，你们让九泉之下的爹娘怎么瞑目？"

傅函君送傅建成登上去美国的船之后，忽然出现在了永晟的打样部。大家感到惊异，纷纷围着她。那些老员工表示他们过来是准备辞工的。

傅函君却不再有当初被撵出永晟时的难过，反而洒脱地笑道："你们要是有去处，我绝不拦你们，我也是来和大家告别的。"

"上次走得匆忙，都没来得及和大家好好说话。我父亲傅建成辛苦半生创立永晟，就是想让全世界知道，不需要依靠洋人，我们中国人自己就可以造出有情怀、有水平的经典传世建筑。可是由于种种原因，我没办法再带领永晟完成父亲的这个目标，但是我希望各位能够拿出自己的职业精神，不管做什么项目都尽全力去做好。因为建筑就是凝固的历史，各位就是时代的筑迹者，也许我们很快会被历史遗忘，但我们留下的建筑却是恒久的。"

打样部的众人纷纷自发鼓掌。

傅函君迎面遇到了杜少乾。傅函君冷笑，她的目光坚硬而又冰凉："宾夕法尼亚大学教出你这样的人，可耻。害人终将要害己的，等到了那天，你会知道的。"

杜少乾无话可说。

他垂头丧气地回到办公室，陡然看见熟悉的字体，竟然是露西写的一封信。

"少乾，我走了，谢谢你带给我的美好和惊喜，那会是我一辈子最难忘的回忆，愿主保佑你，不要来找我，Lucy。"

傅函君把两份自愿离婚协议推到了顾月芹的面前。顾月芹先是拒绝，她不想和傅建成这么不清不楚地离婚。

"爸爸去美国治病了。"

顾月芹生出了盼望："他人都不在这里，我更不会签。"

傅函君不屑："你已经因为愚蠢丢掉了永晟，但你好歹还有大宅子，手里也有现钱，你不离也可以，那爸爸在美国的医药费就由你出吧。"

顾月芹脸色突变，这当然不可以。

傅函君像是突然想到，其实是早就想以此敲打她："你伪造爸爸遗嘱的事，我告你的话，你和傅承龙都要坐牢。"

顾月芹气得发抖："哼，离了好，这日子我早就不想过了。正合我意！"

傅函君把签了字的离婚协议收好后，就把一份报纸摔在顾月芹的面前："我已经登报了。"

顾月芹读到"双方恩断义绝，割切根蒂……"时，已经再也克制不了自己，掩面痛哭。她到此时此刻，才知道自己是多么爱傅建成，是多么爱这个家，然而，现在什么都没有了，是真的什么都没有了，什么都回不去了。

[54]

函盖建筑事务所

章梅没想到傅函君真如章炳坤所料，一定会来找她。今天一身职业女性打扮的她，光彩动人。傅函君自信地从袋子里拿出了自己历年来所获奖项的证书与奖杯，并一一摆放在章梅的面前。

"章老板，在这个世界上，唯一能扛住岁月摧残的就是才华，它不会变质，也不会因为外界环境的变化而失去，而且越是在逆境中，它被激发出来，展现出来的可能性就越大。我的才华就是我的底牌，但我亮出我的底牌，不是来寻求你的帮助，你之前已经帮过我太多了，所以这次，我是特地来回报你的。"

章炳坤笑言："哈哈，这一幕倒是熟悉，以前也有一个一无所有的年轻人拿着一本计划书就敢来找我要钱，当时我给了他八十万，也在担心会不会赔本，现在发现那确实是我这辈子最赚钱的一笔投资。"

章梅明白章炳坤的意思，她也笑了，顺势道："那我也赌一把，希望我的眼光不会错。"

傅函君点点头，很坚定："你的眼光一定不会错的。"

看着傅函君离去的身影，章梅理解了章炳坤先前让自己按兵不动的深意。

"义父，我现在明白为什么你一直摁着我，不让我出手了。"

"好铁还需大锤炼，你筹集的那些钱如果直接给她，她的心态是不一样的。我要等的，就是她的主动出击，只有熬到这一刻，那些磨砺才真的让她成长了。"

日子流水般地度过，沈其南正在办公室里和几个同事闲聊，忽然发现一个金发碧眼的叫里昂的外国人站在外面，正用英文询问这里是否有位丹尼尔先生。

沈其南遗憾地发现自己和里昂无法用英语沟通，他肚子里仅有的几个单词根本没有任何作用。幸好曹俊反应快，立刻去请了翻译过来，否则的话，他们将错失一个绝好的机会。原来里昂孤身前来，以为丹尼尔会说英文，却没想到沈其南根本不懂。里昂知道浦江营造厂能生产出比外国更便宜的红砖，又有商会的章会长背书，认为和浦江合作可以在保证质量的情况下省下一笔钱，因此打算邀请浦江作为承建商之一，承建他私人投资的一个项目。

沈其南憋足了劲，决定提升自己，去读书。曹俊嘲笑他，认为他现在是上海滩鼎鼎大名的浦江营造厂的老板，一把年纪还要去读书，到学校之后，会发现一群小崽子看怪物一样看待他。但是，沈其南还是决定一试。

说来也巧，正基夜校的招考刚刚开始。在九十多名学员中，录取了二十二名，沈其南顺利通过。在开学典礼上，汤景贤校长致辞，要大家牢记正基夜校的办学宗旨"重质不重量",希望每位学员都能够好好学习专业技能。

沈其南犯嘀咕,这曹俊还真是乌鸦嘴,被他说中了,自己是年纪最大的,身边的同学大都是十三四岁的小孩子。不过这些都不值得放在心上,让他对自己未来的学习充满信心的是,这位汤校长可是一名非常厉害的建筑师。上海的花旗饭店、一品香饭点店等名扬上海的项目都是出自汤景贤之手,能在这样的学校里学习,是非常荣幸的。

阳光灿烂的清晨,"函盖建筑事务所"的铜牌悬挂起来,傅函君和两个原来永晟建筑打样部的员工面带微笑,今天是个好日子啊,是属于傅函君自己的建筑事务所成立的日子。那些原先就欣赏她的老员工,纷纷跳槽来到了她这里。

德贵带着几个人拎着好几个花篮过来,接着又是发表祝词,又是要求旁人放鞭炮!

"喜事,得有喜气,祝小姐财源广进,万事亨通!"

傅函君猜到一定是沈其南送来的,她开心地收了下来。远处躲起来偷看的沈其南松了一口气,只要她开心就好。冷不防,傅函君忽然出现在他的面前,把他吓了一跳。

"怎么,你路过啊?"傅函君戏谑。

沈其南好尴尬:"对啊,路过。"

"我的事务所刚好开张,这么巧的事情,你要不要进去坐坐?"

"没空。"

傅函君见沈其南真的转身要走,赶紧假装崴脚:"哎呀——"

沈其南立刻关切道:"崴脚了啊,你说你都这么大岁数了,还不会穿高跟鞋?"

傅函君杏目圆瞪:"你说谁一把岁数了?!"

沈其南赶紧闭嘴，上前扶住她，傅函君却偷偷笑了起来，在众目睽睽之下，沈其南扶着傅函君走进了事务所。德贵发牢骚，责备沈其南来都来了，还要演戏，下回有什么事情自己去干。

傅函君开事务所的消息很快就传到了杜万鹰的耳朵里，他冷笑，这黄毛丫头还想东山再起？他要廖刚毅赶快处理，省得以后麻烦。果然，开了好几个月了，函盖建筑事务所都没有接到单子，四处碰壁。

傅函君意识到一定是杜万鹰在搞鬼。沈其南也查清楚了内幕，真的是杜万鹰——不仅夺走了永晟，还要对傅函君赶尽杀绝。可是傅函君是什么性格的人？也是经过大风大浪的女强人了，难道这点挫折就会让她气馁？不，她绝不！

很快，她就发现了一个好机会，法租界的高层公寓"白露精舍"正在招标，这个项目建成后将会是上海最高的公寓楼，市民关注度会非常高。如果能够拿下这个项目，很快就能打响函盖建筑事务所的名声。

大家听到这个消息，都很亢奋，决定拼一把。然而，即使傅函君高水平地制作完成了全英文投标书，依旧被项目总监顾总拒绝了。理由是"人种"，他们是外商投资的项目，不接受华人设计师的设计方案。

在梅丽莎舞场，傅函君因为心情极度郁闷，一杯又一杯给自己灌酒。她的脑海里满是遭到回拒的画面。沈其南很担心傅函君，暗中陪着她，却没有勇气露面。他自知自己理亏，当初放出那些豪言壮语，其实，在傅函君这里统统成为绕指柔。

傅函君喝醉了，她跌跌撞撞走出洗手间，根本没注意到沈其南，一路晃荡着走出了舞场，遗落了那份投标书，被沈其南拿了起来。他小心地收好，又跟上了傅函君的脚步。傅函君在迷糊中，忽然转头，叫了一声："其南——"

可是身后空无一人，怎么可能会有他呢？傅函君借着酒意，忽然哭喊起来:"怎么可能是其南呢,其南啊其南,他再也不会像从前那样跟在我的身后了,再也不可能了……"

沈其南恨不能立刻跑出去抱住这个让他操碎心的女人,但他还是克制住了。

傅函君醒来后,蓦然发现自己的投标书不见了,赶紧起来重新做了一份。她得知外商业主里昂在高级酒店吃饭,准备迎上去试一试。

可是在交给侍者的时候,侍者手中的标书却被顾总提前拿到,他看到傅函君的签字后,想到杜万鹰的叮嘱,于是盼咐侍者把标书丢出去。等待的傅函君看到侍者提着一大堆垃圾往垃圾桶里丢,却没有丢准,垃圾散落一地,她赫然看见自己的标书在其中。

然而什么都晚了,里昂已经和其他人用完餐坐上了汽车。沈其南正坐在那辆车里,他从后视镜里看到傅函君的身影,若有所思。

里昂关心道:"丹尼尔先生,刚才你吃饭就一副心不在焉的样子,现在又看什么这么入神呢?"

沈其南回道:"我在想,里昂先生为什么选择我作为白露精舍的承建商之一?"

翻译小声翻译了一遍。

里昂却调皮道:"你猜猜看。"

沈其南忽然用英文告诉他:"因为我能替你省钱。"

里昂哈哈大笑:"丹尼尔先生,你的英文进步真快。没错,对于业主而言,省钱这件事和保证质量是一样的。"

沈其南继续用英语和他交谈:"不过里昂先生,尽管我有一个英文名,但我是个华人。"

里昂疑惑不解:"什么意思,我不明白人种和工程之间有什么关系?我想我应该是不在乎这个问题的吧。否则我的工程总监就不会是顾先生了。"

沈其南却告诉里昂，顾总用人种这个理由拒绝了一位非常优秀的华人建筑师。他将傅函君的投标书递给了里昂。里昂惊讶于这份完美的投标书，告诫顾总不要因为人情和人种等问题就做出这样的事情。顾总承认了自己的错误，并亲自来到了函盖建筑事务所，邀请傅函君签订合同。

傅函君感到惊异，她自始至终没有见过里昂先生，怎么会让这个业主改变了主意，欣然和他们合作呢？她忽然看到承建商之中，浦江营造厂赫然在列。

[5 5]

时 光 如 白 驹 过 隙

汤景贤登门拜访傅函君，邀请傅函君担任夜校的老师，希望她能够在百忙之中抽出时间。傅函君很尊重这位老先生，于是同意了。

教室里面，老学生沈其南认真听着课，林怀恩是老师，但是他的年龄和沈其南一般大。也不知道为什么，他就是看不惯这个沈其南。

"这种筏型基础于1910年建造上海总会时第一次得到尝试，在以后的高楼建造中迅速被运用起来……"

沈其南聚精会神地听课，旁边两个小孩子在讨论一会儿要来的新老师，不知道漂不漂亮。沈其南的思路被打断，嫌他们吵，低声训导："认真听课，你们才多大啊，一群臭小子，还知道谈女人？"

一颗粉笔头忽地打在了沈其南的头上，林怀恩正一脸严肃地看着他。

"你，给我站起来！"

沈其南茫然："我？"

"对，就是你，沈其南，今天罚站一晚上！"

就在这时，沈其南忽然发现傅函君神采奕奕地走了进来，他呆住了，赶紧拿书挡住了脸。傅函君却一眼瞧见了他，一番自我介绍后，她故意发问，为什么有个学员是站着的。

小学员们惊讶于这个女老师的气质和长相，顺口回答她，是因为上节课被林老师罚站，还要站一晚上呢。

沈其南尴尬极了，这傅函君怎么摇身一变就成了自己的老师了？

傅函君却拼命忍住笑，故意不看他。

终于熬到了下课，傅函君取笑沈其南，堂堂浦江营造厂的大老板竟然会和一帮十几岁的孩子厮混在一起。沈其南回怼她，明明刚接下白露精舍的大项目，忙得分身乏术，却还抽时间出来传道授业解惑。

两个人忍不住都笑了起来。心中感叹这是多么久违的温馨感受。傅函君正色道："我正想问你，这个项目是不是你在背后帮我？"

"这么不自信？"

"我知道你是白露精舍的承建商之一。"

沈其南吊儿郎当道："我很忙，没空管你的这些事。"

傅函君一张利嘴："对啊，你白天做工，晚上学习，励志典范。"

沈其南不想再和傅函君就这个话题聊下去，一个大男人，尤其是自己曾仰视的女人，又变成了自己的老师，他还是很尴尬的。

傅函君拉住他："你别走啊……"

沈其南的包被她扯开，几张英文卡片掉了下来，上面的英文字母歪歪斜斜的，和每天送花的神秘人的字体一模一样。

她故意拿出口袋里的英文卡片和捡起来的卡片对比："这么丑的英文字，看完就过目难忘，果然是出自同一个人的手。"

沈其南凑过来看："哪里丑了，英语老师成天表扬我。"他忽然意识到自己上当了，傅函君拿的两张卡片，分明有一张是自己今早刚写好夹在送她的鲜花上面的……

白露精舍项目启动发布会现场，主持人在舞台上宣布项目启动了。

傅函君是设计方，沈其南是承建方，双方都刻意保持礼仪，时不时偷看一眼对方又迅速移过脸，甜蜜自知。

时光如白驹过隙，一晃四年已过。白露精舍总算竣工了，可沈其南和傅函君两个人却依旧保持着距离，保持着互相欣赏的姿态，真是急死了一众看客。

在这四年的时间里，发生了很多的事情。当初沈其西舍不得腹中的孩子，留下一封信之后就独自南下广州，找到了田太太。和田太太相依为命，情同母女。田太太还主动帮她照顾孩子，这才让沈其西得以有时间发展自己的歌唱事业，并最终成为著名的歌唱家。

傅函君的函盖建筑事务所也乘着白露精舍这股东风，越来越红火，沈其南的浦江营造厂更是接项目接到手软，赚得是盆满钵满，逐渐成为一家大的营造厂。

杜万鹰也在四年后等来了好机会，他们的工务局局长即将退休，那个位置是他惦记很多年的。如今他准备不惜一切代价拿下。偏偏有人就是不想他如意，吴力伟明明是财政局的副局长，却也在暗暗用力，觊觎着工务局局长的位置。

杜少乾虽然仍然被父亲呼来喝去，却因为永晟在他的手下越发壮大，已经欲有脱离父亲掌控之势。杜万鹰和廖刚毅密谋，准备挪用防御工事的钱，上下打点，他觉得局长的位置自己十拿九稳，挪用款项也不是一次两次了，而且还有儿子的永晟营造厂在后面撑腰。马上不就是中华大楼招标了吗？只要永晟能够在自己的操作下竞标成功，那填补这个窟窿，简直是易如反掌。

沈其南也接到了中华大楼招标的消息，他深知自己的浦江营造厂目前还不完全具备参与竞标的资格，所以打算放弃。大哥沈其东却劝说他，务必拿下这个项目，因为这是扳倒杜万鹰的好机会。之前杜万鹰都是小打小闹，挪用的那些款项并不能置他于死地，但是这次不同，是防御工事的款项，如果填补不了亏空是要掉脑袋的。

"没错，'一·二八'之后，当局已经决定秘密在沪杭一代构筑国防工事，我估计相关款项已经拨到了工务局，正好被他顺手牵羊，拿过来应了急。"

"这该死的杜万鹰，这种钱也敢伸手？"沈其南怒道。

"他现在一心只想当正局长，还有什么不敢做的？只可惜我没有他挪用款项的证据，不能贸然举报，所以只有打乱他的计划，让他自乱阵脚。这些年他指使永晟营造厂频频挑衅浦江营造厂，咱们一直按兵不动，等了这么久才等到这个可以撼动他根基的好机会，一定要好好把握！"

沈其南郑重地点头。

他找到了傅函君，邀请傅函君和自己合作，一起竞争中华大楼项目。傅函君哑然失笑，这百分之九十是陪绑概率，为何函盖建筑事务所要参与进来？沈其南说服了她，两人相视一笑。

杜少乾的心思却没有在工作上，自从在梅丽莎舞场第一次见到露西开始，他的魂就走了。等了四年啊，没想到露西已经变成了一名歌星，不仅这样，还说不认识自己。怎么可能不认识呢？自己一直魂牵梦萦的眉眼，那样清晰地呈现在眼前，杜少乾不为之疯狂是不可能的。他多方打听，竟然真的找到了露西的居住地。在那条巷子里，偶遇了一个叫星辰的三岁孩子，也许是父子天性，他们两个人在彼此不知道对方的情况下玩耍得很愉快。

沈其西回上海的事情，惊动了杜万鹰，杜万鹰气炸了，安排廖刚毅处理此事，要沈其西离自己的儿子远点。

曹俊的小算盘打得噼里啪啦响："起重吊车、木井架卷扬机、混凝土搅拌机、蒸汽打桩机、电力压气铆机……你知道这些机械配备得跟永晟同样的规模要多少钱吗？"

沈其南咬咬牙："花多少钱也得买！这次竞标对营造厂的施工设备配备要求极高，如果我们连这些最基本的设备都拼不过永晟，那我们一丝胜算都没有。"

老鬼尝试劝导："其南，虽然我也很想拿下这个项目，不过说实话，这和上次建平民区住宅的情况可不一样，平民区住宅投入不大，标准不高，一般的营造厂都可以胜任，可这次中华大楼是市政府的办公大楼！不光对营造厂的设备配备要求高，对人员配备的要求也非常高。设备你可以倾家荡产地买，可是人呢？你看上面写得清清楚楚，竞标的营造厂必须配备经经济部核准登记的土木或建筑科工业技师一名，有项目资历的看工八名以上，我们浦江营造厂加上你我，最多三个看工，一时之间去哪里找其他的五个？还别说工业技师，得是大学建筑或者土木工程科毕业，还要有三年主持重要工程的经验。这种人整个上海恐怕都没有几个，不是在大营造厂任职，就是自己当老板，我们要去哪里找？"

沈其南但笑不语。门外传来傅函君的声音："如果我们函盖建筑事务所挂靠在浦江营造厂名下，工业技师的问题就可以解决了。"

老鬼疑惑道："挂靠是什么意思？"

傅函君朗声道："你们不是要找经济部核准登记的工业技师吗？我就是。"

众人一片哗然，所有人面露惊喜。盛赞傅函君太厉害了！

沈其南交代老鬼："现在还有五个看工，就看你的了。"

沈其南送傅函君回去，他第一次显出没有底气的样子，遭到了傅函君的不满。她习惯性地揪住了沈其南的耳朵。

"沈其南，现在箭已经在弦上了，你只管往前冲就是了。杜万鹰有什么了不起的,把你以前对付我的气势拿出来,就算永晟有他撑腰我们照样也能夺标!你现在可千万不能露怯,露怯气势就先输了。我告诉你沈其南,我们现在可是一条绳上的蚂蚱,要是你害我这次白忙活一场,我一定要你好看,听清楚没有!"

沈其南吓得刹住车:"听清楚了!"

"哼,听清楚就开车。"

沈其南乖乖发动车子,怕怕地摸了摸被扯的耳朵,想到曾经被傅函君揪耳朵的日子,不禁笑了起来。

[56]

中华大楼招标会

市政府大楼里,中华大楼的招标会正在进行。这次入选的总共有十一家营造厂,竞标采用软标,即设计标与营造标结合的方式进行评选。评委分别对设计标和营造标进行评分,两项平均分相加,得分最高者夺标。

恒泰设计师正在展示作品,他们的设计以垂直线条处理立面,周围十二根立柱形成立面的竖线条构图,内部亦采用流线型装饰。

轮到永晟营造厂了,杜少乾带着资料走上台,他指着设计图,开始阐述。他的设计采用的是现在国外非常流行的新古典主义风格,大楼主体为钢筋混凝土框架,顶部设计成巨大的半球形穹隆顶,就如同古罗马的万神庙一样简洁庄重。他强调自己的设计中,穹顶为钢架结构,上部以采光玻璃铺就,可以实现最上层的会议室全为自然采光,穹顶和周围的凹凸墙面设计具有很好的拢音效果,在召开会议的时候无论在哪一个位置上讲话,声音都非常清晰,可以完全摒弃话筒……

杜万鹰观察到底下的评委在低声议论，时不时点头，看来效果很好。他得意地瞟了一眼傅函君和沈其南，内心冷哼。

傅函君却发觉杜少乾完全没有走心，只考虑采光和拢音，这么重的硬伤，怎么可能中标？

杜少乾总算熬完了这次的阐述，他面无表情地走下台。沈其南给傅函君打气："加油，看你的了！"

傅函君深吸一口气，大方自信地走到了讲台上。

然而，设计图一展开，露出传统中式的宫殿式设计……底下已经有人窃窃私语，大家感到不可思议，竟然采用了完全的中式设计，这都什么年代了。

"如大家所见，这就是浦江营造厂做出来的中华大楼设计图。在我们的设计中，这是一座完全仿中国传统的宫殿式大楼，琉璃瓦大屋顶下是斗拱，外设大红圆立柱，栏杆、隔扇均采用中国传统建筑装饰。"嗤笑声响起，大家都露出了不屑的神色。

"我知道，在座的很多人对这个设计不屑一顾。的确，租界的繁荣带动上海建筑发生了天翻地覆的变革，在这场声势浩大的摩登化浪潮中，中国建筑固有之形式慢慢被冷落，不过现在政府提出了大上海计划，我想问下大家，目的是什么？"

有位设计师回答："发展华界，抗衡租界。"

"没错，发展华界，抗衡租界。那我想再问，我们用来抗衡租界的标志性建筑，到底是应该照搬洋人的风格呢，还是该用凝聚了我们中华民族几千年智慧结晶的经典建筑风格呢？"

忽然，在场的所有人沉默下来。

傅函君继续道："这个宫殿式建筑只是外观复古，里面各种现代化设施配备齐全，十字形穿堂，东南西北四门，水电设备，电梯两部。大楼各室装有防暑扇，御寒用的热水挂在旁边，即使室外是零度时也可以保证室内温度达到二十二摄氏度。另外各楼层还设有厕所、盥洗室和消防设备，绝对是一座外观复古，内里功能强大的新型建筑。不过说到巧思，刚刚永晟的设计在穹顶上做文章，既可采集光线，也可利用穹顶拢音，的确设计巧妙，而浦江营造厂没有把光线和拢音效果作为头等考虑的对象，我们只是在地下动了一下脑筋。大家请看这张立面图，在整个大楼下部我设计了地下——"

杜万鹰嘲笑道："中华大楼可不是平民区住宅，不需要地下室去做阅览室，做夜校，市政府官员们恐怕也不乐意去地下办公吧？哈哈哈。"

沈其南打断杜万鹰的嘲笑："这是人防设施。"

傅函君点点头："想必大家都不会忘记，在刚过去不久的一·二八事变中，日军飞机在上海市区狂轰滥炸，多少无辜百姓无处可逃，白白送命。前不久，深受其害的社会各界人士响应孙先生生前提出的航空救国的号召，发起捐资捐机的民众运动，可见大家对航空这一块的重视。那么作为一个建筑从业人员，我们现在能做的又是什么呢？我唯一能想到的就是在我的设计中加入可防空袭的临时掩体，顶板、侧墙、地板都比普通地下室更加坚固厚实，除承重外还有抗冲击波和常规炸弹爆轰波的能力。整个中华大楼下面一共有四个人防单元，里面配备电力设备、进风机房、排风机房、防护密闭门，平时也可用作临时储藏室或者汽车库，战时就是防空掩体，不仅可以容纳所有的市政府工作人员，还可容纳周边近万名老百姓躲避空袭。所以，在这种动荡时刻，浦江营造厂的设计没有把采光和拢音放在首位，而是把人身安全放在了最重要的位置！"

傅函君话音刚落，就获得经久不息的掌声。

眼看这一次就要花落浦江营造厂，还有后手的杜万鹰在评委即将公布夺标名单时，忽然站起来，要求等一等。大家都停下来，不知道他葫芦里卖的什么药。

"抱歉打断评委的讲话,我刚得到消息,就在此时,浦江营造厂有两名看工辞职了。"

原来,老鬼找来的杨工和另一个人,是杜万鹰之前秘密安排过来的。吴力伟试图发声,替浦江营造厂说情,被杜万鹰怼了回去,认为财政局此时不应该过问。

傅函君却早就留意到了杨工和廖刚毅的私下接触,并做好了防范准备。她瞥了一眼还想做垂死挣扎的杜万鹰,对于这个小人,傅函君太了解了。

"杜副局,你只知道浦江营造厂有两个看工辞了职,却不知道函盖建筑事务所日前为了做好施工现场和图纸设计时的沟通,特意聘用了两位非常有经验的看工先生。林老师,请进来吧!"

林怀恩带着另一位看工先生走进了会议室。沈其南惊愕,那不是夜校的林老师吗?

傅函君解释:"这位林怀恩先生曾经是林记营造厂的老板,同时也是一位非常出色的看工,现在正在正基夜校兼职任教,旁边这一位是林老师的老搭档,现在是陶记营造厂的老板,也是一位经验丰富的看工,他们前段时间都已经被我们聘请。而我们函盖建筑事务所挂靠在浦江营造厂名下,所以,这样一来,杜副局你所谓的浦江营造厂资格不够一说还能成立吗?"

底下再次响起热烈的掌声,浦江和函盖的联手,是众望所归。

杜万鹰没料到棋差一着,竟然被浦江营造截和了。他的亏空问题面临严重的补漏,必须想办法遮掩过去。他愈发对儿子杜少乾这回不走心的设计感到恼怒。

他将一个文件袋丢给了杜少乾,要求永晟接手,说得还特别好听,显得自己大义凛然。

"这是一份南京政府的绝密文件,政府正秘密计划在日本人眼皮子底下构筑上海防御工事，已经委派胡洪钊、欧先生根据日军的部署情况设计出了上海市内的两道防线，以月浦至宝山吴淞口为第一防线，以黄浦江西岸为第二防线，设计有地下通道、通信设施和明碉暗堡。"

杜少乾冷淡拒绝。他才不会再信他爸。

杜万鹰怒道："少乾，在你心里竟然是这样看待你爸？不管怎么说这也是关系到将士安危、民族存亡的大事，爸爸是政府官员，这点轻重还是知道的。"

杜少乾冷言冷语："说得好听啊，可是这么多年了，我不会再信你。永晟还有很多项目，这个项目不参与了，你给别的营造厂吧。"

杜万鹰简直想揍人。

廖刚毅提醒杜万鹰："大哥，要是少乾不肯接防御工事，那亏空恐怕就难填了。"

"这个小兔崽子，他也不想想他能有今天都是谁在背后帮他，现在翅膀硬了，竟然也敢跟我对着干了。好，杜少乾，你把你老子往死里逼，你以为我就没办法从你那里弄钱了吗？刚毅，你帮我约那个韩老板。"

廖刚毅很快就领来了韩老板。韩老板是建材商，他不敢相信自己的耳朵。杜万鹰竟然要他更换电梯，而且还是用翻新电梯来代替新电梯！这瞒得了一时，瞒不了一世啊，后期是可能被发现的，关键是，翻新的电梯安全性也堪忧。

可是杜万鹰是什么人，最擅长引诱有贪欲的人。韩老板想到其间的巨额差价，以及杜万鹰承诺他，会再给他一次发财的机会，利用民用建筑材料来代替防御工事专用建材，并且会做一份阴阳合同来掩盖……

"怎么样啊，韩老板？这年头谁规规矩矩能挣大钱？不都是撑死胆大的饿死胆小的吗？再说了我要跟你签合同，出了事还不是由我顶着啊？"

韩老板还是很犹豫，他下不了决心。

廖刚毅继续加把火："其实，像钢筋水泥这类东西，军用和民用不过就是等级和符号不同，从外观上一般看不出什么差别，我们杜局负责整个工事的修建，只要杜局说你的材料没问题，谁会怀疑呢？而且现在刚刚停战，短时间内防御工事肯定是不会启用的。真等到派上用场的时候，守不守得住还是看打仗的人，人不行，再坚固的防御工事都得垮，你说呢，韩老板？"

韩老板头皮发麻，然而还是被这两人绕了进去："好，我做。"

韩老板刚走，廖刚毅就和杜万鹰算了算账，万宝百货大楼的电梯再加上防御工事材料的差价，东拼西凑，总算能把这笔钱补得差不多。而那几个拿钱的，也都有了回应，承诺会使劲帮助杜万鹰力压吴力伟，夺得工务局局长宝座。

[5 7]

善 恶 到 头 终 有 报（1）

万宝百货公司开业酒会，公司的小开特意请来了"西西小姐"驻场唱歌。杜少乾在电梯门口拦住了沈其西。

"你到底想干什么，杜总？"

杜少乾恳切地看着沈其西："我想和你谈一谈。"

"不，我和你之间无话可说。"

"我就想知道，到底是什么原因，你要躲着我？我爸爸是我爸爸，我是我，我真的爱你！"

沈其西摇摇头："你真的想知道？好，我告诉你，沈其南是我亲哥哥，我是沈家的女儿，是跟你们杜家有不共戴天之仇的沈家女儿。所以，就算全天下男人都死绝了，我也不会跟杀父仇人的儿子在一起。"

杜少乾迷惘："你在说什么？我一句也听不懂。"

"看来你还不知道你爸爸当年都做过些什么吧，你爸爸为了一己私利和傅建成一起害死了我爸爸，也害得我母亲惨死，兄妹失散，我在孤儿院孤苦多年！你不是想知道我当年为什么离开你吗，这就是原因！杜少乾，我们这辈子都不可能在一起。"

沈其西走进电梯，按下了最高层，杜少乾失魂落魄地愣在那里，随后竟也走进了电梯。就在这时，电梯忽然断电，很快，迅速下滑。惊恐中，沈其西被杜少乾紧紧抱在怀里。

"别怕，有我在，我会保护你！"

缆绳摇摇晃晃，突然停下来。

沈其西哭道："怎么办，我要死在这里了，我再也见不到星辰了。"

杜少乾把沈其西抱得更紧："傻瓜，我脑子现在很乱，我先代替我父亲给你道歉……总之，你不会死的，你绝不会有事……"

突然，电梯轿厢再次下落。

第二天新闻头条报道《重大事故，永晟营造厂以次充好，电梯致一死多伤》，杜少乾醒来后便知道自己可能永远站不起来了。沈其西因为杜少乾的保护，仅受了点轻伤，她急切地想要留在杜少乾的身边，被杜少乾理解为同情自己，他要赶走沈其西。沈其西告诉他，星辰是他的儿子，就算为了儿子也要好好活下去。

郑董事长得知自己儿子的死讯，简直活不下去了，他就一个儿子啊，这个儿子还是杜少乾的同学，两个人的关系原先是那么好。如今杜家竟然只说要调查，并不能确定就是永晟的问题。天杀的，这明明就是永晟修建的百货大楼，儿子是那么信任永晟！竟然，竟然……拥有那么大的产业，又有什么意义？

杜万鹰冷眼瞧着郑董事长带着一帮员工在永晟门口闹。

"永晟偿命，永晟偿命！"

看着郑董事长一把年纪了，还要死要活的惨样，杜万鹰心想：不就死了个小开吗？这辈子再和老婆生一个啊，如果女人老了生不了，再找个年轻漂亮的，有的是愿意生孩子的。至于那么半死不活的吗？他又想起儿子在抢救室的时候，自己的心情说不出来有多么紧张，这个混账总是不听话，总是和自己对着干，死了就死了。

吴力伟得知万宝百货的事情后，想让沈其东打听内幕，沈其东明说杜万鹰在这场事故中有推脱不了的重大责任。吴力伟赞同，他说在消息刚传出来的时候，他就让乔立强去找那个提供电梯的建材商，但是那人早已跑了。沈其东冷笑，这杜万鹰那么狡猾，他和那个建材商签订的肯定是阴阳合同。

"阴阳合同？不可能吧，这个合同是永晟的，轮不到杜万鹰来签。"力伟思索后道。

沈其东直言："确实，永晟的合同轮不到杜万鹰来签，所以那不是电梯合同，而是防御工事的建材合同。"

"防御工事？"

沈其东冷声道："政府已经秘密委派工务局修建防御工事，杜万鹰找的建材商就是韩老板，我暗中让人检测过修建防御工事的材料，发现全都只是普通的民用材料，根本就不符合防御工事的标准，看来杜万鹰是跟这韩老板签订了阴阳合同，阳合同敷衍上面，阴合同才会写明建材的真正型号。"

"这个杜万鹰为了和我争局长之位，到处塞钱行贿，现在窟窿太大，竟然把手伸到防御工事上面来了，厉东，你能拿到他那份阴合同吗？"

沈其东想了想，表示很难，那个建材商逃了，已经打草惊蛇，估计会更难。

吴力伟却生出一计："嗯，我直接去举报他！不过，现在举报，杜万鹰大可将一切都推到韩老板身上，防御工事初建，损失不大，他背后的靠山一定能保他毫发无损……我让他先得意几天，等到了防御工事竣工，南京参谋部城塞组肯定会派人来验收，那时我再把这件事给抖出来，申请重新检测防御工事所用的建材，到时候大错铸成，杜万鹰就再也不可能翻身了。哈哈哈哈！"

吴力伟想得挺美，但是沈其东却非常不赞成，还要继续拖？他必须和沈其南商量下。

曹俊和老鬼看着报纸叫好。曹俊最兴奋："永晟营造厂以次充好，拿翻新电梯代替新的电梯，害死了万宝百货的小开，还有好几个人受了重伤。现在永晟的工地已经全部停工，股东们抛售股份，估计这回啊，玩完了。"

老鬼隔岸观火："唉！这就叫走夜路多了总会碰见鬼。"

沈其南却陷入了沉默中，他不是兔死狐悲。对于与永晟名字纠缠了几十年的他来说，永晟曾是他的全部，是他心爱的女人的全部，即使后来分崩离析，永晟帝国易主，却依旧代表着过去，代表着生命中的一段重要历程。永晟怎么一夜之间，竟然以这种方式毁灭了？

傅函君那边还好吗？

傅函君的心情和沈其南一样，复杂，隐痛。

不自觉地，她在下班后，慢慢地，一步一步地走到了闭着眼睛都能准确摸到的永晟营造厂门口。她仰头看着已经歪了的永晟营造厂的牌匾出神。她能感受到永晟在悲鸣。她摩挲着熟悉的门框，踏上熟悉的台阶，走进了营造厂。

职员如四散鸟兽，早已把厂里能拿走的，都拿走了。文科长嘟囔着，怨气冲天，怪那帮人竟然连凳子都抢，他自己走了两步，又倒回来，抱起沉重的长板凳。恰好迎面撞到了傅函君，他灰溜溜地低头，继续往外走。

傅函君心痛，她伤感地环视周围，那里每一处都能看到小时候的情景。小傅函君和小沈其南吵架了，斗嘴了，沈其南哄她了，父亲傅建成无奈了……甚至，她依稀看到了顾月芹拿着电话向另一头的闺密诉苦，抱怨自己家中有一个讨人嫌的丫头……

她推开了父亲原来办公室的门，意外见到了沈其南正拿着永晟的工服出神。沈其南听到声音，回过头来。两个人都愣住了。

直到傅函君沙哑开口："你也来了。"

沈其南点点头，他怎么能不来呢，哪怕是让他在这儿待一整天，他也是愿意的。

"没想到永晟到了今天这个地步。"

"是啊，我很难过，挺伤感的。"

沈其南带着傅函君走出了永晟营造厂，他担心傅函君会陷入悲伤中太久。

傅函君却想到了前不久在沈其南的住所里见到的那位"西西小姐"，忍不住问他那是谁。沈其南有点尴尬，下意识地说道："你也知道西西吗？改天介绍你们认识。"

傅函君想到在他家门口，听到仆人们议论着西西的美貌和温顺的性格，还说带了个小少爷，也很得沈其南的欢心……她撇了撇嘴，忍住醋意，不再追问。

就这样，两个人一下子陷入了漫长的沉默，各自肚子里的话都快要搅和成团了，却又都不知道从何说起。沈其南仓皇地打破了平静："施工那边遇到了一点小问题，你什么时候有空啊？需要你帮忙。"

傅函君却因为女人的情绪，忽然冷声拒绝："工作上的问题可以来我的事务所找我，我先走了。"

沈其南看着傅函君的背影，很想跟上去，然而，却最终停在了原地。

[58]
善恶到头终有报（2）

傅函君并没有回自己的住处，而是来到花店，买了一束康乃馨。她并不是想去指责杜少乾，也不是出于关心，或许，是想去聊几句。自从永晟被他夺走之后，傅函君就很想找个机会和他聊一聊，推开病房门，她没想到，竟然会看到西西小姐在给杜少乾喂汤，杜少乾的笑容甜得让人发腻。

杜少乾见到傅函君，也是怔住。

傅函君整理好情绪："我能和你单独聊聊吗？"

杜少乾示意沈其西出去一下，沈其西却在和傅函君错身的时候，感觉对方很眼熟，她依稀有了些印象。

病房里的空气忽然很沉闷。傅函君先开口了："我本来不想找你的，尽管事故的源头出自你身上，但你毕竟是这场事故中的一名受害者，我无法确定你的情绪是否稳定，但思虑再三，我还是来了，好在，你的状态恢复得不错。"

杜少乾笑了笑，他的情绪确实波动很大，不过，他想到了沈其西温柔的眼眸，声音变得有力："函君，你还是这么直接，直接到让人觉得不舒服，其实我猜到了你的来意，你想兴师问罪，对吗？永晟，是不是已经彻底倒闭了？"

"是。"

杜少乾苦笑："是我毁了这一切，我做了太多错事、坏事。所以，我残废了。我变成这样，都是我的报应。"

傅函君冷哼："你是宾夕法尼亚大学出来的高才生，受过西式高等教育，一个建筑师，竟然跟我谈因果报应？"

杜少乾灰心："这就是我的命，人不能不信命，你恨我的话，就诅咒我吧。"

"杜少乾，外因只能是借口，只有内因才是你真正应该去直面的东西。我们共事一场，我了解你，在同乡会馆的项目时我就发现了，哪怕全世界都是和你不同的声音，哪怕最权威的那个声音也不认同你，你的主张和自信都不曾丢失过。你是一个有自我追求和原则底线的建筑师，这样一个人是不会在建筑项目中以次充好的。可据我查证，这两台出事的公共电梯是用早该淘汰的旧货翻新的，这一定不会是你的选择，对吗？"

杜少乾当然知道是谁造成的，可那毕竟是自己的亲生父亲，虽然他怨恨，他反抗，但是，毕竟是他爸爸啊。

他无力地摇头："这已经不重要了。"

傅函君愤怒起来，她最恨杜少乾总是不够决绝地去站在真理上，所以才被父亲控制了那么多年："是谁让你不断违背自己的内心，这很重要。如果你能早点站起来反抗，或许悲剧就不会发生了。杜少乾，你知道吗，在你身体残疾之前，你的内心早就已经残疾。我说了，我到这里不是兴师问罪的，永晟没了，无可挽回。但我不想看到你这么迷失下去，既然情感和理智那么难以抉择，你就清醒一点，只看对错不就好了吗？如果你不想失去更多的话，那就去做一个有良知的人，这是奉劝，也是警告！"

杜少乾如遭电击，内心忽然有块柔软的地方在变得坚硬，变得明晰。

傅函君刚走出门，就被沈其西拦住。她已经想起来她是谁了，就是小时候，那个曾经分给自己山芋吃的女孩。

"傅函君！你还记得我吗？我就是……"

傅函君对这个女孩子实在没有什么好感："西西小姐,你一边住在沈其南的家里,一边还抽时间照顾杜少乾?"

沈其西明白了,她忍着笑:"函君姐,沈其南是我二哥啊,小时候咱们就见过,你还给我烘山芋吃呢。"

那年的记忆接踵而来。

两个姑娘热泪盈眶,互相拥抱。

沈其东乔装打扮溜进了沈其南的家里。

沈其南对大哥选择这个时候到来并不感到意外:"吴力伟那种人的脑子里想的都是怎么斗垮杜万鹰,如果真像他所说,等到防御工事竣工之后再去揭发,那修好的工事短时间内肯定无法重修。现在日本人对上海虎视眈眈,一旦再次开战,防御工事不堪一击,那不等于是让那些前线战士去送死吗?"

沈其东点点头,他之前是军人,当然明白这个利害关系,所以,他才急着来找弟弟商量。沈其南支持沈其东,他认为,现在要想办法拿到阴合同,而阴合同一定在老奸巨猾的杜万鹰手里。

沈其东认为自己是偷合同的最佳人选,沈其南知道大哥的脾性,于是和他约定,只要拿到合同,就把合同放在秘密地点。

沈其东在杜万鹰的书房里翻寻着,终于在墙上的画框后面找到了那份合同,却万万没有料到,这杜万鹰心眼太多,他故意在画框上留下了未干的颜料。沈其东手上的颜料没能逃脱杜万鹰的眼睛,杜万鹰意识到厉东就是内奸。

廖刚毅虽然不肯相信多年的好搭档、好哥们儿竟然是内奸,但还是被迫开枪,击中了沈其东的肩头。沈其东负伤跑到了和弟弟沈其南约定的地点,把合同塞进了砖头里。接着他被随后赶来的廖刚毅押了回去。

联络人赶紧通知了沈其南。

杜万鹰直到此时，才知道沈其东竟然也是沈贵平家的小崽子，还有那个西西，那个沈其南，一个个都没死！他发誓绝不会让他们活下去。他逼着沈其东交出合同，沈其东不肯就范。他搜遍了沈其东所有去过的地方，都没有找到合同，他笃定，一定是被沈其南拿走了。

"如果沈其南知道你被抓了，会不会乖乖带着合同来救你呢？"

沈其东轻蔑地把一口血水吐到了杜万鹰的脸上。

随即，沈其东又遭到了杜万鹰的毒打。

沈其南知道大哥的行动被杜万鹰发现了。他走到公共电话亭里给杜万鹰打电话，约杜万鹰在今晚八点于彭浦的废弃面粉厂见面，他会交出合同。杜万鹰怀疑有诈，要求沈其南有种就一个人去，否则就杀了沈其东。

沈其南把合同塞到了傅函君的手里，要她保管好。傅函君迅速地把合同交给了章梅。此时，她已经和章梅相认，四年里，傅函君和母亲的感情越加深厚。她瞒着章梅合同的重要性，但却告诉她，要收好。随即又找到了沈其南，要求和沈其南一起面对杜万鹰。

"你疯了？合同你也都看到了，多危险啊！"

傅函君却扑了上去，主动吻住了沈其南。沈其南惊呆了，想要推开她，却舍不得，他深深地回吻回去。

傅函君的眼泪落到了沈其南的怀里，她低声说："我不能看你一个人去送死，那杜万鹰就是一条毒蛇。"

沈其南狠下心："我们现在只是合作伙伴！你赶紧给我回去。"

"胡说，德贵、老鬼才是你的合作伙伴，你会亲他们吗？"

沈其南无语。

傅函君不顾一切地告诉他："你了解我，我傅函君决定的事，没人能劝住我！"

画风突变，沈其南忽然说他要去厕所，并指了指不远处，邀请傅函君和自己一起进去。傅函君犹豫片刻，沈其南已经从后窗爬了出去，傅函君有心无力，她体能很差，只能眼睁睁地看着沈其南跑远。

杜万鹰和廖刚毅把被折磨得不成人形的沈其东绑在了面粉厂的中央。他们早早就等在了面粉厂，生怕沈其南提前埋伏。他们把角角落落都检查了一番，直到确认无异样，才稍微放心，等待沈其南出现。

按照约定的时间，沈其南来了，他走进了面粉厂，神色镇定。

杜万鹰不屑道："你小子胆挺大，竟然真的一个人来了。"

沈其南完全不惧地大声告诉杜万鹰，这是沈家和杜万鹰之间的恩怨，他不想连累别人。

"合同带了吗？"

沈其南扬了扬手中的假合同："带了。"

"好，验明合同真伪，我才放人。"

沈其南冷笑："你不守信用怎么办？"

这时，沈其南和沈其东悄悄对了一个眼神。沈其南听到杜万鹰叫嚣说自己没资格和他谈条件，他拿着合同一步步靠近杜万鹰，突然他把已经划出口子的面粉袋子扔向了杜万鹰和廖刚毅，顷刻间，粉尘飞扬。早已戴好护目镜的沈其南趁着众人看不清楚的情况，冲到了沈其东身边，划开绳索，沈其东受了很严重的伤，在没有支撑的情况下，根本站不起身来。

恢复视力的廖刚毅一个飞腿朝着沈其南踢来，几个手下也扑过来，沈其南打不过，眼看杜万鹰就要举枪射击沈其东，他赶紧踢倒廖刚毅。

却不料，傅函君从天而降一般，对着杜万鹰的后脑勺就是一棍子，杜万鹰立刻倒地，枪也飞脱出去。

沈其南想不明白傅函君怎么知道自己在这里，傅函君认为沈其南太低估自己的智商，沈其南气得牙痒痒，这是玩命的事情，她傅函君以为是来旅游的吗？

傅函君不顾眼睛就要冒火的沈其南，冲过去搀扶起了沈其东，用尽全力拖着沈其东走。却被杜万鹰的一个手下狠狠击中了后脑勺。沈其南看着傅函君一口血喷了出来，趴在了沈其东的身上，昏死过去。

[5 9]

善恶到头终有报（3）

沈其南愤怒得红了眼睛，一刀朝着廖刚毅的面门划去，趁着廖刚毅等人躲开的间隙，他朝着杜万鹰飞扑过来，杜万鹰连忙格挡，所有手下都冲过去暴揍沈其南。

沈其东明白弟弟是为了转移他们的注意力，他用力拖着傅函君往前爬，总算把傅函君推出了大门口，自己因为精疲力竭爬到了一处隐秘点便昏死了过去。

沈其南不断地割开面粉袋，呛得杜万鹰等人咳嗽不止，眼睛也模糊一片……沈其南掏出备好的打火机，想到了和大哥之前的约定，放心地点燃。

杜万鹰在廖刚毅的帮助下，顺利逃脱，就在他奔出面粉厂的一瞬间，面粉厂爆炸了，火光冲天。

他留意到面无血色的傅函君躺在章梅的怀里，心里暗自得意，跟他作对的人都不会有好下场！

医院的病房里，昏迷中的傅函君依稀听到母亲和下属的对话，下属汇报面粉厂爆炸后，沈其南他们尸骨无存。

杜少乾把当天的报纸撕得粉碎，他不敢相信这是真的，头条报道《废旧面粉厂爆炸，浦江营造厂老板和工务局两名处长及若干人员丧生》，他诘问自己的父亲，是不是他干的。他多日来找不到沈其西，找不到厉东哥，

305

甚至父亲还杀了廖刚毅！

杜万鹰告诉他，厉东是叛徒，真名沈其东！死有余辜！

所有接到消息的人都陷入了悲痛之中。

唯有杜万鹰春风得意，他接到了副市长的电话，告诉他，工务局局长的位置已经是他的了。

杜少乾想自杀，他打算跟着沈其西一起去死，他受够了这一切。然而最终却想起了傅函君的话，傅函君说得没有错，这世上的事情，只要去考虑对还是错，就会发现没有那么难。他抱住母亲杜太太，告诉她，一定要找到星辰，那是她的亲孙子。并告诉母亲，父亲已经成了十足的魔鬼，已经疯了，他杀了身边所有的人。甚至告诉母亲，自己出事故，就是因为父亲暗中更换了万宝百货的电梯。

杜太太绝望了。

她眼看着自己的丈夫，兴高采烈地穿衣服，擦皮鞋，打扮着自己，仿佛儿子的残疾，兄弟的惨死，孙子的流亡，都和他没有半毛钱关系，他只管自己的官位，自己手中的权力，这还是人吗？

杜万鹰精神抖擞，意气风发地走上台宣誓。这时，门忽然被推开，警察们气势汹汹地走了进来，拿住了杜万鹰，不顾杜万鹰挣扎，以杀人、贪污数罪将他抓捕归案。

杜万鹰骂骂咧咧，借熊师长等人的官威，要求警察放人时，忽然在人群中看到了沈其南和沈其东。

沈其南开心地戏谑他："杜万鹰，不好意思啊，打搅了你的升官美梦，不过你好歹也感受了那么一会儿当局长的滋味，也算没亏。"

"是你们？！你们怎么还没死？"

沈其东嘲讽他："我们还没有为爹讨回公道，怎么会死呢？"

杜万鹰目眦尽裂："厉东，你这个叛徒！"

沈其东提醒他："我不叫厉东，我叫沈其东！"

杜万鹰恨不得冲过去杀了他们，却被警察一警棍打中了双腿。

沈其东拉着沈其南，看着杜万鹰被押走："这老家伙肯定想不明白，怎么爆炸没把我们炸死。"

"就让他想去吧，恐怕到死都不会知道。"

徐小川看见了活的沈其东，简直难以置信，他飞速跑过来，和大哥抱在了一起。沈其西更是哭着笑着扑进了他们的怀里。

本以为，故事就此结束了。

然而，对，还有然而，杜万鹰还没有接受他应有的惩罚，我们的故事怎么会轻易结束呢？

话说杜少乾因为看到了沈其西和星辰重新出现在眼前，他终于下定了决心，要做一个有良知的人，他的身体已经残疾了，但是内心绝不能再残疾。

"其西，我要去自首。"

沈其西不忍："少乾。"

"我必须去自首，不能再助纣为虐了，否则我永远不能成为好丈夫、好父亲，我这辈子也都会抬不起头来做人。"

杜太太不肯："少乾，那你忍心让一个失去丈夫的女人再失去儿子吗？"

杜少乾的眼睛里充满了光彩："四年前，爸爸让我偷卖永晟地皮伪造的土地买卖授权书和买卖记录我一直留存着，我已经下定决心，我不能让我的儿子以后再像我这样走错路。"

杜太太还想再劝说，却因为听到星辰一句"奶奶"，而心疼地抱住了他。

章梅告诉沈其南，傅函君的头部遭到重击，可能瘀血未清，让他陪着女儿说说话。

沈其南抚摸着傅函君的脸，又气又不忍又着急："函君，你是个有事业心和责任心的人，你别忘了，中华大楼还没有修建完，你作为设计师不能掉链子啊，而且我们说好的，我们一个建筑师，一个营造师，还有好多建筑等着我们去修建。"

沈其南想到这样的未来，却迟迟不能和函君实现它，他泣不成声。

"函君，对不起，我说过要保护你，说过你是我的沈太太，可我就是个胆小鬼，我竟然懦弱地不敢承担这份爱……你快醒过来吧，我们一起去喝荷兰水，一起吃摩尔登糖，去香港的圣约翰大教堂举办婚礼，好不好？"

沈其东动容，他在心里第一次认可了弟弟和傅函君的爱情。

全民期待的杜万鹰案终于开庭了。

杜万鹰在法庭上狡辩自己根本不知道当年的走私案，也不承认沈其东和沈其南的控告有效，他惊慌失措地反问法官：为什么审的不是防御工事的案子。

法官冷笑，这个案子牵涉到南京，南京参谋本部城塞组派人过来，要把杜万鹰带回南京审问。他是个正直的法官，和来人交涉，他想要查明那件事之后，再进行交接。

于是，法官高声喝问："杜万鹰，你要是再不回答，就是藐视法官，罪加一等。"

杜万鹰反问："说我利用职权做了些错事儿，我认，但说我杀人，这就是诬陷！"

沈其东和沈其南心里明镜似的，这杜万鹰知道防御工事尚未造成严重后果，怎么都罪不至死，只想避重就轻，撇掉杀人一罪。

沈其东太了解这条自己跟了多年的毒蛇心中的想法，他早已写密信寄到了南京参谋本部城塞组。

杜万鹰吼道："十几年前的事儿，你们有证据吗？"

傅建成拄着拐杖和房效良一起进来，他中气十足地说："我！"

杜万鹰震惊的脸，让傅建成心中更加畅快："杜万鹰，当年你我为了一己私欲，干下杀人越货、伤天害理的勾当，今天该还债了！"

杜万鹰反抗道："一面之词！不可信！"

咸鱼叫起来："那我呢？我就是咸鱼！"

杜万鹰立刻腿软，他不敢相信自己的眼睛。

咸鱼逼近他："你以为你把大成杀了，就可以永远掩盖真相吗？"

杜万鹰还想狡辩，不料法官却把证据摆在了杜万鹰面前。

"你儿子杜少乾此前去警察署自首，说这些年在你的指使下，偷税漏税，四年前还仿造傅建成的授权委托书，非法买卖永晟土地，并将所得钱财据为己有，还说相信沈家人对你的指控，也认为你有杀死沈贵平又派人追杀他家人的嫌疑——"

杜万鹰终于彻底陷入惶恐的情绪中："不可能，少乾不会这么做，你们都在骗我！"

可是当他看到笔录上杜少乾的签名和手印时，整个人崩溃了："我是他爸爸，我尽全力给他最好的一切，他怎么能这么对我！"

"本法官根据所得事实、证据宣判，杜万鹰杀人越货，诬陷无辜，派人追杀妇孺五人，致使沈家家破人亡，此等穷凶极恶之人，当处以死刑，即刻执行。傅建成虽为从犯，念其自首，认罪态度良好，多年来照顾沈其南有恩，判三年有期徒刑，缓期一年执行。咸鱼虽参与走私、追杀，逃匿多年，但自首后主动出庭做证，戴罪立功，判两年有期徒刑，即刻执行。建材商韩国富和杜万鹰相互勾结，以次充好，私自更换万宝百货电梯造成一死三伤案另行宣判。杜少乾所犯职务侵占罪，鉴于自首表现良好，判处六个月有期徒刑，并处两千元罚金。"

法官宣读完毕，傅建成走到沈家兄弟面前，扑通跪下，请求原谅。

沈其东低声说："我永远不会原谅你——"

傅建成失落万分，沈其东的下一句却让他老泪纵横。

"但也不恨了，我终于为父亲洗刷了冤屈，我的心中不想再有恨了，仇恨让我觉得很累，很累。"

傅建成哽咽："谢谢你，谢谢你。"

他看着沈家三兄妹相拥的画面，感慨万千。

傅建成抱住憔悴的章梅，安慰她："一切都会好起来的，都会的。"章梅痛哭，这些年来，就是这个男人令自己流离失所，让自己饱受人间悲苦和思念女儿的心酸。如今，她才明白，那是因为自己根本就没有放下过这个男人，那是因为爱。

沈其东和徐小川登上了火车，他这算是不告而别吧。吴力伟接替杜万鹰坐上了工务局局长的位置，这样的人为了斗垮杜万鹰甚至任由不合标准的防御工事继续修建，根本就不管什么后果，杜万鹰、吴力伟之流坐上高位，这样一个政府，怎么可能是整个国家未来的希望呢？他听说湘鄂西革命根据地和这里是完全不同的崭新世界，他决定去追求新的光明。

留给弟弟妹妹的信中，他是这样写的：

西瓜头、南瓜头，当你们看到这封信的时候，我已经去往湘鄂西革命根据地。这十几年来我一直生活在仇恨之中，为了报仇自己也不得不变得肮脏，甚至把仇恨看得比天大，觉得无论什么都应该给仇恨让步，险些毁了你们的幸福。而我也在大仇得报后的骤然空虚中，明白了自己的人生除了一腔报仇的信念外似乎什么都没有。现在，我决定还给你们属于你们自己的人生，我祝福你们，希望你们快乐地去开启新的生活，而我也要开始去寻找自己新的人生目标。

[60]

远东第一大楼

半年后。

浦江营造厂里电话响个不停,已经成为接线员的姚彩苹正不停地接着。德贵看着姚彩苹的侧脸,不由得出神,直到姚彩苹给了他一个白眼,他才尴尬地收回目光。

德贵打开窗户,看着不远处的天空,骄傲道:"现在我们浦江营造厂的名头是无人不知无人不晓啊!不仅在修中华大楼,周围的运动场、医院等等都有浦江营造厂的参与。"

沈其南扶着逐渐康复的傅函君走进来:"那要多亏了函盖建筑事务所愿意屈尊挂靠在浦江营造厂的下面。没有我们著名的建筑师傅函君小姐,浦江营造厂就跟别的普通厂子没区别了,她可是我们的核心竞争力。"

傅函君被这蜜糖灌的,差点失去立场:"哼,我可不愿挂靠在你的厂子里,我迟早是要独立的。"

沈其南亲昵道:"事业上你想怎么分都行,只要别在家里跟我分床睡就行啊,我的沈太太!"

傅函君羞红了脸,这大庭广众的,丢不丢人,她揪住沈其南的耳朵:"正经点!"

姚彩苹羡慕地看着这对小夫妻,曹俊从身后探出头来:"我们可以比他们还幸福。"

姚彩苹碍于德贵也在旁边,微嗔道:"你瞎说什么啊?"

曹俊不死心:"你不能总觉得我不可靠,我看上你之后,这些年,我都没出去玩过,舞场也不去了,赌场也不去了,你还要考验我多久啊……"

姚彩苹羞红了脸，跺跺脚，从办公室跑了出去，激起了一群白鸽。

鸽子们停在了远东第一大楼——中国银行大楼的楼顶上。

沈其南收到了沈其东的又一封来信：

其南，你们知道吗，湘鄂西革命根据地是一片神奇的土地，我不仅在这里找回了我的信仰我的目标，我还凭着当年娘绣的那个如意头花纹襁褓在这里找到了我们的弟弟其北，我们失散的一家人终于可以团圆了。

信中赫然出现沈其北和大哥沈其东的合影。

他笑啊，哭啊……

傅函君终于可以慢慢走过来，泪眼婆娑中，沈其南向傅函君伸出了手，两人相拥而立。

星辰指着那些鸽子，笑着举起杜少乾设计的淮海公寓的照片，骄傲地说："爸爸，我以后要像你一样，成为一名建筑师。"

杜少乾抱住他："星辰，记住爸爸的话，做什么职业都不要紧，最重要的是要做一个正直的人。"

星辰"嗯"了一声。

天空，鸽子再次飞远。

远东第一大城市里，高楼迅速林立，一代又一代人，抛洒青春与汗水，无怨无悔。

（全文完）